KB202304

東律類聚

東方律詩 詩選集

# 동율유취 東律類聚

유재영 · 권면주 · 유승섭 옮김

東律類聚

도서
출판 박이정

# 東律類聚

**초판 인쇄**  2009년 8월 20일
**초판 발행**  2009년 8월 31일

**옮긴이**   유재영 · 권면주 · 유승섭
**펴낸이**   박찬익
**편집책임**  이영희
**책임편집**  이기남

**펴낸곳**  도서출판 **박이정**
**주소**  서울시 동대문구 용두동 129-162
**전화**  02)922-1192~3
**전송**  02)928-4683
**홈페이지**  www.pjbook.com
**이메일**  pijbook@naver.com
**온라인**  국민 729-21-0137-159
**등록**  1991년 3월 12일 제1-1182호

ISBN  978-89-6292-059-8 (93810)

# 東律類聚의 國譯에 부치는 말

筆寫 野乘類의 文獻인 東野記와 錦溪筆談 등에서 採錄했기에 板本이나 原典類의 文獻보다는 表記 內容의 精確性이나 詩題의 表記가 걸맞지 않은 것이 있으리라 보나 그 詩題와 作者의 目錄만 보아도 우리의 歷史와 詩人들의 力量을 살필 수 있다. 여기에 담은 詩들은 大略 그 作家의 代表作으로 전한다.

時期別로는 高麗末 太祖 李成桂의 倭寇 討伐 朝鮮建國 端宗의 遜位 死六臣과 生六臣 士林學派의 登場 士禍前後의 세상 明宣以後 濟濟多士의 詩가 나타나 있다.

高麗와 그 以前 三國의 作家와 作品은 적은데 고려 이전의 作品은 統一新羅의 孤雲 崔致遠 一人이요, 高麗朝의 人士는 四, 五人 登場할 뿐이고 그 밖은 모두 朝鮮王朝의 作品이다. 옛 선비들은 임금의 이름 글자는 그걸 쓰는 것을 避하고 뒤에도 廟號나 陵號를 써서 높이었다. 朝鮮王朝의 太祖 李成桂를 我太祖(우리 태조)라 써 尊敬과 親近한 생각을 나타냈고 또 이름을 旦으로 고치니 避諱하느라 旦夕이란 말을 朝夕으로 고쳐 쓴 것이다. 首陽大君은 조카인 端宗의 王位를 簒奪하고 寧越로 내쳐 魯山君으로 降封했다가 비참하게 최후를 마치게 했는데 먼 훗날 肅宗은 端宗이라 追尊하여 宗廟에서 제사 모시고 堯舜의 授受에 비교될 만하다고 世祖의 德을 찬양한 詩를 지었어도 대다수의 선비들은 是非를 가리지도 않았다. 일반 백성은 이름과 號로 썼는데 號로 쓴 이는 道德과 學問이 있는 이로 가려 쓴 것 같기도 한데 두루 살펴보면 이름이나 號를 잘 몰라 아는 대로 이름이나 호를 쓴 듯하다. 또 號나 이름을 重複해 써 兄弟의 號와 이름을 混同한 곳도 있는데 三淵 昌協의 記錄이다.(農巖 昌協 三淵 昌翁) 또 이름이나 號에도 잘못 쓴 글자가 나타난다. 口傳資料의 收錄이기에 그러리라 보고 無名人의 作品이라 訛傳되는 걸 접어놓더라도 우리 先人들이 愛誦했기에 그리 남았으리라 본다. 그렇게 名作으로 傳해 내려오는 詩에는 우리 生活에서 보고 쓰던 事物이 詩題로 많이 등장한다. 요강 콩 담뱃대 그림자 망건 등을 읊은 게 있고 金剛山 平壤 廣寒樓 矗石樓 등 明勝을 읊고 七夕 重九 秋夕 등 名節을 읊은 것이 있으며 女人의 게으름을 그리고 자녀에게 세상을 경계하는 시도 실어 세상 살아가는 모습을 잘 나타내어 알 수 있다. 散詩部門에는 推句처럼 잘 된 警句로 對偶句를 들어 놓았는데 이는 律詩의 承聯轉聯에서 따온 것이 많다. 우리 민족은 한글 창제 이전에는 문자가 없어 漢字를 빌려 우리말을 적었다. 이게 鄕札 吏讀로 남아 전하는데 漢詩에서 새소리를 艾羹(쑥국)이라 적고 고기 뛰는 모습을 草餠(풀떡)이라 적은 그 借用法이 이것이다. 같은 漢字이나 중국과는 달리 우리 식으로 딴 뜻으로 빌려 쓴 한자(太, 木, 寸)가 있었고 한자처럼 우리식으로 만들어 쓴 글자(畓 柶)가 있었다. 이건 韓國 漢詩에 나타난 韓國的인 特徵인 것이다. 表記 文字를 통해 본 韓國 漢詩의 韓國的인 特徵은 漢字文化圈 全般에는 통하지 않는 것이기 때문에 漢詩 짓는 데는 쓰지 않는 게 좋으리라 본다.

2008년 4월 30일

光州 日谷 春岡書室에서

柳在泳

# 自次

# 東律類聚에 對하여

　東律類聚란 東方의 律詩를 主題別로 묶고 같은 種類의 것들을 모아 놓은 詩選集이라는 책 이름이다.

　지난 時代 우리나라는 中國과 한 文化共同體로 보고 쓴 말이 많이 있다. 우리나라를 東方이나 海東으로 表現하여 具體的으로는 딴 나라가 아닌 한 나라 안의 邊方이란 뜻으로 보고 썼으며 여기에서 더 나아가 東方에 있는 나라 東國이라 했고 漢族國家를 中華라 하고 우리나라는 小中華 또는 小華라 하는 것으로 쓰는 걸 자랑스럽게 알았던 것이다. 그리고 東律이란 東方의 律詩 곧 近體詩의 하나로 絶句 排律과 區別되는 詩인데 여기 東律類聚에 收錄해 놓은 詩가 모두 그렇게 區別되는 嚴格한 律詩만을 모은 것이 아닌 것이다.

　律詩란 말의 근원은 尙書 舜典의 『詩言志 歌永言 聲依永 律和聲』에서 나온 것으로 聲律이 있는 詩다. 다시 말하면 생각을 나타낸 말이 詩라 하더라도 그 말에는 가락이 있어야 한다는 말이다. 그러기에 律詩는 絶句나 排律과는 달리 起承轉結의 四聯 八句로 各聯 第二句末에 脚韻을 붙이고 各句에는 平仄에 맞게 글자를 配列하는 건 이게 가락이요 聲律인 것이다.

　聲律을 잘 지키어 律詩를 잘 지었다고 하는 初唐의 詩人은 沈佺期 宋之問이요 代表的인 詩人은 盛唐의 杜甫이며 杜甫의 律詩는 杜律이라 하여 後世에 敎科書的인 구실을 했던 것이다.

　詩에는 脚韻과 平仄을 지키기는 律詩보다 短詩인 絶句나 長詩인 排律도 聲律을 지키는 건 같고 그러기에 그 이름도 또한 絶句詩를 小律詩 또는

半律이라 했고 十句 以上 長詩를 排律이라 했을 만큼 律이란 이름으로 함께 쓰였음을 알 수 있다.

　여기 東律類聚에 收錄된 詩로는 律詩보다 오히려 絶句를 더 많이 收錄하고 排律의 範疇에 들 長詩도 싣고 이 밖의 古詩도 실었으며 四六駢儷文에 들 散文까지도 收錄하였다. 또 갖가지 妙한 樣式이나 表現들도 다 收錄하였다. 또 우리 東方의 作品이 아닌 中國人의 作品도 수록하고 있어 內容에 걸맞은 書名이 아닌 걸 보면 다듬어 編輯한 作品이 아니고 資料蒐輯노트라 할 수 있을 程度다.

　원문의 내용은 다음과 같다.

東律類聚가 收錄된 것은 筆寫本인데 小華詩評 關西樂府 東律類聚를 한데 묶어 一册으로 만들어 놓았다.

이미 잘 알려진 小華詩評은 卷頭에 金得臣의 序와 編著者 洪萬宗의 序가 붙어 있고 關西樂府는 著者 申光洙의 序가 붙어 있는데 東律類聚에는 序가 없고 다만 東野記와 錦溪筆談의 諸家記事에서 따서 記錄해 놓은 글이라는 것만 밝혔다. 東野記는 編著者 未詳의 筆寫本이요 錦溪筆談은 雲皐居士 徐有榮의 序(1873)가 붙어 있는 筆寫本이다.

이 筆寫本은 全北 高敞郡 古水面 長斗里에 居住하는 金昌洙家의 家傳文獻에 들어 있다.

이 家傳文獻은 昌洙의 祖父 忍菴 金勳錫(1884~1962)先生이 整理해 놓은 書册目錄 庚辰(1940)에 잘 나타나 있다. 參考삼아 그 圖書目錄을 들면 다음과 같다.

書册目錄 庚辰 二月 現在

印刷件

| | | | |
|---|---|---|---|
| 1. | 乙丑譜 | 全帙 | 九卷 |
| 2. | 庚子譜 | 全帙 | 四卷 |
| 3. | 癸亥譜 | 孫錄 | 一卷 |
| 4. | 舊譜 | 散帙 | 一卷 |
| 5. | 平章洞實蹟 | | 一卷 |
| 6. | 宗案 | | 一卷 |
| 7. | 孟子 | 散帙 | 四卷 |
| 8. | 通鑑 | 散帙 | 十卷 |
| 9. | 小學 | 一二三合部 | 一卷 |
| 10. | 白首文 | | 一卷 |
| 11. | 玉篇 | | 二卷 |

謄書件

| | | |
|---|---|---|
| 1. 賦稅節目 | | 二卷 |
| 2. 呂氏春秋 | 一二卷合部 | 一卷 |
| 3. 詩經釋 | | 一卷 |
| 4. 書經解 | 寧着 | 二卷 |
| 5. 禮記 | | 一卷 |
| 6. 離騷經 | | 一卷 |
| 7. 宋史詳節 | | 一卷 |
| 8. 雪堂集 | | 一卷 |
| 9. 洪奇 | | 四卷 |
| 10. 遺響 萬物集 | | 二卷 |
| 11. 唐詩 唐律 | | 二卷 |
| 12. 杜詩 杜律 | | 二卷 |
| 13. 八哀 | | 一卷 |
| 14. 李白 | | 一卷 |
| 15. 古詩 | 并詩同人 | 十二卷 |
| 16. 楚漢演義 | | 一卷 |
| 17. 孟子 | 七卷合部 | 一卷 |
| 18. 書傳 | 十卷合部 | 一卷 |
| 19. 李月沙辨誣疏 | | 一卷 |
| 20. 詩經物名 | | 一卷 |
| 21. 東史 | 士禍錄 | 一卷 |
| 22. 堯山堂記 | | 一卷 |
| 23. 東野記 | | 一卷 |
| 24. 錦溪筆談 | | 一卷 |

| 25. 金東溪詩集 | | 一卷 | |
|---|---|---|---|
| 26. 錦書簡札 | | 一卷 | |
| 27. 文獻錄 | 合部 | 一卷 | |
| 28. 小華詩評 | 合部 東律 | 一卷 | |
| 29. 疑禮問解 | 沙溪集 | 一卷 | |
| 30. 東國名賢錄 | 附各姓文科 | 一卷 | |
| 31. 歷代要覽 | | 一卷 | |
| 32. 聖學十圖 | | 一軸 | |
| 33. 光山金氏分派圖 | | | |
| 34. 尜奉 生員兩世行狀 旧 | | 一卷 | |
| 35. 沙村公農圃問答 | | 一卷 | |
| 36. 睦蘆遺稿 | | 一卷 | |
| 37. 三樂遺稿 附章溪遺事 | | 一卷 | |
| 38. 蘆川亭韻 | | 一卷 | |
| 39. 祝式 服制 | | 一卷 | |
| 40. 姓譜 | | 一卷 | |
| 41. 世譜 | 正書件 | 二卷 | 乙丑 |
| 42. 惠書 | | 一卷 | |

金昌洙家는 일찍 高敞에 들어와 산 古族 光山金氏家門으로 蘆溪公 金景熹 때부터 널리 알려졌고 講學堂 蘆山祠 醉石亭을 管理하며 내려온 系派로 보아지며 그 家傳文獻의 理解에 도움이 되겠기에 參考삼아 들어 둔다.(版本 45 光山金氏世譜 1950)

號　　　　　　　字

蘆溪　景熹(1515~1575)　明晦　※　蘆溪集
　　　　　↓

良村　德宇(1548~1638)　彦容
　　　　　↓

松菴　汝剛(1570~1649)　希極
　　　　　↓

　　　南鎭(1612~1656)　石重
　　　　　↓

　　　益曄(1648~1685)　來卿
　　　　　↓

　　　萬亨(1673~1714)　永叔
　　　　　↓

　　　象德(1708~1766)　伯鉉
　　　　　↓

三樂　彦承(1731~1788)　聖汝　※　三樂遺稿
　　　　　↓

沙村　鎭吉(1751~1799)　邦瑞　※　農圃問答
　　　　　↓

　　　達泫(1779~1810)　汝三
　　　　　↓

　　　相大(1806~1884)　子裕
　　　　　↓

章溪　箕斗(1828~1894)　景七　※　章溪遺事
　　　　　↓

蘆川 在聲(1857~1934) 振玉 ※ 蘆川亭韻

      ↓

忍菴 勳錫(1884~1962) 德賢 ※ 忍菴遺稿

      ↓

    永述

     ↓

    昌洙


앞에서 보인 書冊目錄에서 印刷件이란 版本이란 말이고 謄書件이란 筆寫本을 이른다.

筆寫本 28에 小華詩評 合部 東律 一卷 이라 하여 小華詩評에는 東律類聚가 合綴되었음을 일렀고 東律類聚는 東野記와 錦溪筆談에서 따서 만들었다고 했는데 이 目錄 筆寫本 23東野記 24錦溪筆談이라 하여 나란히 筆寫本으로 나온다. 東野記 錦溪筆談 小華詩評은 언제 筆寫하고 加衣하여 全篇의 分量을 表記하고 小華詩評같은 책은 筆寫 場所까지도 나온다.

책 表紙(加衣)에는 이렇게 쓰여 있다.

東野記 上下篇 合辟
閼逢執徐辠月哉生魄 演潢

錦溪筆談
著雍涒灘取月念日 糈粘

小華詩評 上下篇合辟
甲辰 臘月 日始
乙巳 正月 日終 七巖齋

東野記는 上篇 下篇을 合編했고 古甲子로 關逢은 (甲)이요 執徐는 (辰)이기에 甲辰年(1904) 辜月은 五月의 異名이요 哉生魄은 十六日의 異稱이며 演潢은 出典은 못 밝혔으나 字意를 살펴보면 天水畓을 灌漑하는 貯水池 곧 큰 물 웅덩이의 뜻으로 쓰인 말이 아닌가 본다. 다시 말하면 지식의 웅덩이가 완성되었다는 뜻으로 말이다.

錦溪筆談은 著雍(戊) 涒灘(申) 陬月은 正月의 異名이요 念日은 二十日이며 米背 粧은 褙接으로 加衣의 딴 말이다. 이 戊申은 1908年이요 正月二十日에 책가위 씌웠음을 알 수 있다. 小華詩評은 上篇 下篇을 合編했는데 甲辰年(1904) 臘月(섣달) 쓰기 시작하여 그 다음해 乙巳年(1905) 正月끝냈는데 곧 그 해는 乙巳勒約이 締結된 을씨년스러운 해였다. 筆寫한 장소는 七巖齋閣이었는데 어디 누구에게서 이 자료를 빌렸는지는 알 수없는 게 아쉽다. 또 여기에 같이 筆寫한 關西樂府가 있는데 이 건 序와百八首 全詩를 筆寫했건만 筆寫 時期를 알 수 없다.

東律類聚는 1904年 筆寫한 東野記와 1908年에 筆寫한 錦溪筆談 등의 資料에서 拔萃하여 만든 것이기에 그 필사 시기는 1908年 이후 일 것이다.

앞에서 東野記는 編著者와 編著 時期를 알 수 없다 했으나 그 內容을이루는 引用文獻을 보면 다음과 같다.

1. 五山說林 2. 東閣雜記 3. 輿地勝覽 4. 健元陵碑文 5. 徐居正詩話 6. 紫海氣談 7. 龍飛御天歌 8. 麗史提綱 9. 麗史(高麗史) 10. 逐睡篇 11. 侯鯖瑣語 12. 芝峰類說 13. 晦隱集 14. 海東樂府 15. 退溪集 16. 名臣錄 17. 東史纂要 18. 象村彙語 19. 筆苑雜記 20. 紫海筆談 21. 申叔舟墓碑 22. 慵齋叢話 23. 龍泉談寂記 24. 秋江冷話 25. 秋江集 26. 魯陵志 27. 尤庵集 28. 并梟循 29. 西厓集 30. 嶺南野言 31. 丙子錄 32. 松窩雜記 33. 金石一班 34. 象村集 35. 獨江集 36. 陰崖雜記 37. 李石亨墓碑 38. 鄭海平家語 39 東閣記 40. 六臣傳 41. 藥泉遺事 42. 於于野談 43. 芝峰集 44. 元生夢遊錄 45. 權忠定乙丑

疏 46. 涪溪記聞 47. 儒林錄 4.8. 明齋集 49. 谿谷漫筆 50. 濯纓集序 51. 國朝記事 52. 思齋摭言 53. 國朝記 54. 荷谷粹語 55. 隨聞瑣錄 56. 石潭日記 57. 己卯名臣錄 58. 丙辰丁巳錄 59. 荷溪錄 60. 儒先錄 61. 栗谷集 62. 柳子光傳 63. 李世英日記 64. 搜聞瑣錄 65. 洪致齋日記 66. 己卯錄 67. 仁宗行狀 68. 東國雜記 69. 歷代紀 등이다.

이걸 살펴보면 編著者는 많이 보고 들은 사람임을 알 수 있고 記事의 內容도 隨時로 더 添加될 可能性이 많다.

또 書名에서 野를 野乘으로 보아야 하느냐 朝野의 略稱으로 보아야 하느냐에 따라 얼마든지 그 分野를 달리 할 수 있다. 또 筆寫文獻이기에 필사과정에서 略稱이 나올 수 있고 誤記도 있을 것이다. 위 引用文獻名에서 9. 麗史는 아마도 高麗史를 그리 쓴 듯하며 2. 東閣雜記는 39. 東閣記로도 쓴 듯하고 6. 紫海氣談은 20. 紫海筆談을 그리 잘못 쓴 듯하고 16. 名臣錄은 57. 己卯名臣錄의 略稱으로 또 己卯錄도 그리 썼을 것으로 보며 51. 國朝記事는 53. 國朝記로도 쓴 듯하다. 55. 隨聞鎖錄은 李聞政의 隨聞錄인 듯 하고 64. 搜聞鎖錄은 曺伸의 諛聞鎖錄으로 보아진다. 또 28. 并皐循 33. 金石一班 34. 鄭海平家語 63. 李世英日記 등은 처음 보는 귀한 文獻이며 69. 歷代紀는 中國史의 參考 資料로 附錄에 둘 자료다.

錦溪筆談은 雲皐 徐有榮이 우리 朝野의 수 많은 事實을 國王 后妃 相國 將帥 力士 異人 男女 魂神 列傳 賢女 娼妓 등으로 類別하여 130事實을 記錄하여 序를 붙인(1873) 것이다.

東律類聚가 그 이름에 걸맞게 形式이나 內容으로 類別 收錄하자면 形式으로 五言詩와 七言詩 古詩와 近體詩(律詩, 絕句, 排律)로 區分하게 되며 主題別로 類別하려면 數十種을 들 수 있을 것이다. 지난 朝鮮王朝 때에 刊行된 分類杜工部詩諺解를 보면 1. 紀行 2. 述懷 3. 疾病 4. 懷古 5. 時事 6. 宮殿 7. 省守 8. 陵廟 9. 居室 10. 邊塞 11. 將帥 12. 軍旅 13. 隣里 14.

田園 15. 皇族 16. 世冑 17. 宗族 18. 外族 19. 婚姻 20. 仙道 21. 隱逸 22. 釋老 23. 寺觀 24. 四時 25. 節序 26. 晝夜 27. 雨雪 28. 山嶽 29. 江河 30 .都邑 31. 樓閣 32. 眺望 33. 亭榭 34. 園林 35. 果實 36. 池沼 37. 舟楫 38. 橋梁 39. 燕飮 40. 文章 41. 書畵 42. 音樂 43. 鳥 44. 獸 45. 蟲 46. 花 47. 草 48. 竹 49. 木 50. 授贈 51. 寄簡 52. 懷舊 53. 酬寄 54. 送別 55. 慶賀 56. 傷悼 57. 雜賦 등 數十種을 類別하고 또 古詩 律詩 絶句 歌行으로 각각 몇 首임을 기록하였다.

六堂 崔南善은 우리 時調를 모아 時調類聚라는 책을 편찬했으니 1. 時 節類 2. 花木類 3. 禽蟲類 4. 老少類 5. 男女類 6. 離別類 7. 相思類 8. 遊覽 類 9. 懷古類 10. 豪氣類 11. 君臣類 12. 頌祝類 13. 孝道類 14. 修養類 15. 哀傷類 16. 寄托類 17. 閒情類 18. 醉樂類 19. 寺觀類 20 人物類 21. 雜類로 類別 收錄했다. 이런 方式이 東律類聚 편집에도 좋은 標本이 되리라 보는 데 이러한 점이 고려되지 않고 資料만을 수록해 놓았기에 이런 자료가 아까워 다 收容하자면 東律類聚라는 이름보다는 더 널리 자료를 담을 수 있는 東詩類聚라고 해야 더 걸맞으리라 본다. 또 收錄된 資料에서 239. 題金山寺 盧郎妻賣己詩 302, 303. 平壤妓生雪蘭과 趙進士가 주고받은 戀 文 305. 朱子家訓 311. 竹中有王竹人豈不折 312. 巫山 313. 八角山 등은 아까워 말아야 할 것이다.

餘談으로 書冊目錄에서 몇 가지를 더 말하면 版本 10. 白首文은 梁의 周興嗣撰 千字文의 딴 이름이고 14. 前集 後集은 다 같이 古文眞寶인데 詩文篇을 前集이라 하고 文章篇을 後集이라 했다. 15. 事物類聚는 事文類 聚의 誤記가 아닌가 하고 32. 學圃集은 梁彭孫(1488~1545)의 詩文集인데 學圃는 蘆溪의 外叔이며 33. 蓮上集은 高敞 선비 安重燮(1812~1883)의 詩 文集이고 34. 東塢遺稿는 高敞 선비 曺毅坤(1832~1893)의 詩文集이며 35. 壺巖實記는 高敞 先賢 壺巖 卜成溫(1540~1612)의 實記요. 36. 蘆溪集은 蘆

溪 金景熹(1515~1575)의 詩文集이며 37. 引逸亭遺稿는 金性澈(1765~1830)
의 詩文集인데 引逸亭은 頤齋 黃胤錫의 門人이고 蘆溪의 長子 弘宇의 後
孫이다. 38. 黙窩遺稿는 高敞 선비 李圭彩(1845~1914)의 詩文集이요. 39.
東獻備考는 1939年에 간행된 高敞郡篇 文獻備考다. 40. 光山金氏文獻錄은
高敞 典洞에서 간행되었는데 광산 김씨 명인의 묘갈 묘지 행장을 모아
만든 것이다. 45. 世譜는 副正公(命元)派 光山金氏 世譜인데 1950年 後孫
相八 勳錫의 序를 붙여 石印本 二卷 二册으로 간행된 족보다. 54. 方壺集
은 秀南 高石鎭(1856~1924)의 詩文集인데 石印本 四卷 四册으로 되어 있
기에 下卷이란 잘 살피지 않고 쓴 기록이다.

또 筆寫本에서,

9. 洪奇는 書經의 洪範九疇의 理論을 敷衍 說明한 洪範衍義 箕範衍義
類의 글이요.

13. 八哀는 詩聖 杜甫가 八賢臣의 죽음을 哀悼한 詩인데(杜詩諺解 卷二
十四) 八賢臣은 1. 王思禮 2. 李光弼 3. 嚴武 4. 李璡 5. 李邕 6. 蘇源
明 7. 鄭虔 8. 張九齡이다.

19. 李月沙 辨誣疏는 月沙 李廷龜가 쓴 李氏王家의 宗系辨誣疏다.

33. 光山金氏分派圖 光山金氏의 全國的인 分派圖요.

34. 羕奉 生員 兩世行狀

睦齋 金麒瑞 羕奉 行狀

蘆溪 金景熹 生員 行狀

35. 沙村公農圃問答

沙村 金鎭吉의 應製 農圃問答 朝鮮王朝 正祖 때.

36. 睦蘆遺稿 金麒瑞 睦齋遺稿

金景熹 蘆溪遺稿

37. 三樂 金彦承의 三樂遺稿와 章溪 金箕斗의 章溪遺事 合綴

38. 蘆川 金在聲 蘆川亭韻

※ 忍菴 金勳錫의 詩文集은 처음 鐵筆精寫影印本 忍菴文稿 二卷 一册으
   로 刊行했고 다시 鉛活字本 二卷 二册으로 忍菴遺稿라는 이름으로
   간행했다.

# 東律類聚

# 1. 潛邸時吟　　我太祖
## 잠 저 시 음　　아 태 조

引手攀蘿上碧峰　一菴高臥白雲中
인 수 반 라 상 벽 봉　일 암 고 와 백 운 중

若將眼界爲吾土　楚越江南豈不容
약 장 안 계 위 오 토　초 월 강 남 기 불 용


## 잠저(潛邸)[1] 때 읊음　　우리 태조[2]

손으로 끌어당겨 담쟁이덩굴 부여잡고 푸른 봉우리에 올라가니
한 암자 높이 흰 구름 속에 누웠네.
만약 눈으로 보는 경계로 내 땅이라 한다면
초월(楚越)[3]과 강남(江南)[4]을 어찌 용납하지 못할까.

---

1) 잠저(潛邸) : 임금이 되기 전에 살던 집. 임금을 용으로 비유하여 쓴 말이 많다.
龍顏, 龍袍, 龍床(牀). 또 용이 되어 하늘에 오르기 전에 물속에 잠겨 있기에
임금이 되기 전 살던 집을 잠저라 했다.
2) 아태조(我太祖) : 지난 시대 우리 왕조의 태조란 뜻으로 朝鮮王朝를 開國한 李
成桂를 일렀음.
3) 초월(楚越) : 초와 월은 중국 列國時代의 나라 이름으로 그 나라가 있었던 지역
이름으로 쓰였다. 초는 호남성, 호북성, 안휘성 지역 월은 절강성 지역을 일렀음.
참고삼아 中國 十八省의 異名을 들면 다음과 같다.
河北(燕) 江蘇(吳) 安徽(皖) 山東(齊) 山西(晉) 河南(豫) 陝西(秦) 甘肅(隴) 福建
(閩) 浙江(越) 江西(贛) 湖北(鄂) 湖南(湘) 四川(蜀) 廣東(粵) 廣西(桂) 雲南(滇)
貴州(黔)
4) 강남(江南) : 揚子江 以南 地方을 이름.

## 2. 端宗祔廟御製詩　　肅廟朝
단 종 부 묘 어 제 시　　숙 묘 조

興言疇昔事　感淚幾沾裳
흥 언 주 석 사　감 루 기 점 상

授受同堯舜　聖神過禹湯
수 수 동 요 순　성 신 과 우 탕

縟衣追擧日　世祖德彌光
욕 의 추 거 일　세 조 덕 미 광

獲遂平生志　歡欣我獨長
획 수 평 생 지　환 흔 아 독 장


단종(端宗)을 종묘(宗廟)[1]에 모신 뒤 임금이 지은 시

숙종 임금[2]

옛적 일 말하려다
느낀 눈물로 몇 번이나 옷깃 적시었던가.
선양(禪讓)으로 주고받은 건[3] 요순(堯舜)[4]과 같고
성신(聖神)[5]으로 이어진 건 우탕(禹湯)[6]을 지나쳤네.
용포(龍袍)[7]로 추숭(追崇)[8]하던 날

---

1) 부묘(祔廟) : 임금의 신위를 종묘에 모시는 것.
2) 숙종(肅宗) : 조선 왕조 제 19대 임금. 在位 46년 壽 60 明陵.
3) 수수(授受) : 선양(禪讓)으로 임금 자리를 주고받는 것.
4) 요순(堯舜) : 요임금과 순임금.
5) 성신(聖神) : 성인을 이름. 蓋自上古聖神 繼天立極.
6) 우탕(禹湯) : 우임금과 탕임금. 하우 상탕.(夏禹 商湯)
7) 욕의(縟衣) : 용포(龍袍)를 이름. 빛나는 옷.
8) 추거(追擧) : 추숭(追崇)을 이름. 세상을 떠난 뒤에 높여 줌.

세조(世祖)[9] 덕 더욱 빛났네.
평생(平生) 뜻 이루어지니[10]
기쁜 마음 나 혼자 좋구나.


3.　　爲愼氏妃立祠吟　　肅廟朝
　　　위 신 씨 비 입 사 음　　숙 묘 조

　　昔在元妃配至尊　　建春夜出國人冤
　　석 재 원 비 배 지 존　　건 춘 야 출 국 인 원

　　惻怛那無追復意　　奈何不識聖心存
　　측 달 나 무 추 복 의　　내 하 불 식 성 심 존


**신씨 왕비[1] 사당에 모실 때에 읊은 시　　숙종 임금**

옛적 원비(元妃)[2]로 지존(至尊)의 배위(配位)되었다가
밤에 건춘문(建春門)[3]으로 나가니 나라 사람이 원통해 했네.
측달(惻怛)[4]하여 어찌 추복(追復)[5]의 뜻이 없었으리오마는
어찌 하리오 성심(聖心)이 있는 것 아지 못했네.

---

9) 세조(世祖) : 조선왕조 제 7대 임금 首陽大君 諱 瑈 在位 13년 壽 52 光陵.
10) 획수(獲遂) : 이루다. 成遂하다.
 1) 신비(愼妃) : 居昌 愼守勤의 딸. 中宗妃인데 反正功臣의 압력으로 廢妃되었다
　　가 뒤에 追復된 端敬王后.
 2) 원비(元妃) : 임금의 정실(正室).
 3) 건춘문(建春門) : 경복궁의 동문. 문 안에 왕세자가 거처하던 春宮이 있었음.
 4) 측달(惻怛) : 가엾게 여기어 슬퍼함.
 5) 추복(追復) : 추복위(追復位). 곧 빼앗은 위호를 그 사람이 죽은 뒤에 다시 회
　　복시켜 주는 것.

## 4.　其二

기 이

| 爲創新祠祭愼氏 | 千秋不替太常祀 |
|---|---|
| 위 창 신 사 제 신 씨 | 천 추 불 체 태 상 사 |
| 義氣本由尊奉心 | 傍人何必證經史 |
| 의 기 본 유 존 봉 심 | 방 인 하 필 증 경 사 |

### 그 둘

새로 사당지어 신씨(愼氏)를 제사하니
천추(千秋)에 바꾸지 못할 태상부(太常府)[1]의 제사일레.
의기(義氣)는 존봉심(尊奉心)에서 근본되었는데
곁에 사람은 어찌 꼭 경사(經史)로 증거하는가.

## 5.　有杜鵑吟　　端廟朝

유 두 견 음　　단 묘 조

| 一自寃禽出帝宮 | 孤身隻影碧山中 |
|---|---|
| 일 자 원 금 출 제 궁 | 고 신 척 영 벽 산 중 |
| 假眠夜夜眠無假 | 窮恨年年恨不窮 |
| 가 면 야 야 면 무 가 | 궁 한 연 년 한 불 궁 |
| 聲斷曉岑殘月白 | 血流春谷落花紅 |
| 성 단 효 잠 잔 월 백 | 혈 류 춘 곡 낙 화 홍 |

---

1) 태상부(太常府) : 고려 때 제사와 증시를 맡아 보던 관청. 충렬왕 24(1298)년
　봉상시로 고쳤다. 大常府라고도 함.

天聲尙未聞哀訴　　胡乃愁人耳獨聰
천성상미문애소　　호내수인이독총


## 두견을 읊은 시 　　단종 임금[1]

한 번 원통한 새가 되어 궁궐을 나온 뒤부터
외로운 몸 외짝 그림자가 푸른 산속이었네.
자려해도 밤마다 잠은 안 오고
궁한 원한 해마다 원한 다함이 없네.
소리 끊긴 새벽 메뿌리엔 조각달이 밝고
피 흐른 봄 골짜기엔 지는 꽃이 붉네.
하늘은 귀먹어 오히려 슬픈 호소도 듣지 못하는데
어찌 이 수심 있는 사람 귀만 홀로 밝은가.


## 6.　　咏瀑沛詩 　　世宗微時
영 폭 포 시 　　세종미시

一條流出白雲峰　　萬里滄溟去路通
일조유출백운봉　　만리창명거로통

莫道潺湲岩下在　　不多時日倒龍宮
막도잔원암하재　　부다시일도용궁

---

1) 단종(端宗) : 조선왕조 제 6대 임금. 在位 3년 壽 17 寧越 莊陵.
子規樓詩
月白夜蜀魂啾 含愁情倚樓頭 爾啼悲我聞苦 無爾聲無我悲 寄語世上苦惱人
愼莫登春三月子規樓

폭포(瀑布)[1]를 읊은 시　　세종[2]이 어린 때

한 줄기가 백운봉(白雲峰)에서 흘러나와
만 리 창해(滄海)로 가는 길이 통했네.
잔원(潺湲)[3]하게 바위 아래 있던 걸 말하지 마소
시일(時日)이 많지 않아 용궁(龍宮)에 도달하리.


7.　　題僧軸詩　　　讓寧大君
　　제 승 축 시　　　양 녕 대 군

山霞朝作飯　　蘿月夜爲燈
산 하 조 작 반　　나 월 야 위 등

獨宿孤岩下　　惟存塔一層
독 숙 고 암 하　　유 존 탑 일 층


중의 시축(詩軸)[1]에 지은 시　　　양녕대군[2]

산 놀로 아침밥을 짓고

---

1) 폭포(瀑布) : 폭포(瀑布)이지 瀑沛는 아님. 沛는 땅이름.
　　周 世宗 遣將破賊於東沛州(明文漢韓大字典)
2) 세종(世宗) : 조선 왕조 제 4대 임금. 諱 祹 在位 33년 壽 64 驪州 英陵 太宗의
　　第三子 忠寧大君.
3) 잔원(潺湲) : 물이 줄줄 흐르는 모습.
1) 유(軸) : 수레유 축(軸) : 굴대 바디 두루마리.
2) 양녕대군(讓寧大君) : 태종의 큰 아들. 뒤에 폐세자하고 세종(충녕)을 세웠다.
　　李褆 太宗의 第一男 封世子 見世宗 有聖德 懷太伯之志 退封讓寧大君
　　※ 태백(太伯) : 周나라 古公亶父의 長子. 父王의 뜻이 季歷에 있음을 알고 出
　　家했다.

넝쿨에 걸린 담쟁이 달로 밤의 등불 삼았네.
혼자 외롭게 바위 아래 자니
오직 탑 한층만 남았네.


## 8. 大駕播遷龍灣御製　　宣廟朝
### 대 가 파 천 용 만 어 제　　선 묘 조

國事蒼黃日　誰能李郭忠
국 사 창 황 일　수 능 이 곽 충

去邠存大計　恢社仗諸公
거 빈 존 대 계　회 사 장 제 공

痛哭關山月　傷心鴨水風
통 곡 관 산 월　상 심 압 수 풍

諸臣今日後　寧復更西東
제 신 금 일 후　영 부 갱 서 동


### 임금의 행차[1]가 의주(義州)[2]로 옮겨간 걸[3] 임금이 지음

선조 임금[4]

나랏일이 창황[5]하던 날

---

1) 대가(大駕) : 임금이 탄 수레. 御駕.
2) 용만(龍灣) : 平安道 義州의 옛 이름. 和義. 保州. 抱州. 把州. 咸新. 松山.
3) 파천(播遷) : 임금이 궁궐을 떠나 딴 곳으로 피난함. 예 : 俄館播遷.
4) 선조(宣祖) : 조선 왕조 제 14대 임금 諱 연(昖) 生父는 德興大院君 在位 41年
   壽 57 穆陵.
5) 창황(蒼黃) : 어찌할 겨를이 없이 매우 급함.

누가 이광필(李光弼) 곽자의(郭子儀)[6]의 충성을 할 수 있을까.
빈(邠) 땅을 버리고 간 건 큰 계획[7] 있었고
사직(社稷)의 회복은 제공에게 힘입었네.
관산(關山)[8] 달에 통곡하고
압록강(鴨綠江) 바람에 속상했네.
제신들 오늘 이후
어찌 또 다시 서인 동인 하겠는가.

9.  送太祖破胡拔都       李牧隱
    송 태 조 파 호 발 도       이목은

松軒腥氣蓋戎日   萬里長城屬一身
송 헌 성 기 개 융 일   만 리 장 성 속 일 신

奔走幾經多苦日   歸來獨樂太平春
분 주 기 경 다 고 일   귀 래 독 락 태 평 춘

---

6) 이곽충(李郭忠) : 唐나라 李光弼 郭子儀의 충성. 安祿山의 亂에 功이 가장 많았던 인물.
   ※ 이광필(李光弼) : 唐 柳城人 諡 武穆 嚴毅 沈果해서 大略이 있고 騎射를 잘했
     다. 肅宗 때 節度使가 되고 安史의 亂을 평정하여 戰功 第一로 郭子儀와
     齊名했다. 세상에서는 李郭이라 칭했고 郭子儀를 갈음해서 朔方에 鎭하고
     天下兵馬都元帥에 이르렀다. 臨淮郡王에 봉해졌다.(唐書 126)
   ※ 곽자의(郭子儀) : 唐 華州人 字 子儀 諡는 忠武 朔方節度使가 되고 숙종 때
     安史의 亂을 평정하여 공을 세우고 汾陽王에 봉해졌다. 永泰 初 僕固懷恩이
     거느린 吐蕃 回紇軍을 破하고 太尉 中書令이 되니 天下의 安危가 그의 몸에
     매이었다. 세상에선 郭汾陽 郭令公이라 불렀다. 八子七婿에 孫이 많았다.
     (唐書 137)
7) 거빈대계(去邠大計) : 狄人의 侵犯이 잦기에 周의 大王 古公亶父가 豳(邠) 땅을
   버리고 箕山 아래로 옮겨가 백성의 피해를 막은 계획.
8) 관산(關山) : 고향.

如今大計開宗社　況是前鋒似鬼神
여 금 대 계 개 종 사　황 시 전 봉 사 귀 신

聯袂兩朝情不淺　只將詩律送行塵
연 몌 양 조 정 불 천　지 장 시 율 송 행 진


### 태조를 보내어 호발도(胡拔都)[1]를 파하다　　이목은[2]

송헌(松軒)[3]은 비린 기운 병장기를 덮던 날
만리장성(萬里長城)은 한 몸에 부치었네.
분주히 몇 번이나 괴로움이 많은 날을 지내고
돌아와 홀로 태평한 봄을 즐겼던고.
이제 같은 큰 계획으로 종사(宗社)를 연다면
하물며 이 칼끝이 귀신같으리.
옷소매를 나란히 한 두 왕조 정이 옅지 않아
오직 시율(詩律)을 가지고 행진(行塵)[4]에 보내네.


## 10.　太祖歸作詩賀　　上手
　　　 태 조 귀 작 시 하　　상 수

掃賊眞將拉朽同　三韓喜氣屬諸公
소 적 진 장 납 후 동　삼 한 희 기 속 제 공

---

1) 호발도(胡拔都) : 胡는 胡種 夷狄 되놈의 뜻으로 쓰였고 拔都는 용감 용맹의
뜻을 가진 蒙古語 取音. 倭寇의 少年 勇將 阿只拔都를 이리 썼음.
2) 이목은(李牧隱, 1328~1396) : 이름은 穡 字는 穎叔 호는 牧隱 諡號 文靖. 穀의
아들 韓山人.
3) 송헌(松軒) : 조선왕조 太祖 李成桂의 號.
4) 행진(行塵) : 길에 있는 먼지. 여기선 行營을 이름.

忠懸日月天收霧　　威振靑丘海不風
충현일월천수무　　위진청구해불풍

出牧華筵歌武烈　　凌烟高閣畵英雄
출목화연가무열　　능연고각화영웅

病餘不得叅郊迓　　坐詠新詩頌雋功
병여부득참교아　　좌영신시송준공


**태조가 돌아오니 시를 지어 하례했다**　　이목은

적을 쓸어버린 참 장수는 썩은 걸 꺾는 것[1] 같고
삼한의 기쁜 기운 제공에게 부쳤네.
충성을 해와 달에 다니 하늘은 안개 거두고
위엄을 청구(靑丘)[2]에 떨치니 바다에 바람 없네.
목민관(牧民官)으로 가 빛나는 자리에 무열(武烈)을 노래하고
능연고각(凌烟高閣)[3]에 영웅을 그렸네.
병든 뒤라 교아(郊迓)[4]에 참여함을 얻지 못하고
앉아 새 시를 읊어 높은 공을 칭송하네.


11.　**寓吟**　　　上手
　　　우음　　　상수

人情那似物無情　　觸境年來漸不平
인정나사물무정　　촉경연래점불평

---

1) 납후(拉朽) : 썩은 걸 꺾음. 파하기 쉬움.
2) 청구(靑丘) : 우리나라의 딴 이름.
3) 능연고각(凌烟高閣) : 唐 太宗 17年 24勳臣의 畵像을 그려 기념한 건물.
4) 교아(郊迓) : 마을 밖으로 나가 出迎함.

偶向東籬羞滿面　眞黃花對僞淵明
우 향 동 리 수 만 면　진 황 화 대 위 연 명

### 부쳐 삶을 읊음　　이목은

인정은 어찌 물건에 정이 없는 것 같은가.
외물에 접촉된 경계로부터 마음 점점 불평하네.
우연히 동쪽 울 향하여 부끄러움이 낮에 가득한데
참 국화가 거짓 연명(淵明)을 상대했네.


## 12.　得魚變甲科夢詩　　鄭以吾
　　　　득 어 변 갑 과 몽 시　　　정이오

三級風雷魚變甲　一春烟景馬希聲
삼 급 풍 뢰 어 변 갑　일 춘 연 경 마 희 성

雖云對偶元相敵　那及龍門上甲兵
수 운 대 우 원 상 적　나 급 용 문 상 갑 병


### 어변갑(魚變甲)[1]의 과몽시(科夢詩)를 얻고서　　정이오[2]

삼급(三級)[3]의 바람과 우레는 어변갑이요

---

1) 어변갑(魚變甲, 1381~1437) : 字는 子先 號는 錦谷 江陵에서 咸從으로 옮아 살았
　고 집현전에서 세종의 사랑을 받았다.
　魚得龍 － 伯淤 － 淵 － 變甲 － 孝瞻 － 世謙
2) 정이오(鄭以吾) : 字는 粹可 號는 郊隱 晉州人 시호 文定 고려 공민왕조에 등과
　하여 조선왕조 때 大提學 찬성사를 지냈다. 아들은 苯. 이 시는 知貢擧가 되어
　지은 것이다.
3) 삼급(三級) : 세 갈래. 삼층. 三代를 이름.

한 봄의 연경(烟景)4)은 마희성이네.
비록 대우를 일렀어도 원래 서로 맞서니
어찌 용문(龍門)5)에 미쳐 갑병(甲兵)6)으로 올랐을까.


## 13. 府中懸板　　朴彭年
부 중 현 판　　박 팽 년

廟堂深處動哀絲　萬事如今摠不知
묘 당 심 처 동 애 사　만 사 여 금 총 부 지

柳綠東風吹細細　花紅春日政遲遲
유 록 동 풍 취 세 세　화 홍 춘 일 정 지 지

先王大業抽金櫃　聖主鴻恩倒玉巵
선 왕 대 업 추 금 궤　성 주 홍 은 도 옥 치

不樂何爲長不樂　賡歌醉飽太平時
불 락 하 위 장 불 락　갱 가 취 포 태 평 시


### 부중(府中)1)의 현판　　박팽년2)

묘당(廟堂)3) 깊은 곳에 슬픈 말씀4) 움직이어
만사는 오늘 같이 모두 알지 못하네.

---

4) 연경(煙景) : 연기 낀 경치.
5) 용문(龍門) : 登龍門.
6) 갑병(甲兵) : 갑옷 입은 병사.
1) 부중(府中) : 官衙 안.
2) 박팽년(朴彭年, 1417~1456) : 字 仁叟 號 醉琴軒 順天人 死六臣의 한 사람.
3) 묘당(廟堂) : 宗廟. 廟廷. 議政府.
4) 사(絲) : 임금 말씀.

버들 잎은 동풍이 솔솔 불고
꽃이 피는 봄날은 정히 지지하네.
선왕의 대업은 금궤에 담아 두고
성주의 홍은(鴻恩)은 옥잔을 기울였네.
즐겁지 않으면 어찌 길이 즐겁지 않다고 하겠는가
화답하는 노래로 취하여 배부르게 태평한 때 보내리.


## 14. 臨死吟　　成三問
임 사 음　　성 삼 문

擊鼓催人命　回首日欲斜
격 고 최 인 명　회 수 일 욕 사

黃泉無客店　今夜宿誰家
황 천 무 객 점　금 야 숙 수 가


### 죽음에 임하여 읊음　　성상문[1]

북을 치며 사람의 목숨을 재촉하는데
머리 돌리니 해가 지려하네.
황천(黃泉)[2]에 객점(客店)이 없으니
오는 밤은 뉘 집에서 자야할까.

---

1) 성삼문(成三問, 1418~1456) : 字는 謹甫 號는 梅竹軒 昌寧人 死六臣의 한 사람.
2) 황천(黃泉) : 저승.

15. 題墨鶴圖　　上手
　　제 묵 학 도　　상 수

雪作衣裳玉作趾　窺魚蘆渚幾多時
설 작 의 상 옥 작 지　규 어 노 저 기 다 시

偶然飛過山陰野　誤落羲之洗硯池
우 연 비 과 산 음 야　오 락 희 지 세 연 지

　　묵학도를 제목으로 하여　　성삼문

눈으로 옷을 만들고 옥으로 발목 만들어
고기 엿보면서 갈대 물가에서 얼마나 많은 때를 보냈는고.
우연히 날아 산음(山陰)1) 들을 지니다가
잘못하여 왕희지2)의 벼루 씻은 못에 떨어졌네.


16. 臨死顧謂六歲女兒　　上手
　　임 사 고 위 육 세 여 아　　상 수

食人之食衣人衣　所志平生莫有違
식 인 지 식 의 인 의　소 지 평 생 막 유 위

一死固知忠義在　顯陵松柏夢依依
일 사 고 지 충 의 재　현 릉 송 백 몽 의 의

---

1) 산음(山陰) : 中國 회계현(會稽縣)에 속한 땅 이름.
2) 희지(羲之) : 왕희지(王羲之). 東晉 때의 名筆.

죽음에 임해서 여섯 살 된 딸애를 돌아보며 　성삼문

사람의 밥을 먹고 사람의 옷을 입으며
뜻한 대로 평생을 어김 있게 말아라.
한 번 죽으면 진실로 충의(忠義) 있음을 알 것이니
현릉(顯陵)[1]의 송백은 꿈에 어렴풋하네.


## 17. 臨死吟　　李塏
임 사 음　　이 개

禹鼎重時生亦大　鴻毛輕處死猶榮
우 정 중 시 생 역 대　홍 모 경 처 사 유 영

明發未寐出門去　顯陵松柏夢中靑
명 발 미 매 출 문 거　현 릉 송 백 몽 중 청

---

1) 현릉(顯陵) : 문종의 능호.
　※ 임금이 세상을 떠나면 廟號나 陵號를 써 나타낸다. 다음에 조선왕조 역대
　　임금의 廟號를 魚允迪의 傳世詩로 紹介한다.

　　朝鮮二十有七代 享國五百十九年
　　太定太世文端世 睿成燕中仁明宣
　　光仁孝顯肅景英 正純憲哲高純傳
　　追崇德元眞莊文 廢黜燕山光海焉
　　또 陵號를 들면 建元陵(太祖) 厚陵(定宗) 獻陵(太宗) 英陵(世宗) 顯陵(文
　宗) 莊陵(端宗) 光陵(世祖) 昌陵(睿宗) 宣陵(成宗) 靖陵(中宗) 孝陵(仁宗) 康
　陵(明宗) 穆陵(宣祖) 長陵(仁祖) 寧陵(孝宗) 崇陵(顯宗) 明陵(肅宗) 懿陵(景
　宗) 元陵(英祖) 健陵(正祖) 仁陵(純祖) 景陵(憲宗) 睿陵(哲宗) 洪陵(高宗) 裕
　陵(純宗)

죽음에 임해서 읊다    이개[1]

우정(禹鼎)[2]은 무거운 때 사는 것 또한 크고
홍모(鴻毛) 가벼운 곳 죽음도 오히려 영화롭네.
날 샐 때 출발하노라 잠 못자고 문을 나서니
현릉(顯陵)의 송백은 꿈속에 푸르네.


## 18.    聞六臣死題益山東軒    申叔舟
       문 육 신 사 제 익 산 동 헌    신 숙 주

虞時二女竹    秦日大夫松
우 시 이 녀 죽    진 일 대 부 송

縱是哀榮異    寧爲冷熱容
종 시 애 영 이    영 위 냉 열 용


육신의 죽음을 듣고 익산 동헌에서 쓰다    신숙주[1]

순임금[2] 때는 두 여인[3]의 대[4]이고

---

1) 이개(李塏, ~1456) : 字는 伯高 淸甫 號는 白玉軒 韓山人 死六臣의 한 사람.
2) 우정(禹鼎) : 夏王朝 禹王이 天下의 金을 모아 만들었다는 아홉 개의 大寶鼎으로 夏殷以來 傳國의 보배가 되었다.(史記 封禪書)
1) 신숙주(申叔舟, 1414~1475) : 字 泛翁 號 保閑齋 高靈人 한글 창제에 공이 있고 많은 著書를 남겼다.
2) 우(虞) : 舜 임금 때의 나라 이름. 帝舜有虞氏…
3) 이녀(二女) : 두 여인. 堯 임금의 두 딸로 舜 임금의 아내가 된 娥皇 女英.
4) 이녀죽(二女竹) : 娥皇 女英 눈물의 흔적으로 아롱무늬가 남았다는 斑竹.
   대부송(大夫松) : 대부수(大夫樹) : 秦의 始皇이 泰山에 가서 비를 만나 큰 소나무 아래에서 비를 피하고 고마워 그 소나무를 大夫로 封했다.

진나라 때는 대부로 봉한 솔이네.
비록 슬픔과 영화는 달라도
어찌 차고 더운 얼굴을 하겠는가.


## 19. 題太公釣魚圖　　上手
### 제 태 공 조 어 도　　상 수

風雨蕭蕭拂釣磯　渭川魚鳥渾忘機
풍 우 소 소 불 조 기　위 천 어 조 혼 망 기

如何老作鷹揚將　終使伯夷餓採薇
여 하 노 작 응 양 장　종 사 백 이 아 채 미


**태공(太公)**[1]의 조어도(釣魚圖)를 시제로　　신숙주

바람 비 소소히 낚시질 하는 여울돌 휩쓰는데
위천(渭川)[2]의 고기와 새는 혼연히 기틀을 잊었네.
어찌하여 늙어 응양장(鷹揚將)[3]이 되어
마침내 백이(伯夷)로 하여금 채미하며 주리게 하였는가.

---

1) 태공(太公) : 太公望인 呂尙. 강태공(姜太公). 周의 東海人 西岳의 후예이며 本姓은 姜이고 呂는 封地이름. 이름은 尙 字는 子牙인데 周의 武王을 도와 殷의 紂를 치고 天下를 定했다.
2) 위천(渭川) : 渭水 中國 甘肅省 鳥鼠山에서 근원하여 黃河로 합류되는 내.
3) 응양장(鷹揚將) : 응양지임(鷹揚之任) : 將軍의 임무를 이름. 매가 하늘을 날며 雄威를 나타냄을 이르는 말에서 따 씀.

## 20.　題子陵釣魚圖　　上手
제 자 릉 조 어 도　　　상 수

桐江江上釣烟波　　生計蕭然一箇蓑
동 강 강 상 조 연 파　　생 계 소 연 일 개 사

漢殿若無星像動　　千秋正不累名加
한 전 약 무 성 상 동　　천 추 정 불 누 명 가


### 자릉(子陵)[1]의 조어도를 시제로 하여　　신숙주

동강(桐江)[2] 위에서 연파(烟波)를 낚으니
생계가 소연(蕭然)하여 도롱이 한 벌이었네.
한나라 궁전에 만약 성상(星像)의 움직임[3]이 없었더라면
천추(千秋)토록 떳떳이 그런저런 이름 더하지 않았으리.


## 21.　卽事　　鄭一蠹
즉 사　　　정 일 두

平生所作只此一首
평 생 소 작 지 차 일 수

風蒲泛泛弄輕柔　　四月花開麥已秋
풍 포 범 범 농 경 유　　사 월 화 개 맥 이 추

---

1) 자릉(子陵) : 後漢의 隱士 嚴光의 字. 光武帝와 함께 배우고 뒤에 광무제가 찾자 숨어 富春山 아래 七里灘에서 낚시질했다.
2) 동강(桐江) : 중국 浙江省에 있는 嚴子陵이 낚시질 했다고 하는 강 이름.
3) 성상동(星像動) : 光武帝가 嚴子陵을 맞아 한 방에서 자는데 잠결에 子陵이 발을 광무제에게 걸치니 日官의 눈에 客星이 紫微星을 범하는 별자리의 움직임이 나타났다.

看盡頭流千萬疊　孤舟又下大江流
간진두류천만첩　고주우하대강류


## 있었던 일　　정일두<sup>1)</sup>

　　　　　　　　평생 지은 것이 이 한 수뿐이다.

갯버들개지 바람에 동동 떠 가볍고 부드럽게 날리는데
사월 달 꽃이 피고 보리 이미 익었네.
두류산<sup>2)</sup> 천만 굽이 다 보고서
외로운 배로 또 내려가니 큰 강이 흐르네.


## 22.　上佔畢齋詩　　寒喧堂
　　　상 점 필 재 시　　한 훤 당

道在冬裘夏飮氷　霽行潦止豈傳能
도 재 동 상 하 음 빙　제 행 요 지 기 전 능

蘭如從俗終當變　誰信牛耕馬可乘
난 여 종 속 종 당 변　수 신 우 경 마 가 승

---

점필재(佔畢齋)[1]께 올린 시　　한훤당[2]

도는 겨울 초상에 있는데 여름 얼음 마시고
비개면 가고 장마에 멈추면 어찌 전할 수 있겠는가.
난초가 속된 걸 좇는 것 같이 마침내 변하는데 만나면
누가 소는 갈고 말은 탈 수 있다고 믿겠는가.


## 23.　和寒暄堂詩　　佔畢齋
　　　화 한 훤 당 시　　점 필 재

　　分外官聯到伐氷　　匡君救俗我何能
　　분 외 관 련 도 벌 빙　　광 군 구 속 아 하 능

　　終敎後輩嘲迂拙　　利勢區區不足乘
　　종 교 후 배 조 오 졸　　이 세 구 구 부 족 승


**한훤당시에 화답한 시**　　점필재

분수 밖의 벼슬이 얼음 깨는데 이르러
임금을 바르게 하고 풍속을 구원하는 걸 내가 어찌 할 수 있겠는가.
마침내 후배로 하여금 오졸(迂拙)[1]을 비웃게 되니

---

1) 점필재(佔畢齋) : 佔 : 글 뜻 모르고 읽을 점
　　今之敎者 呻其佔畢 註佔視畢簡也 但吟呻簡牘不通蘊奧
　　김종직(金宗直, 1431~1492) : 자는 효관(孝盥) 계온(季昷) 號는 佔畢齋 시호 文
　　簡 善山人 叔滋의 아들. 文章과 經術에 뛰어났고 門人에 金宏弼 鄭汝昌이 있고
　　戊午士禍 때 剖棺斬屍 당함.
2) 한훤당(寒暄堂) : 김굉필(金宏弼. 1454~1504)의 호. 字는 대유(大猷). 시호는 文
　　敬 瑞興人 門人에 趙光祖 金正國 李長坤이 있다.
1) 오졸(迂拙) : 오활하고 옹졸함.

이세(利勢)2)는 구구하여 족히 처리하지 못하네.


## 24. 賞禁苑題亭柱　　肅廟朝
상 금 원 제 정 주　　숙 묘 조

綠羅剪作三春柳　　紅錦裁成二月花
녹 라 전 작 삼 춘 류　　홍 금 재 성 이 월 화

若使公侯爭此色　　春光不到野人家
약 사 공 후 쟁 차 색　　춘 광 부 도 야 인 가


**금원(禁苑)1)을 완상하고 정자 기둥에 쓴다**　숙종 임금2)

푸른 깁으로 봄 버들을 잘라 만들고
붉은 깁으로 이월 꽃을 말아 이루었네.
만약 공후3)로 하여금 이 빛을 다투게 한다면
봄빛은 야인4)의 집에는 이르지 않으리.

---

2) 이세(利勢) : 이익이 되는 형세.
1) 금원(禁苑) : 대궐에 딸린 동산.
2) 숙종(肅宗) : 조선 19대 임금.
3) 공후(公侯) : 공작과 후작.
4) 야인(野人) : 벼슬하지 않은 사람. 시골 사람.

25. 題加川院壁上　　鄭虛菴
    제 가 천 원 벽 상　　정 허 암

風雨驚前日　孤筇遊宇宙
풍 우 경 전 일　고 공 유 우 주

鳥窺頹院穴　僧汲夕陽天
조 규 퇴 원 혈　승 급 석 양 천


가천원(加川院)[1] 벽상(壁上)에 쓴다　　정허암[2]

바람과 비로 앞날을 놀라고
외로운 지팡이로 우주를 노닐었네.
새는 무너진 동산 구멍을 엿보고
중은 저녁 때 물을 긷네.


26. 題屛　　任熙載
    제 병　　임 희 재

燕山見而殺之
연 산 견 이 살 지

祖舜宗堯自太平　秦王何事苦蒼生
조 순 종 요 자 태 평　진 왕 하 사 고 창 생

不知禍起蕭墻內　虛築防胡萬里城
부 지 화 기 소 장 내　허 축 방 호 만 리 성

---

1) 가천원(加川院) : 경기도 陽城 서쪽 15리에 있던 원 이름.(新增東國輿地勝覽)
2) 정허암(鄭虛菴) : 희량(希亮, 1469~ ? )의 號. 字는 淳夫 海州人 詩文에 능했음.

병풍에 쓴다     임희재[1]

연산군이 보고 죽었다.

요순(堯舜)을 조종(祖宗)[2]으로 하면 절로 태평한데
진왕(秦王)은 무슨 일로 창생(蒼生)을 괴롭혔나.
화가 소장(蕭墻)[3] 안에서 일어날 줄을 알지 못하고
헛되이 오랑캐 막노라 만리성을 쌓았네.


## 27. 臨死有詩     趙靜菴
임 사 유 시     조 정 암

愛君同愛父     憂國如憂家
애 군 동 애 부     우 국 여 우 가

白日臨下土     昭昭照丹衷
백 일 임 하 토     소 소 조 단 충


## 죽음에 임하여 읊은 시     조정암[1]

임금 사랑하길 아버지 사랑하는 것 같이 하고
나라 근심하는 걸 집을 근심하는 것 같이 했네.
밝은 해가 아래 흙에 다다라
소소[2]히 붉은 정성 비추네.

---

1) 임희재(任熙載, 1472~1504) : 字는 敬輿 號는 勿菴 豊川人 士洪의 아들.
2) 조종(祖宗) : 王室의 祖上. 祖功宗德의 준말.
3) 소장(蕭墻) : 屛墻. 가까운 곳.
   ※ 소장지변(蕭墻之變) : 안에서 일어난 변란. 자중지란(自中之亂).
1) 조정암(趙靜菴, 1452~1519) : 字는 孝直 號는 靜菴 시호 文正 漢陽人 己卯名賢.
2) 소소(昭昭) : 밝고 뚜렷함.

## 28. 逃命題高梯院岩上　　金老泉
도 명 제 고 제 원 암 상　　김 노 천

日暮天含黑　山空寺入雲
일 모 천 함 흑　산 공 사 입 운

君臣千載義　何處有孤墳
군 신 천 재 의　하 처 유 고 분


망명(亡命)하러 가며 고제원(高梯院)[1] 바위 위에 쓴다

김노천[2]

날이 저무니 하늘이 어두워지고
산이 비니 절이 구름에 들었네.
군신(君臣)은 천년의 의리인데
어느 곳에 외로운 무덤이 있는가.


## 29. 讀易　　金慕齋
독 역　　김 모 재

大羹元不和梅塩　至道難形筆舌尖
대 갱 원 불 화 매 염　지 도 난 형 필 설 첨

靜裡黙觀消長理　月圓如鏡又如鎌
정 리 묵 관 소 장 리　월 원 여 경 우 여 겸

---

1) 고제원(高梯院) : 郡北 二十里에 있는 院 이름. 慶尙道 居昌郡(新增東國輿地勝覽)
2) 김식(金湜, 1482~1526) : 字는 老泉 號는 沙西 淸風人 己卯八賢의 한 사람.
　 ※ 기묘팔현(己卯八賢) : 鄭光弼 東萊人 安塘 順興人 李長坤 碧珍人 趙光祖
　　漢陽人 金淨 光州人 金湜 淸風人 奇遵 幸州人 金絿 光山人.

주역을 읽다　　김모재[1]

대갱(大羹)[2]은 원래 매염(梅塩)[3]을 넣지 않고
지도(至道)는 붓과 혀끝으로 그리기 어렵네.
고요한 속에서 묵묵히 소장(消長)의 이치를 보면
달은 둥글기 거울 같고 또 낫 같네.


## 30.　客路夢中作　　奇服齋
　　　객 로 몽 중 작　　기 복 재

異域江山故國同　天涯垂淚倚高峰
이 역 강 산 고 국 동　천 애 수 루 의 고 봉

頑雲漠漠河關閉　古木蕭蕭城郭空
완 운 막 막 하 관 폐　고 목 소 소 성 곽 공

野路細分秋草外　人家多在夕陽中
야 로 세 분 추 초 외　인 가 다 재 석 양 중

征帆萬里無回棹　碧海茫茫信不通
정 범 만 리 무 회 도　벽 해 망 망 신 불 통


---

1) 김안국(金安國, 1478~1543) : 字는 國卿 號는 慕齋 시호 文敬 義城人 牧民과 敎
　化에 힘썼다.
2) 대갱(大羹) : 조미료를 쓰지 않은 肉汁.
3) 매염(梅塩) : 염매(鹽梅) : 신하가 임금을 도와서 정사를 바르게 하도록 함. 매
　실과 소금 곧 조미료를 이름.

## 나그네 길에 꿈속에서 짓다　　기복재[1]

이역(異域)의 강산도 고국(故國)과 한가지인데
하늘가에 눈물 흘리고 높은 봉우리에 의지했네.
완악한 구름 막막(漠漠)[2]하여 하관(河關)[3]이 닫혀 있고
고목은 소소[4]한데 성곽(城郭)이 비었네.
들길은 가늘게 나뉘었으니 가을 풀 밖이요
사람 집은 많이 석양 속에 있네.
멀리 가는 배 만 리에 돌아오는 배 없으니
푸른 바다 아득하여[5] 소식 통하지 못하네.


## 31.　題南衮山水圖上　　崔壽城
　　제 남 곤 산 수 도 상　　최 수 성

　　　　　　　　　　　　衮見而不悅
　　　　　　　　　　　　곤 견 이 불 열

落日下西山　孤烟生遠樹
낙 일 하 서 산　고 연 생 원 수

幅中三四人　誰是輞川主
폭 중 삼 사 인　수 시 망 천 주

---

1) 기준(奇遵, 1492~1521) : 字는 子敬 號는 服齋 시호 文愍 幸州人 己卯八賢으로 사화에 희생.
2) 막막(漠漠) : 너르고 멀어서 아득함.
3) 하관(河關) : 길이 멀리 막혀 있음. 하수와 관문.
4) 소소(蕭蕭) : 바람이나 빗소리가 쓸쓸함.
5) 망망(茫茫) : 넓고 멀어 아득함.

남곤(南袞)의 산수도 위에 쓴다    최수성[1]

남곤[2]이 보고 기뻐하지 않았다.

지는 해는 서산으로 내려가고
외로운 연기 먼 나무에서 나네.
폭건(幅巾)[3] 쓴 이 서너 사람인데
누가 망천(輞川)[4]의 주인인가.


## 32.  勸其叔世節退仕    上手
권 기 숙 세 절 퇴 사    상수

日暮滄江上    天寒水自波
일 모 창 강 상    천 한 수 자 파

孤舟宜早泊    風浪夜應多
고 주 의 조 박    풍 랑 야 응 다


그 아저씨 세절(世節)[1]의 퇴사(退仕)를 권하며   최수성

해 저문 창강 위에
날씨 차고 물이 절로 물결치네.

---

1) 최수성(崔壽峸, 1487~1521) : 字는 可鎭 號는 猿亭 시호 文貞 江陵人 北海居士
   鏡浦散人 詩書畵 音律에 정통함.
2) 남곤(南袞, 1471~1527) : 字는 士華 號는 止亭 宜寧人 沈貞과 같이 己卯士禍를
   일으킴.
3) 폭건(幅巾) : 隱士 庶民이 쓰는 頭巾의 일종.
4) 망천(輞川) : 中國 陝西省 藍田縣 輞谷川 唐 王維의 別業이 있었던 곳.
1) 최세절(崔世節) : 文科 湖堂 叅判.

외로운 배 일찍 매두는 것이 마땅한데
풍랑은 밤에 응당 많기에.


## 33.　罷職後吟　　申潛
　　　 파 직 후 음　　 신 잠

　　　　　　從濩의 子
　　　　　　종 호　 자


紅牌已收白牌失　翰林進士摠虛名
홍 패 이 수 백 패 실　한 림 진 사 총 허 명

從此嵯峨山下老　山人二字誰能爭
종 차 차 아 산 하 로　산 인 이 자 수 능 쟁


**파직(罷職)된 뒤 읊다**　　　신잠[1]
　　　　　　　　　　　　종호[2]의 아들

홍패(紅牌)[3] 이미 거두고 백패(白牌)[4]도 잃었는데
한림(翰林) 진사(進士) 모두 헛된 이름이네.
이로조차 차아산(嵯峨山)[5] 아래 늙은 이
산인(山人) 두 글자 누구와 능히 다툴까.

---

```
江陵崔氏    致雲 ┬ 應賢 ┬ 世節 ── 壽嶒
              │      └ 世孝 ── 壽峨
              └ 進賢 ── 世昌 ── 壽江
```

1) 신잠(申潛, 1491~1554) : 字는 元亮 號는 靈川子 峨嵯山人 高靈人 書畵로 이름 있음.
2) 신종호(申從濩, 1456~1497) : 字는 次韶 號는 三魁亭 叔舟의 孫.
3) 홍패(紅牌) : 文科 會試 及第 증서.
4) 백패(白牌) : 生進科 合格 증서.
5) 차아산(嵯峨山) :

## 34.　南袞使賦畫盆梅詩　　　南趎
남 곤 사 부 화 분 매 시　　　남주

南袞大怒絕之
곤 대 노 절 지

一朵盆莖弱　千秋雪態豪
일 타 분 경 약　천 추 설 태 호

誰能伸汝直　直拂暮雲高
수 능 신 여 직　직 불 모 운 고


### 남곤(南袞)이 분매(盆梅)를 그린 시를 짓게 하다　남주[1]

곤이 크게 성내고 교제를 끊다

한 송이 분매의 줄기 약해도
천추의 눈 모습 호기롭네.
누가 능히 네 굽은 걸 펴
바로 저문 구름 높은 데를 씻을까.

---

1) 남주(南趎) : 字 季應 號 西溪 又號 仙隱 固城人.
南袞이 欲引進하야 招請曰聞君文章이 見人하니 願見一詩하노라 使賦盆梅하
니 卽應聲曰 一朵盆莖弱호되 千秋雪態豪라 誰能伸汝曲하야 直拂暮雲高오 以
是見忤하야 退居靈光森溪하니라 中略 有妹 異質이 類兄하야 公이 嘗使賦雪에
以綠紅으로 爲韻하니 卽題曰 落地聲如蠶食綠이요 飄空狀似蝶窺紅이라 其神
識이 殆非一二而 早化하니라.(金逈東 道德淵源)

## 35. 咏天　　金河西 六歲
### 영천　　김하서 육세

圓形至大又窮玄　　浩浩空空繞地邊
원형지대우궁현　　호호공공요지변

覆燾中間容萬物　　杞人何事恐頹連
부도중간용만물　　기인하사공퇴련

### 하늘을 읊는다　　김하서[1] 여섯 살 때

둥근 모습이 지극히 크며 또 그지없이 까마득한데
호호공공(浩浩[2]空空)[3]하여 땅의 가를 둘렀네.
덮인[4] 중간에 만물을 용납하니
기인(杞人)[5]은 무슨 일로 무너질까 두려워했나.


## 36. 仁廟賜墨竹一篇　　上手
### 인묘사묵죽일편　　　　상수

根枝節葉盡精微　　公友精神在範圍
근지절엽진정미　　공우정신재범위

始覺聖神侔造化　　一團天地不能違
시각성신모조화　　일단천지불능위

---

1) 김인후(金麟厚, 1510~1560)：字는 厚之 號는 河西 湛齋 시호 文正 蔚山人 慕齋 門人.
2) 호호(浩浩)：아주 넓음.
3) 공공(空空)：비어 있음.
4) 부도(覆燾)：덮임.
5) 기인(杞人)：하늘이 무너질까 걱정한 杞國人.

인종 임금이 묵죽도 한 폭을 주셨다　　　김하서

뿌리 가지 마디 잎이 모두 정미하여
공정 우애의 정신은 범위에 있네.
비로소 성신이 조물주와 짝이 됨을 깨달으니
한 둥근 천지를 어길 수 없네.


## 37.　公沒後世億病死公作詩送人間　　　上手
공 몰 후 세 억 병 사 공 작 시 송 인 간　　　상수

世億其名字大年　　排雲遙叫紫薇仙
세 억 기 명 자 대 년　　배 운 요 규 자 미 선

七旬七後重相望　　歸去人間莫浪傳
칠 순 칠 후 중 상 망　　귀 거 인 간 막 낭 전


공이 세상 떠난 뒤 세억(世億)이 병들어 죽었는데
공은 시를 지어 인간으로 보냈다　　　김하서

세억(世億)은 그 이름이고 자는 대년(大年)인데
구름은 벌리어 멀리 자미선(紫薇仙)[1]을 불렀네.
칠 십 칠 년 뒤 다시 서로 바라보리니
인간으로 돌아갔다 허랑하게 전하지 마소.

---

1) 자미선(紫薇仙) : 紫薇府에 사는 신선.

## 38.  輓白休菴　　　鄭松江
　　　　만 백 휴 암　　　정 송 강

孤忠一代無雙士　獻納三更獨啓人
고 충 일 대 무 쌍 사　헌 납 삼 경 독 계 인

山岳精神生此老　歸天應復作星辰
산 악 정 신 생 차 로　귀 천 응 부 작 성 신

### 백휴암(白休菴)¹⁾을 만사한다　　　정송강²⁾

외로운 충성은 한 시대에 둘도 없는 선비요
헌납(獻納)³⁾으로 삼경(三更)에 홀로 아뢴 사람이네.
산악정신(山岳精神)⁴⁾은 이 늙은이를 내었고
하늘에 돌아가면 응당 다시 성신(星辰)이 되리라.


## 39.  悼安命世之死　　　尹校理潔
　　　　도 안 명 세 지 사　　　윤 교 리 결

三月長安百草香　漢江流水正洋洋
삼 월 장 안 백 초 향　한 강 유 수 정 양 양

欲知聖代無窮意　看取王孫舞袖長
욕 지 성 대 무 궁 의　간 취 왕 손 무 수 장

---

1) 백인걸(白仁傑, 1497~1579) : 字는 士偉 號는 休菴 시호 忠肅 水原人 淸貧했고
   大司憲을 지냈음.
2) 정송강(鄭松江) : 철(澈, 1536~1593)의 號. 字 季涵 諡 文淸 延日人 官 右相.
3) 헌납(獻納) : 조선 때 司諫院 正五品 벼슬.
4) 산악정신(山岳精神) : 우뚝한 지조를 지킨 선비정신.

안명세(安命世)[1]의 죽음을 애도한다    윤결[2]

삼월 장안에 온갖 풀 향기로운데
한강의 흐르는 물 정히 양양(洋洋)하네
성대(聖代)의 무궁한 뜻 알고자하면
왕손의 춤추는 소매 깊을 보리라.


40.   葛院壁上詩    無名
      갈 원 벽 상 시    무 명
                      丙申年間事
                      병 신 년 간 사

群小滿朝誣太平    此身斷合早歸耕
군 소 만 조 무 태 평    차 신 단 합 조 귀 경

愛君不敢輕休退    苦受蚊蠅瓮裡鳴
애 군 불 감 경 휴 퇴    고 수 문 승 옹 리 명


갈원(葛院)[1]의 벽 위에 남긴 시    무명씨
                                  병신년간의 일

군소배 조정에 가득하여 태평이라 속이니
이 몸은 일찍이 돌아가 밭 갈리라 결심했네.

---

1) 안명세(安命世, 1518~1548) : 字는 景應 順興人 乙巳士禍 事實을 時政記에 적고
   해를 입었다.
2) 윤결(尹潔, 1517~1548) : 字는 長源. 號는 醉夫 南原人 이기(李芑) 정순붕(鄭順
   朋)의 해를 입고 죽음.
1) 갈원(葛院) : 振威縣南 二十里에 있는 원 이름.(新增東國輿地勝覽)

임금 사랑했기에 감히 가볍게 물러가지 못하고
수고롭게 모기 파리처럼 독 속에서 울었네.


41. 從眉巖過摩天嶺　　眉巖之妻
　　　종 미 암 과 마 천 령　　미 암 지 처

　　行行遂至摩天嶺　　東海無涯鏡面平
　　행 행 수 지 마 천 령　　동 해 무 애 경 면 평

　　萬里夫人何事到　　三從義重一身輕
　　만 리 부 인 하 사 도　　삼 종 의 중 일 신 경


　　미암(眉巖)을 좇아 마천령(摩天嶺)을 지나며　　미암[1]의 처

　　가고 가 마침내 마천령[2]에 이르니
　　동해 가 없이 거울처럼 평평하네.
　　만 리 길 부인은 무슨 일로 이르렀나
　　삼종의 의리[3] 무겁고 한 몸은 가볍네

---

1) 유희춘(柳希春, 1513~1577) : 字는 仁仲 號는 眉巖 시호 文節 副提學을 지냈다.
　　善山人. 夫人은 宋氏.
2) 마천령(摩天嶺) : 咸南 端川郡과 咸北 城津郡 사이에 있는 재 725m 伊板(牛)嶺
　　이라고도 함.
3) 삼종의(三從義) : 三從之義 : 지난 시대에 여자가 가졌던 도리. 어려서는 아버
　　지, 결혼해서는 남편, 남편 세상 떠난 뒤에는 아들을 따라 사는 여자의 도리.

## 42.　退溪所謂倚馬出者　　李栗谷
퇴 계 소 위 의 마 출 자　　이율곡

溪分洙泗流　峰秀武夷山
계 분 수 사 류　봉 수 무 이 산

活計經千卷　生涯屋數間
활 계 경 천 권　생 애 옥 수 간

衿懷開霽月　談笑止狂瀾
금 회 개 제 월　담 소 지 광 란

小子求聞道　非偸半日閒
소 자 구 문 도　비 투 반 일 한


**퇴계(退溪)[1]의 이른바 의마지재(倚馬之才)[2]가
있는 사람**　　　　　　　　　　이율곡[3]

시내는 수사(洙泗)[4]로 나누어 흐르고
봉우리는 무이산(武夷山)[5]이 빼어났네.
생활하는 계책은 경(經) 천권이요
생애(生涯)는 집 두어 칸이네.

---

1) 이황(李滉, 1501~1570) : 字는 景浩 號는 退溪 시호 文純 眞寶人.
2) 의마출자(倚馬出者) : 빨리 글을 짓는 재주가 있는 사람. 晉의 袁虎가 말을 세워
   놓고 露布文 七枚을 쓴 데서 나온 말. 倚馬之才. 倚馬七紙.(世說新語)
3) 이이(李珥, 1536~1384) : 字 叔獻 號는 栗谷 시호 文成 德水人.
4) 수사(洙泗) : 洙水와 泗水. 중국 山東省 曲阜를 흐르는 내 이름. 그래 儒學을
   洙泗學이라고도 함.
5) 무이산(武夷山) : 중국 福建省에 있는 산 이름. 朱子의 武夷九曲歌가 있음.

금회(襟懷)[6]를 여니 제월(霽月)[7]이요
담소(談笑)로 광란(狂瀾)[8]을 그치네.
소자(小子) 도 듣기를 원한다면
한나절의 한가로움을 아끼지 않으리라.


## 43. 題六臣祠後 　　徐雲皐
제 육 신 사 후 　　서 운 고

越峽江聲走鷺梁　　廟門疎竹帶凄涼
월 협 강 성 주 노 량 　　묘 문 소 죽 대 처 량

堉生家國丹心苦　　埋恨乾坤碧血香
육 생 가 국 단 심 고 　　매 한 건 곤 벽 혈 향

一代衣冠委草莽　　千秋弓劒杳雲鄕
일 대 의 관 위 초 망 　　천 추 궁 검 묘 운 향

秋江舊傳留今古　　復有人間梅月堂
추 강 구 전 유 금 고 　　부 유 인 간 매 월 당

---

6) 금회(襟懷) : 가슴에 품고 있는 회포.
7) 제월(霽月) : 제월광풍(霽月光風) : 도량 넓고 시원함.
　 胸懷灑落 光風霽月(宋史 周敦頤傳)
8) 광란(狂瀾) : 미친듯이 이는 사나운 물결.

육신사[1] 뒤에 쓴다 　　서운고[2]

산협 넘은 강물 소리 노량으로 달리고
사당 문의 서끈 대는 처량한 빛을 띠었네.
건 땅[3]에 살아가도 단심이 괴롭고
천지에 한 묻으니 벽혈이 향기롭네.
일대의 의관은 초망처럼 버리고
천추의 궁검은 운향에 아득하네.
추강(秋江)[4]의 구전(舊傳)[5]은 고금에 남았고
다시 인간(人間)엔 매월당(梅月堂)[6]이 있네.

---

1) 육신사(六臣祠) : 사육신을 제사하는 사당.
　　死六臣
　　朴彭年 順天人 成三問 昌寧人 李塏　　韓山人
　　河緯地 晉州人 柳誠源 文化人 俞應孚 杞溪人
　　生六臣
　　金時習 江陵人 南孝溫 宜寧人 元昊　　原州人
　　李孟專 碧珍人 趙旅　　咸安人 成聃壽 昌寧人
2) 서운고(徐雲皐, 1802~ ?) : 이름 有英. 達城徐氏 生父는 格修요 養父는 沃修.

3) 육(堉) : 기름진 땅 육.
4) 추강(秋江) : 南孝溫의 號.
5) 구전(舊傳) : 秋江이 지은 六臣傳.(死六臣의 傳記)
6) 매월당(梅月堂) : 김시습(金時習)의 號.

## 44. 贈妓上林春　　申從濩
증 기 상 림 춘　　신종호

第五街頭楊柳斜　晩來風日轉淸和
제 오 가 두 양 류 사　만 래 풍 일 전 청 화

湘簾十二人如玉　靑鎖詞臣信馬過
상 렴 십 이 인 여 옥　청 쇄 사 신 신 마 과

### 기생 상림춘(上林春)에게 주다　　신종호[1]

다섯째 가두에는 양류가 비꼈는데
늦게 오는 바람과 해 청화절(淸和節)[2]이 되었네.
상렴(湘簾)[3]은 열둘[4]인데 사람은 구슬 같고
청쇄(靑鎖)[5]의 사신은 말의 뜻에 맡기어[6] 지나네.


## 45. 書安州妓裙幅　　洪淵泉
서 안 주 기 군 폭　　홍 연 천

靑袍學士少風流　紅粉佳人背面愁
청 포 학 사 소 풍 류　홍 분 가 인 배 면 수

盛說當時金侍講　滿車香橘過楊州
성 열 당 시 김 시 강　만 거 향 귤 과 양 주

---

1) 신종호(申從濩) : 旣註.
2) 청화절(淸和節) : 음력 사월의 딴 이름.
3) 상렴(湘簾) : 湘竹으로 만든 발. 緗簾. 裍簾은 字典에도 없음.
4) 십이누대(十二樓臺) : 곤륜산 선궁에 있다는 十二樓臺.
5) 청쇄(靑鎖) : 漢의 宮門.
6) 신마(信馬) : 말의 뜻에 맡기어 지나감.

안주(安州) 기생 치마폭에 쓴다     홍연천[1]

청포(靑袍) 학사는 풍류가 적어
홍분가인(紅粉佳人)의 낮의 수심 등졌네.
당시의 김시강을 많이 좋아하여
향기로운 귤[2]로 수레 가득히 양주를 지났네.


46.  世宗使賦三角山     金梅月堂五歲時
     세 종 사 부 삼 각 산     김 매 월 당 오 세 시

束聳三峰貫太淸    登臨可摘斗牛星
속 용 삼 봉 관 태 청    등 림 가 적 두 우 성

不從聖代興雲雨    能使王都萬世寧
부 종 성 대 흥 운 우    능 사 왕 도 만 세 녕


세종이 삼각산을 읊게 했다     김매월당[1] 5세 때

묶어 솟은 세 봉우리 태청(太淸)[2]을 꿰뚫어
올라가면 북두 견우성을 딸 것 같네.
한갓 성대(聖代)가 아니라도 구름 비 일으키어
왕도로 하여금 만세토록 편안케 했으면.

---

1) 홍석주(洪奭周, 1774~1842) : 字는 成伯 號는 淵泉 豊山人.
2) 만거향귤(滿車香橘) : 晉의 潘岳이 수레를 타고 洛陽 거리를 지나가면 부녀자
   들이 귤을 던져 수레에 가득했다고 함.
   洛陽이 楊州로 바뀌어 引用되었다. 楊州는 揚州로 써야 바르다.
1) 김시습(金時習, 1435~1493) : 字는 悅卿 號는 梅月堂 東峰 淸寒子 贅世翁 雪岑.
2) 삼청(三淸) : 玉淸, 上淸, 太淸.

47. 武陵妓寄徐雲皐　　名英喜年十四
　　무릉기기서운고　　　명영희연십사

滿谷紅霞集　桃花遍一村
만곡홍하집　도화편일촌

兒家何處住　長在武陵源
아가하처주　장재무릉원


무릉 기생이 서운고에게 부친다　　이름은 영희 나이 14세

골짜기 가득히 붉은 놀이 모이고
복숭아꽃이 한 마을을 둘렀네.
아이 집은 어느 곳에 있는지
길이 무릉의 근원에 있다오.


48. 其後贈武陵妓　　徐雲皐
　　기후증무릉기　　　서운고

雪後桃源信不通　向來離別太怱怱
설후도원신불통　향래이별태총총

情知明日應相見　馬首靑山入望中
정지명일응상견　마수청산입망중


그 뒤 무릉 기생에게 주다　　서운고

눈 온 뒤 도원은 소식이 통하지 않고

접때의 이별은 너무 총총[1]했네.
정의는 내일 응당 서로 볼 걸 알고
말 머리 청산으로 바라는 속에 들었네.


## 49. 其二
기 이

宜春三月百花開　客路經旬今始回
의춘삼월백화개　객로경순금시회

問爾相思如我否　明朝須趁送轎來
문이상사여아부　명조수진송교래


## 그 둘

입춘[1] 지난 삼월 백화가 피니
나그네 길 열흘 지나 이제 처음 돌아왔네.
너에게 묻노니 서로 그리워하는 마음 나와 같지 않은지
내일 아침 모름지기 일어나 가마 보내거든 오소.

---

1) 총총(悤悤) : 급하고 바쁜 모양. 忽忽 悤悤 匆匆.
　총총(忽忽) : 나무가 배게 들어서 무성한 모습.
　총총(叢叢) : 많은 물건이 들어선 모양이 빽빽함.
1) 의춘(宜春) : 立春 날 宜春. 곧 봄을 맞는 기쁨을 써 붙임. 立春帖.

## 50. 贈咸興妓可憐　　李叅判匡德
증 함 홍 기 가 련　　이 참 판 광 덕

咸關女俠滿頭絲　　醉後高歌兩出師
함 관 여 협 만 두 사　　취 후 고 가 양 출 사

唱到草廬三顧語　　逐臣淸淚萬行垂
창 도 초 려 삼 고 어　　축 신 청 루 만 항 수


### 함흥기생 가련에게 준다　　이광덕[1]

함관[2]의 여자 협사 머리에 흰 머리가 가득하여
취한 뒤 높은 소리로 두 출사표[3] 노래했네.
부르는 노래 삼고초려[4]하는데 이르면
쫓기는 신하[5] 맑은 눈물 만 줄이나 드리웠네.


## 51. 平壤練光亭韻
평 양 연 광 정 운

四人各吟一句
사 인 각 음 일 구

長城一面溶溶水　　大野東頭點點山　　金黃元
장 성 일 면 용 용 수　　대 야 동 두 점 점 산　　김 황 원

---

1) 이광덕(李匡德) : 字는 聖賴 號는 冠陽 景奭의 玄孫 大提學 眞望의 아들 全州人.
2) 함관(咸關) : 關北 咸鏡道 咸關嶺.
3) 양출사(兩出師) : 出師表와 後出師表. 諸葛亮이 지음.
4) 삼고초려(三顧草廬) : 三國 때 劉備가 諸葛亮을 찾아 세 번 草廬를 방문한 일.
5) 축신(逐臣) : 쫓겨 귀양가는 신하.

萬戶樓臺天半起　四時歌鼓月中還　　李屐翁
만호누대천반기　사시가고월중환　　이극옹

風烟不盡江湖上　詩句長留宇宙間　　洪澹瀯
풍연부진강호상　시구장류우주간　　홍담녕

黃鶴千年人不見　夕陽回首白雲灣　　洪淵泉
황학천년인불견　석양회수백운만　　홍연천

## 평양 연광정시

네 사람이 각기 한 귀씩 읊은 것이다.

장성 한 면은 질펀한 물이요
큰들 동쪽머리 여기저기 산일레.　　김황원1)

만호의 누대는 반공에 솟아 있고
사시의 노래와 북 달 속으로 돌아오네.　이극옹2)

풍연 다하지 않은 강호의 위요
시구는 길이 우주 사이에 남았네.　　홍담녕3)

황학 천년4)에 사람은 볼 수 없고
석양에 머리 돌리니 흰구름 물가일레.　홍연천5)

---

1) 김황원(金黃元, 1045~1117) : 字는 天民 全羅道 光陽縣人. 일찍 文科하고 古文
　 에 힘쓰니 海東 第一이라 했다. 翰林學士 樞密院 부사를 지냈다.
2) 이만수(李晚秀, 1752~1820) : 字는 成仲 號는 屐翁 屐園 시호 文獻 左相 福源의
　 아들 延安人 判敦寧府事를 지냈다.
3) 홍의호(洪義浩, 1758~1826) : 字는 養仲 號는 澹寧 判敦寧府事 秀輔의 아들. 判
　 書를 지냈다. 豊山人.
4) 황학천년(黃鶴千年) : 唐 崔顥의 黃鶴樓詩以後 千年을 이름.
5) 홍석주(洪奭周, 1774~1842) : 字는 成伯 號는 淵泉 豊山人.

## 52. 輓其妾　　沈一松
만 기 첩　　심일송

一朶名花載柳車　　香魂何處去躊躇
일타명화재유거　　향혼하처거주저

錦江秋雨丹旌濕　　知是佳人別淚餘
금강추우단정습　　지시가인별루여


### 그 첩을 만사하다　　심일송[1]

한 송이 명화가 유거(柳車)[2]에 실려
향혼(香魂)은 어디론가 가기를 주저[3]하네.
금강 가을비로 붉은 명정 젖으니
이게 가인(佳人)의 이별의 눈물 흔적임을 알겠네.


## 53. 題安州妓所曾授扇面　　趙相文命
제 안 주 기 소 증 수 선 면　　조상문명

安陵一別黯消魂　　忍忘當時畵柱恩
안능일별암소혼　　인망당시화주은

摩挲篋裡扇猶在　　知是秋風半淚痕
마사협리선유재　　지시추풍반누흔

---

1) 심희수(沈喜壽, 1548~1622) : 字는 伯懼 號는 一松 시호 文貞.
2) 유거(柳車) : 나라나 民間에서 장사지낼 때 梓宮이나 시체를 싣고 끌던 수레.
3) 주저(躊躇) : 망서림.

안주의 기소에서 쓰다. 일찍이 부채에 적어 주었다

조정승 문명[1]

안릉의 한 이별 소식도 아득한데
차마 당시의 훌륭한[2] 은혜를 잊겠는가.
상자 속을 더듬으니[3] 부채는 오히려 있어
이게 가을바람 불어 눈물 흔적임을 알겠네.


## 54. 謫過北靑　　金魯連
적 과 북 청　　김 노 련


黑風吹雨捲黃沙　道傍蕭條三兩家
흑 풍 취 우 권 황 사　도 방 소 조 삼 양 가

祗訪行人詢去路　不知關北是天涯
지 방 행 인 순 거 로　부 지 관 북 시 천 애


### 귀양 가며 북청을 지나다　김노련[1]

검은 바람 비를 불어 황사를 걷으니
길가엔 소조한 두어집이었네.
심방해 가는 사람 가는 길 물어도
관북[2]을 알지 못하니 이게 하늘간가.

---

1) 조문명(趙文命, 1680~1732) : 字는 叔章 號는 鶴岩 시호 文忠 豊壤人.
2) 화주(畵柱) : 畵棟. 기둥에 채색한 훌륭한 건물.
　　畵棟朝飛南浦雲(王勃 滕王閣序)
3) 마사(摩挲) : 손으로 더듬음.
1) 김노련(金魯連) : 叅判 龍柱의 아들이요 日柱의 養子 慶州人.
2) 관북(關北) : 함경남북도를 이름. 咸關嶺 북쪽.

## 55. 寄金誠立讀書齋　　許蘭雪軒
기 김 성 립 독 서 재　　허난설헌
　　　　　　　　　　　　誠立之妻
　　　　　　　　　　　　성립지처

鷰掠斜簾兩兩飛　　滿庭花落雨霏霏
연 략 사 렴 양 량 비　　만 정 화 락 우 비 비

洞房盡日傷春意　　草綠江南人未歸
동 방 진 일 상 춘 의　　초 록 강 남 인 미 귀


### 김성립(金誠立)1)의 독서재에 부쳐　　허난설헌2)
　　　　　　　　　　　　　　　　　성립의 아내

제비 비낀 발 휙 지나 쌍쌍이3) 나는데
뜰에 가득한 지는 꽃에 비만 비비4)하네.
동방에는 온종일 봄 뜻에 속상해 하는데
풀이 푸른 강남에 사람은 돌아오지 않았네.


## 56. 李平凉子世稱仙人　　不知何許人
이 평 량 자 세 칭 선 인　　부 지 하 허 인

半夜登樓非玩月　　三朝辟穀不求仙
반 야 등 루 비 완 월　　삼 조 벽 곡 불 구 선

---

1) 김성립(金誠立) : 난설헌의 남편.
2) 허난설헌(許蘭雪軒) : 許曄의 딸. 이름은 楚姬 詩文에 능해 이름을 떨침. 陽川人.
3) 양량(兩兩) : 둘 씩 짝 지어. 쌍쌍.
4) 비비(霏霏) : 비나 눈이 내리는 모양.

寒水池塘初割稻　肅霜籬落尙懸瓠
한수지당초할도　숙상이락상현호


**이패랭이**[1]  **세상에서 선인이라 했다**

어떤 사람인지 알지 못한다.

한 밤중에 다락에 오른 건 달구경하기 위해서가 아니고
세 왕조를 벽곡[2]했어도 신선되려는 게 아니네.
찬물 지당 가에서 벼를 처음 베었는데
된 서리 내린 울타리엔 아직도 박이 달렸네.


## 57. 睡中山行詩　　金得臣
수 중 산 행 시　　김득신

驢背春眠重　靑山夢裡行
여배춘면중　청산몽리행

覺來知有雨　溪水更新聲
각래지유우　계수갱신성


---

1) 평량자(平涼子) : 패랭이의 한자표기. 蔽陽子. 패랭이를 쓴 사람이 이씨이면 이
   패랭이 박씨면 박패랭이라고 불렀다.
2) 벽곡(辟穀) : 곡식을 안 먹고 솔 잎 대추 밤 등을 조금씩 먹고 사는 일.

### 자면서 산행한 시    김득신[1]

나귀 등에 봄잠이 무거우니
푸른 산을 꿈속에서 갔네.
깨어나서 비온 줄 알았는데
시냇물이 다시 새 소리 내네.


## 58.   山行詩    丁若鏞
산 행 시    정약용

我拾春光去    江山一殼餘
아 습 춘 광 거    강 산 일 각 여

後來騎馬客    無興但躊躇
후 래 기 마 객    무 흥 단 주 저


### 산행시    정약용[1]

내가 봄빛을 주으러 가니
강산은 한 조가비 남짓하네.
뒤에 오는 말 탄 손은
흥이 없어 주저(躊躇)[2]할 뿐이네.

---

1) 김득신(金得臣, 1754~1822) : 字는 子公 號는 栢谷 龜石人 時敏의 孫. 緻의 아들
   安東人.
1) 정약용(丁若鏞, 1762~1836) : 字는 美鏞 頌甫 號는 茶山 俟庵 堂號 與猶堂 시호
   文度.
2) 주저(躕躇) → 주저(躊躇).

## 59.　山行詩　　羅敏禧
산 행 시　　나 민 희

倦馬看山好　　垂鞭故不加
권 마 간 산 호　　수 편 고 불 가

花色春來矣　　溪聲雨過耶
화 색 춘 래 의　　계 성 우 과 야


巖間纔一路　　烟處或三家
암 간 재 일 로　　연 처 혹 삼 가

頓望歸路晚　　奴曰夕陽斜
돈 망 귀 로 만　　노 왈 석 양 사


### 산행시　　나민희[1]

게으른 말이 산 구경하기 좋아
채찍 드리우고도 짐짓 쓰지 않았네.
꽃 빛은 봄이 왔고
시냇물 소리는 비가 왔었네.

바위 사이에는 겨우 한 길이 있고
연기 나는 곳엔 혹 세 집이었네.
돌아가는 길 늦은 것도 모두 잊으니
종놈이 해 넘어 간다 이르네.

---

1) 나민희(羅敏禧) :

## 60. 咏雪
영설

不夜三更月　非春萬樹花
불야삼경월　비춘만수화

乾坤一點黑　城上暮歸鴉
건곤일점흑　성상모귀아

### 눈을 읊는다

밤이 아니게 삼경달이요
봄이 아닌 데도 만 나무 꽃 피었네.
건곤에 한 점이 검으니
성 위에 저물 무렵 돌아가는 까마귀네.

落地聲如蚕食綠　飄空狀似蝶窺紅　　南趎
낙지성여잠식록　표공장사접규홍　　남주

땅에 떨어지는 소리는 누에가 뽕잎 먹는 것 같고
공중에 나부끼는 모습은 나비가 꽃 찾는 것 같네.　　남주[1]


## 61. 閨怨
규원

未授三冬服　空催半夜砧
미수삼동복　공최반야침

---

1) 남주(南趎) : 字는 季應 號는 西溪 仙隱 固城人 조선 中宗 때 사람인데 靈光
森溪에 隱居.

缸銀還似妾　涙盡却燒心
항은환사첩　누진각소심

## 안방의 원망

삼동에 옷을 주지 못해서
속절없이 한 밤중 다듬이질 재촉했네.
은 요강1)은 도리어 첩 같고
눈물이 다하니 문득 속이 타네.


## 62.　貧女詩
빈 녀 시

手把金剪刀　寒宵十指直
수 파 금 전 도　한 소 십 지 직

爲人作嫁衣　年年還獨宿
위 인 작 가 의　연 년 환 독 숙


## 가난한 여인

손으로 금 가위 잡으니
추운 밤이라 열 손가락이 곧아지네.
남을 위해 시집갈 옷 지어도
해마다 도리어 혼자 잔다네.

---

1) 항(缸) → 강(鋼) : 尿鋼 夜壺 溲瓶. 요강은 한자로 이렇게 표기했다.

## 63. 輓同春　宋尤庵
만 동 춘　　송 우 암

夫子九原人　千人與之歸
부 자 구 원 인　천 인 여 지 귀

還向九原葬　攀號各沾衣
환 향 구 원 장　반 호 각 점 의


### 동춘1)을 만사한다　　송우암2)

부자(夫子)3)는 구원인(九原人)4)이라
천 사람과 함께 돌아갔네.
돌아와 구원으로 장사하니
부여잡고 울부짖으며 각기 옷을 적셨네.


## 64. 留燕京　崔錦南
유 연 경　　최 금 남

離家四十日　去國三千里
이 가 사 십 일　거 국 삼 천 리

萬曆舊江山　朝鮮冬至使
만 력 구 강 산　조 선 동 지 사

---

1) 송준길(宋浚吉, 1606~1672) : 字는 明甫 號는 同春 시호는 文正 恩津人 清座窩
  爾昌의 아들.
2) 송시열(宋時烈, 1607~1689) : 字는 英甫 號는 尤庵 시호는 文正 恩津人 睡翁 甲
  祚의 第三子.
3) 부자(夫子) : 선생에 대한 경칭.
4) 구원인(九原人) : 황천인(黃泉人). 저승으로 간 사람.

연경에 머물다     최금남[1]

집을 떠난 지 사십일이고
나라 삼천리를 떠나갔네.
만력(萬曆)[2]은 옛 강산이요
조선의 동지사(冬至使)[3]네.


## 65. 採藥詩     李栗谷
    채 약 시     이율곡

採藥还迷路     千峯秋葉裡
채약환미로     천봉추엽리

山僧汲水歸     林末茶烟起
산승급수귀     임말다연기


약을 캔다     이율곡[1]

약을 캐다가 돌아오는[2] 길이 희미한데
천 봉우리 가을 잎 속이네.
산승은 물을 길러 돌아가고
수풀 끝으로 차 끓이는 연기 일어나네.

---

1) 최부(崔溥, 1454~1504) : 字는 淵淵 號는 錦南 耽津人 漂海錄의 著者.
2) 만력(萬曆) : 明 神宗의 年號.
3) 동지사(冬至使) : 조선왕조 때 해마다 동지 무렵에 중국으로 보내던 사신.
1) 이이(李珥) : 旣註.
2) 환(还) → 환(還) 俗作還字非(明文漢韓大字典)

## 66. 山中秋夜　　劉希慶
### 산중추야　　유희경

白露下秋空　山中桂花發
백로하추공　산중계화발

折得最高枝　歸來伴明月
절득최고지　귀래반명월


## 산중의 가을 밤　　유희경[1]

백로 내리는 가을 하늘
산속에 계수 꽃이 피었네.
가장 높은 가지 꺾어 들고
돌아오며 밝은 달과 짝했네.


## 67. 溪水詩　　僧正思
### 계수시　　승정사

古寺岩外水　哀鳴復嗚咽
고사암외수　애명부오열

應恨到人間　永與雲山別
응한도인간　영여운산별

---

1) 유희경(劉希慶) : 字는 應吉 號는 村隱 江華人 梅窓과 사랑했다.

시냇물    중 정사[1]

옛 절 바위 밖의 물은
슬피 울고 다시 흐느끼네.
응당 한이 되는 건 인간에 이르러
길이 운산과 헤어지는 것이네.


## 68. 泛舟詩    宋龜峯
범 주 시    송 귀 봉

迷花歸棹晚    待月下灘遲
미 화 귀 도 만    대 월 하 탄 지

醉睡猶垂釣    舟移夢不移
취 수 유 수 조    주 이 몽 불 이


## 배를 띄우다    송귀봉[1]

꽃에 정신 팔려 돌아가는 배 늦은데
달을 기다리며 여울로 내려가는 게 더디네.
취해 졸면서도 오히려 낚시 드리우고
배는 옮겨도 꿈은 옮기지 않았네.

---

1) 정사(正思) : 고려 때 남원 松林寺 중 源川洞에 쓴 詩를 府使 鄭國儉이 보고
老儒 梁積中과 함께 절을 찾아가 만나 山水友를 맺고 僧中龍이라 했다.(新增東
國輿地勝覽)
古佛岩前水 哀鳴復鳴咽
應恨到人間 永與雲山別(新增東國輿地勝覽)
1) 송익필(宋翼弼, 1534~1599) : 字는 雲長 號는 龜峯 시호 文敬 礪山人 祀連의 아들.

## 69. 大同江吟　　平壤妓
대 동 강 음　　평양기

急管催絃別意多　不成沈醉不成歌
급 관 최 현 별 의 다　불 성 침 취 불 성 가

大同江水何時盡　莫敎愁人東渡波
대 동 강 수 하 시 진　막 교 수 인 동 도 파

### 대동강을 읊는다　　평양기생

빠른 피리에 줄 풍류 재촉하여 이별의 뜻이 많아
깊이 취하지도 않고 노래도 이루지 못하네.
대동강 물 어느 때 다할까
수심 있는 사람 동쪽으로 건너게 말아라.

## 70. 又　　鄭知常
우　　정지상

雨歇長堤草色多　送君南浦動悲歌
우 헐 장 제 초 색 다　송 군 남 포 동 비 가

大同江水無時盡　別淚年年添綠波
대 동 강 수 무 시 진　별 루 연 년 첨 록 파

**또**　　정지상[1]

비 갠 언덕에는 풀빛이 파란데
그대 보내는 남포에는 슬픈 노래 소리 나네.
대동강 물 다할 때 없어도
이별하는 눈물 해마다 푸른 물결 더하네.


# 71.　有約
유 약

有約郎何晩　庭梅欲放時
유 약 낭 하 만　정 매 욕 방 시

忽聞枝上鵲　虛畵鏡中眉
홀 문 지 상 작　허 화 경 중 미


**약속**

약속했던 임은 어찌 그리 늦는가
뜰에 핀 매화가 지려하네.
문득 가지 위 까지 소리 듣고
헛되이 거울 보고 눈썹 그렸네.

---

1) 정지상(鄭知常, ? ~1135) : 號 南湖 고려 중엽 시인.

## 72. 偶吟 　曹南冥
우음 　조남명

人之愛正士　愛虎皮相似
인지애정사　애호피상사

生前欲殺之　死後方稱美
생전욕살지　사후방칭미

**우연히 읊는다** 　조남명[1]

사람이 바른 선비 사랑함은
법 가죽 사랑하는 것과 서로 같네.
생전엔 죽이려 했어도
사후에는 바야흐로 아름답다 하네.


## 73. 咏漂娥
영표아

韓山苧布細單衫　手弄椎花影碧潭
한산저포세단삼　수롱추화영벽담

魚兒却妬無雙色　故起微波作兩三
어아각투무쌍색　고기미파작양삼

---

1) 조식(曹植, 1501~1572) : 字는 健仲 號는 南冥 시호 文貞 昌寧人.

빨래하는 아가씨를 읊는다

한산 모시 베 가는 홑 적삼
손을 저어 꽃을 방망이질 하니 푸른 못에 비춰네.
고기 새끼도 짝이 없이 예쁜 걸 투기하여
일부러 가는 물결을 두세 번 일으키네.


## 74. 易簀詩　　宋尤庵
역 책 시　　송 우 암

愛君如愛父　天日照丹衷
애 군 여 애 부　천 일 조 단 충

先賢此句語　悲節古今同
선 현 차 구 어　비 절 고 금 동


**역책1)시**　　송우암2)

임금 사랑하는 걸 아버지 사랑하는 것 같이 하니
하늘의 해가 붉은 정성 비추네.
선현의 이 시구 말이
슬픈 절개 예와 이제 같구나.

---

1) 역책(易簀) : 삿자리를 바꿈. 曾子가 병이 위독했을 때 簀을 바꾸어 깐 故事에
　기대어 사람의 임종을 이름.
2) 송시열(宋時烈) : 旣註.

## 75. 黃花詩　　高霽峯
황 화 시　　고 제 봉

正色黃爲貴　天姿白亦奇
정 색 황 위 귀　천 자 백 역 기

世人看自別　均是傲霜枝
세 인 간 자 별　균 시 오 상 지


### 국화 [黃花][1]　　고제봉[2]

바른 빛은 누런 걸 귀하다고 하는데
천연한 모습은 흰 것 또한 기특하네.
세상사람 저마다 달리 보나
모두 이게 오상(傲霜)[3]하는 꽃 가지네.


## 76. 秋夜詩
추 야 시

蕭蕭落葉聲　錯認爲疎雨
소 소 낙 엽 성　착 인 위 소 우

呼童出門看　月掛溪南樹
호 동 출 문 간　월 괘 계 남 수

---

1) 황화(黃花) : 국화의 딴 이름.
2) 고경명(高敬命, 1533~1592) : 字는 而順 號는 霽峯 苔軒 시호 忠烈 長興人.
3) 오상(傲霜) : 서릿발이 심한 속에서도 굴하지 않음.

## 가을밤

소소하게 지는 잎 소리
성근비 내린다 잘못 알고서.
아이 불러 문 밖에 나가 보랬더니
달이 시내 남쪽 나무에 걸렸다네.


## 77. 咏鼓

영 고

皮面圓如月　銀釘似列星
피 면 원 여 월　은 정 사 열 성

中藏風雨勢　白日動雷聲
중 장 풍 우 세　백 일 동 뇌 성


## 북을 읊다

가죽은 둥근 달 같고
은못은 늘어 선 별 같네.
그 속에 풍우의 형세를 감추니
대낮에도 우레 소리 나네.

## 78. 咏妓
영 기

窄窄輕紗小作衫　京師時體細雙針
착착경사소작삼　경사시체세쌍침

憐爾裙端瓜子襪　尖尖踏殺幾人心
연이군단과자말　첨첨답살기인심


### 기생을 읊는다

좁디좁은 가벼운 깁으로 작은 적삼 만드니
서울의 시체라 가는 쌍침 썼네.
가엾구나 너는 치마 끝 외씨 버선으로
뾰족 뾰족한 버선발로 몇 사람 마음을 밟아 죽였나.


## 79. 服藥詩　　金處士
복 약 시　　김 처 사

服藥求長年　不如孤竹子
복약구장년　불여고죽자

一食西山薇　萬年猶不死
일식서산미　만년유불사

약을 복용한다   김처사[1]

약을 먹고 오래 살려고 하는 건
고죽군의 아들[2]만 같지 못하네.
한번 서산 고사리[3]를 먹었어도
만년을 오히려 죽지 않았네.


# 80.  成川 降仙樓
성 천   강 선 루

荷香月色可淸宵   復有閑人弄玉簫
하 향 월 색 가 청 소   부 유 한 인 농 옥 소

十二欄干無夢寐   碧城秋思正迢迢
십 이 난 간 무 몽 매   벽 성 추 사 정 초 초


성천 강선루[1]

연꽃 향기 달빛으로 맑은 밤이라 할만한데

---

1)  김처사(金處士) :
2)  고죽자(孤竹子) : 孤竹君의 두 아들 伯夷와 叔齊를 이름.
3)  서산미(西山薇) : 首陽山 고사리를 이름.
1)  참고삼아 李原의 강선루시(降仙樓詩)와 申叔舟의 비류강시(沸流江詩)를 소개해 둔다.

有酒何須問酒泉   最宜觸詠碧江前
千年地僻風烟古   十里岩回樹木連
水面初肥過夜雨   山容漸瘦己秋天
宗工當日留題壁   欲和微吟却憫然   李原詩

歌舞橫江落日紅   風流氣槩屬諸公
誰能和就高唐賦   雲雨依然十二峯   申叔舟詩

다시 한가한 사람 있어 옥퉁소를 희롱하네.
열두 난간2)은 꿈자리에도 없고
벽성3) 가을 생각 정히 아득하네.


## 81. 歎世詩
탄 세 시

耕牛無宿草　倉鼠有餘粮
경 우 무 숙 초　창 서 유 여 량

萬事分已定　浮生空自忙
만 사 분 이 정　부 생 공 자 망


### 세상을 탄식하는 시

쟁기질하는 소에게는 묵은 풀이 없어도
창고에 있는 쥐에게는 남은 양식이 있네.
만사는 분수 이미 정해졌어도
부생은 속절없이 절로 바쁘네.


## 82. 戒詩吟
계 시 음

翠死因毛美　龜亡爲甲靈
취 사 인 모 미　귀 망 위 갑 령

---

2) 십이난간(十二欄干) : 南詔의 苗族이 猛獸의 침입을 막기 위해 만든 四面 三個
   씩의 차단목.
3) 벽성(碧城) : 신선이 사는 성. 碧城十二曲欄干(李商隱 碧城詩)

不如無用物　安過樂平生
불여무용물　안과낙평생

## 경계하는 시를 읊다

비취는 깃털이 아름답기에 죽고
거북은 껍질이 신령스러워 죽네.
무용지물만 같은 게 없으니
어떻게 평생을 즐겁게 보낼까.


## 83. 泗川妓別人
사 천 기 별 인

七星門外初逢君　萬石橋頭更別君
칠 성 문 외 초 봉 군　만 석 교 두 갱 별 군

桃花落地春無迹　明月何宵不憶君
도 화 낙 지 춘 무 적　명 월 하 소 불 억 군


## 사천기생이 사람과 헤어지다

칠성문 밖에서 처음 그대를 만났고
만석교 머리에서 다시 그대와 헤어졌네.
복숭아꽃 땅에 지니 봄은 자취 없고.
밝은 달 어느 밤에 그대 생각지 않을까.

## 84. 俠客行

협 객 행

白馬黃金勒　交遊五陵客
백마황금륵　교유오릉객

殺人都市中　日暮娼家宿
살인도시중　일모창가숙

### 협객[1]의 노래

백마에 황금 굴레로
오릉(五陵)[2]의 손과 사귀어 놀았네.
사람을 도시 안에서 죽이고
해 저물면 창녀의 집에서 자네.

## 85. 扶風候仙樓

부 풍 후 선 루

謾使浮生堪白頭　南來有此一高樓
만사부생감백두　남래유차일고루

秦皇漢武魂消地　白傅靑蓮夢過洲
진황한무혼소지　백부청련몽과주

---

1) 협객(俠客) : 호협한 사람.
2) 오릉(五陵) : 중국 長安에 있는 漢代 다섯 陵. 長陵 安陵 陽陵 茂陵 平陵. 이
   부근에 豪遊하는 손이 많았음.

蕭颯精神雲萬里　悵然消息月千秋
소 삽 정 신 운 만 리　창 연 소 식 월 천 추

一聲長篴悠悠立　鰲背瓊嶂未了愁
일 성 장 적 유 유 립　오 배 경 장 미 료 수


## 부풍[1]의 후선루

한만히 부생으로 하여금 흰 머리 되게 하는데
남쪽으로 오니 여기에 한 높은 다락이 있네.
진시황[2]과 한무제[3]는 혼이 살아진 땅이요
백낙천[4]과 이태백[5]은 꿈에 물가 지났네.
소삽한 정신은 구름이 만 리요
창연한 소식은 달이 천추일레.
한 소리 긴 젓소리에 유유히 섰으니
자라등 구슬 메뿌리에 근심 마치지 못하네.


## 86.　中原人嘲成三問
중 원 인 조 성 삼 문

石上難生草　房中不起雲
석 상 난 생 초　방 중 불 기 운

---

1) 부풍(扶風) : 중국 陝西省에 있는 고을 이름인데 여기선 扶安의 딴 이름으로
　쓰인듯함. 扶安 文人들의 모임 이름에 扶風 蘭菊社란 이름이 있었음.
2) 진황(秦皇) : 秦始皇을 이름.
3) 한무(漢武) : 漢의 武帝.
　※ 秦始皇과 漢武帝는 神仙思想과 관계있음.
4) 백부(白傅) : 唐의 白居易가 太子 小傅가 되었기에 白傅라 이름.
5) 청련(靑蓮) : 唐 李白의 故鄉이 靑蓮鄕이었기에 靑蓮居士라 일렀음.

何山一凡鳥　　飛入鳳凰群
하 산 일 범 조　　비 입 봉 황 군

중원인이 성삼문을 조롱한다

돌 위엔 풀이 나기 어렵고
방속엔 구름이 일어나지 않네.
어느 산의 한 평범한 새가
봉황의 무리에 날아들었네.


87.　成三問答嘲
　　　성 삼 문 답 조

我本靑天嶋　　飛過五彩雲
아 본 청 천 학　　비 과 오 채 운

一朝逢霧黑　　誤作老鴉群
일 조 봉 무 흑　　오 작 노 아 군

성삼문이 조롱에 대답한다

나는 본래 청천의 학1)인데
오색 구름을 날아 지났네.
하루아침에 검은 안개 만나
잘못하여 늙은 까마귀 떼가 되었네.

---

1) 학(嶋) → 학(鶴)

## 88.　樂府詞　　申維翰
악 부 사　　　신 유 한

青山影裡碧溪水　容易東流爾莫誇
청 산 영 리 벽 계 수　용 이 동 류 이 막 과

一到滄溟難再見　故留明月更婆娑
일 도 창 명 난 재 견　고 류 명 월 갱 파 사


### 악부가사　　신유한[1]

청산 그림자 속의 벽계수야
쉽게 동으로 흐른다고 자랑마라.
한번 창해에 이르면 다시 보기 어려우니
일부러 밝은 달을 머물러 다시 훤하게[2].


## 89.　又
우

白蝴蝶與往青山　黑蝶團飛入此間
백 호 접 여 왕 청 산　흑 접 단 비 입 차 간

行行日暮花間宿　花若無情葉宿还
행 행 일 모 화 간 숙　화 약 무 정 엽 숙 환

---

1) 신유한(申維翰, 1681~1752) : 字는 周伯 號는 青泉 寧海人.
2) 파사(婆娑) : 춤추는 소매의 모습이 가볍다. 몸이 가냘프다. 초목의 입이 떨어
　지고 가지가 성기다. 거문고의 소리가 꺾임이 많다.

又[1]

흰 나비야 함께 청산가자
검은 나비들도 날아 이 속으로 들어가자.
가다가 저물면 꽃 사이에서 자고
꽃이 무정하다면 잎에서라도 자고 가자[2].


## 90. 宣化堂韻
선 화 당 운

安石石榴箇箇尖　　夕陽朝雨影纖纖
안 석 석 류 개 개 첨　　석 양 조 우 영 섬 섬

詩朋坐睡琴娥去　　一樹梧桐碧滿簾
시 붕 좌 수 금 아 거　　일 수 오 동 벽 만 렴


### 선화당[1] 운

안석 석류는 낱낱이 뾰족하고
저녁 볕 아침 비는 그림자가 섬섬하네.
시붕이 앉아 조니 금아[2][3]는 가고
한나무 오동은 푸른 것이 발에 가득하네.

---

1) 88, 89는 시조 두 수를 漢譯한 것이다.
2) 환(还) → 환(還).
1) 선화당(宣化堂) : 관찰사의 집무소.
2) 금(琹) → 금(琴).
3) 금아(琴娥) : 거문고를 타는 여자.

91. 九歲童吟　　權鞈
　　구 세 동 음　　권 갑

雪月前朝色　寒鍾故國聲
설 월 전 조 색　한 종 고 국 성

南樓愁獨立　殘郭暮烟生
남 루 수 독 립　잔 곽 모 연 생


**아홉 살 된 아이가 읊은 시**　　권갑[1]

설월은 지난 왕조의 빛이요
한종은 고국의 소리네.
남쪽 다락에 수심스레 홀로 서니
쇠잔한 성곽엔 저문 연기 피어오르네.


92. 六歲童咏雉
　　육 세 동 영 치

　　　　讀史略時
　　　　독 사 략 시

有雉升山雊　箕服仰射之
유 치 승 산 구　기 복 앙 석 지

副而觀其心　加於炭火上
부 이 관 기 심　가 어 탄 화 상

---

1) 권갑(權鞈) : 習齋 擘의 아들이요 石洲의 兄인데 號는 草樓.

여섯 살 아이 꿩을 읊다

사략을 읽을 때

꿩이 있어 산을 오르는 장끼를
동개1)에 걸앉아2) 화살로 이걸 마쳤네.
쪼개 그 속을 보고
숯불 위에 올려놓았네.


## 93. 咏梅詩    黃鳳錫
영 매 시    황 봉 석

絕澗梅査在　春寒尚作花
절 간 매 사 재　춘 한 상 작 화

自開還自落　不向世人誇
자 개 환 자 락　불 향 세 인 과


### 매화를 읊은 시    황봉석1)

물이 끊어진 시내에 매화 그루터기가 있어
봄 추위에도 오히려 꽃이 피네.
절로 피고 도로혀 절로 지면서도
세상사람 향하여 자랑하지 않네.

---

1) 동개 : 활과 화살을 넣어 등에 지도록 가죽으로 된 물건.
2) 기복(箕服) : 동개에 걸앉음을 이름.
1) 황봉석(黃鳳錫) :

## 94. 入中原吟　黃五
입 중 원 음　황오

一樹扶桑下　讀書坐掩門
일 수 부 상 하　독 서 좌 엄 문

西風隨上使　落日入中原
서 풍 수 상 사　낙 일 입 중 원

大地黃河走　深宮紫極尊
대 지 황 하 주　심 궁 자 극 존

從今誇有眼　長嘯倚乾坤
종 금 과 유 안　장 소 의 건 곤


### 중원으로 들어가며　황오[1]

한 나무 부상[2]아래
글을 읽으려 문을 닫고 앉았네.
서풍에 상사 따라서
지는 해에 중원으로 들어갔네.
대지엔 황하가 달리고
심궁엔 자극[3]이 높았네.
지금부터는 눈이 있다 자랑하고
길이 휘파람 불며 건곤에 의지했네.

---

1) 황오(黃五, 1876~ ？) : 旣註.
2) 부상(扶桑) : 해가 뜨는 곳에 있다는 나무.
3) 자극(紫極) : 天子의 居所. 임금의 자리.

## 95.  白雲使中原吟
백 운 사 중 원 음

故國三韓遠　　西風客意多
고 국 삼 한 원　　서 풍 객 의 다

孤舟一夜夢　　月落洞庭波
고 주 일 야 몽　　월 락 동 정 파


**백운1)이 중국으로 사신 가며**

고국인 삼한이 머니
서풍에 나그네 뜻이 많네.
외로운 배 하룻밤 꿈은
달이 지고 동정호 물결치네.


## 96.  戒友
계 우

莫將心內事　　說與故人知
막 장 심 내 사　　설 여 고 인 지

---

1) 白雲은 李奎報의 自號로 보아지는데 이규보는 중국으로 使臣간 일이 없고 아
마도 뒤에 편집되어 전한 白雲小說에 나온 崔孤雲 관계 기사 중의 [洞庭月落孤
雲歸가 訛傳된 것이라 보인다.
　　洪萬宗의 小華詩評에선 㕘政 朴寅亮의 詩라 했으니 더 밝혀 보아야 할 일이
다. 我東以文獻聞於中國 中國謂之小中華 盖由崔文昌致遠 唱之於前 朴㕘政寅
亮 和之於後 崔文昌郵亭夜雨詩日 旅館窮秋雨 寒窓靜夜燈 自憐愁裡坐 眞箇靜
中僧 朴㕘政 船中夜吟詩日 故國三韓遠 西風客意多 孤舟一夜夢 月落洞庭波 崔
詩律格嚴正 朴詩語韻淸絶 可與中國 諸子橐鞬周旋(小華詩評 上)

恐後情疎日　翻成大是非
공후정소일　번성대시비


## 벗을 경계한다

마음속의 일을 가지고
친구와 더불어 말해 알게 말아라.
뒤에 정이 성기어진 날
뒤집혀 큰 시비가 일까 두렵구나.


## 97.　金剛山吟　　宋尤庵
　　　금 강 산 음　　송 우 암

山與雲俱白　雲山未辨容
산 여 운 구 백　운 산 미 변 용

雲歸山獨立　一萬二千峰
운 귀 산 독 립　일 만 이 천 봉


## 금강산을 읊다　　송우암[1]

산과 구름이 함께 희어
구름과 산의 모습을 변변할 수 없네.
구름 돌아가고 산이 홀로 서니
일만 이천 봉일레.

---

1) 송시열(宋時烈) : 旣註.

## 98. 金剛山吟　　朴處士
금 강 산 음　　박 처 사

東國金剛出　中原五岳低
동국금강출　중원오악저

仙人多窟宅　王母恨生西
선인다굴택　왕모한생서

### 금강산을 읊다　　박처사[1]

동국(조선)에 금강산이 나오니
중원(중국)에 오악[2]이 낮아졌네.
선인의 굴택이 많으니
서왕모[3]는 서녘에 난 걸 한탄했네.


## 99. 金剛山僧吟　　處能
금 강 산 승 음　　처 능

小僧枕鉢囊　夢入蓬萊島
소승침발낭　몽입봉래도

蕭蕭落葉聲　驚起秋山暮
소소낙엽성　경기추산모

---

1) 박처사(朴處士)：
2) 오악(五岳)：泰山 衡山 嵩山 華山 恒山.
3) 왕모(王母)：西王母. 곤룬산에 산다는 신선.

### 금강산승의 시 처능[1]

소승이 바랑을 베고 누워
꿈에 봉래도에 들어갔네.
으스스 지는 잎소리에
놀라 일어나니 가을 산이 저무네.


## 100. 金剛僧答　　人間景
금 강 승 답　　인 문 경

白玉峯峯石　靑烟處處菴
백 옥 봉 봉 석　청 연 처 처 암

金剛無限景　難盡小僧談
금 강 무 한 경　난 진 소 승 담


### 금강승의 대답

사람이 경치를 물으니

흰 구슬은 봉우리마다의 돌이요
푸른 연기 나는 곳곳마다 암자네.
금강산의 한이 없는 경치는
소승의 이야기로는 다하기 어렵네.

---

1) 처능(處能) : 白谷道人 字는 愼守 俗姓 金氏 申翊聖 尹新之와 친하고 碧岩 밑에
　서 講道했으며 白谷集이 있다.

## 101. 歎世吟　金三淵昌翕
탄 세 음　김 삼 연 창 흡

浮漚萬萬箇　合散在須臾
부 구 만 만 개　합 산 재 수 유

求名與求利　浪作百年圖
구 명 여 구 리　낭 작 백 년 도

### 세상을 탄식하며 읊다　삼연 김창흡[1]

뜬 물거품 만만개가
합했다 흩어진 게 수유[2] 사이였네.
명예를 구하고 이익을 구하며
허랑하게 백년계획 세웠네.

## 102. 降仙樓韻
강 선 루 운

三百樓臺十二山　極繁華地又兼閑
삼 백 누 대 십 이 산　극 번 화 지 우 겸 한

玉簫一曲淸江上　滿載紅粧落日還
옥 소 일 곡 청 강 상　만 재 홍 장 낙 일 환

---

1) 김창흡(金昌翕, 1653~1722) : 字는 子益 號는 三淵 시호 文康 文谷의 아들 安東人.
2) 수유(須臾) : 잠시 동안.

강선루시

삼백누대1)와 열두 산2)이
매우 번화한 땅에 있고 또 한가함을 겸했네.
옥퉁소 한 곡조는 맑은 강 위요.
홍분(紅粉)을 가득 싣고 해질 무렵 돌아 왔네.


## 103. 金剛山
금 강 산

| 非冬雪色山山石 | 不雨雷聲寺寺鍾 |
|---|---|
| 비 동 설 색 산 산 석 | 불 우 뇌 성 사 사 종 |
| 天浮大海三千里 | 地載金剛萬二峰 |
| 천 부 대 해 삼 천 리 | 지 재 금 강 만 이 봉 |

금강산

겨울 눈빛 아닌데도 산마다 돌이요
비 우레 소리 아닌데도 절마다 종이네.
하늘은 큰 바다 삼천리에 뜨고
땅은 금강산 일만 일천 봉을 실었네.

---

1) 삼백누대(三百樓臺) : 많은 樓臺를 이리 일렀음.
2) 십이산(十二山) : 중국 12州에 있는 名山.(書舜典)

## 104. 自述　　沈能淑
자 술　　심능숙

日我沈能淑　平生所大欲
왈아심능숙　평생소대욕

靑紗烏角巾　白馬黃金勒
청사오각건　백마황금륵

南陌看花發　西隣問酒熟
남맥간화발　서린문주숙

不然滄浪波　濯足觀魚躍
불연창랑파　탁족관어약


저 자신을 기술한다　　심능숙[1]

나 심능숙은
평생하고 싶은 게 많네.
청사모에 오각건 쓰고
백마타고 황금 굴레하여
남쪽 길에서 꽃피는 걸 보고
서쪽 길에선 술집을 물었네.
그렇지 않으면 창랑 물에
탁족[2]하고 관어[3]하겠네.

---

1) 심능숙(沈能淑) :
2) 탁족(濯足) : 발을 씻음.
3) 관어(觀魚) : 고기 노는 걸 봄.

## 105. 見磨石吟　　七歲童
견 마 석 음　　칠 세 동

木柄天北斗　鉎柱地洛陽
목 병 천 북 두　철 주 지 락 양

天動地靜理　我看磨石場
천 동 지 정 리　아 간 마 석 장

雷動動而不雨　雪紛紛而不寒
뇌 동 동 이 불 우　설 분 분 이 불 한


### 맷돌을 보고 읊는다　　일곱 살 아이[1]

나무자루는 하늘의 북두요
쇠[2]기둥은 땅의 낙양일레.
하늘이 움직이고 땅이 고요한 이치를
나는 맷돌 마당에서 보네.

우레 움직여도 비 오지 않고
눈 날리어도 춥지 않네.

---

1) ※ 天動地靜理 吾反磨石看(蘆沙先生年譜)
　　木柄天北斗 : -309散詩 69斗七回 참조.
2) 철(鉎) : 鐵의 古字. 음 철 이.(日出處)

117

## 106. 問病人 見雨中桃花吟
문병인 견우중도화음

問爾桃花紅　胡然細雨中
문이도화홍　호연세우중

主人多病故　不敢笑春風
주인다병고　불감소춘풍

**문병 온 사람이 비속에 복숭아꽃이 피는 걸 보고 읊다**

너 복숭아꽃에게 묻노니
어째 가랑비 속에서 피느냐.
주인이 병이 많기 때문에
감히 봄바람에 웃지도 못한다오.


## 107. 贈妓詩　　高霽峰
증기시　　고제봉

立馬江頭別故遲　生憎楊柳最高枝
입마강두별고지　생증양류최고지

佳人緣薄含愁態　蕩子情深問後期
가인연박함수태　탕자정심문후기

桃李落來寒食節　鷓鴣飛去夕陽時
도리락래한식절　자고비거석양시

遙知他夜相思夢　應到芙蓉雨後池
요지타야상사몽　응도부용우후지

## 기생에게 준시    고제봉[1]

말을 강머리에 세우고 이별이 짐짓 더딘데
짜증나 버들 높은 가지 꺾었네.
가인은 인연 옅어 수태를 머금고
탕자는 정이 깊어 뒷기약 물었네.
도리(桃李) 떨어지니 한식 절기요
자고(鷓鴣) 날아가니 석양 때이네.
멀리 다른 밤 상사의 꿈을 알고
응당 부용은 비온 뒤 못에 이르리.


## 108. 又
우

楊柳池邊第二家　玉簫解艷雜淸歌
양 류 지 변 제 이 가　옥 소 해 염 잡 청 가

行人爲買佳人笑　費盡囊中負債多
행 인 위 매 가 인 소　비 진 낭 중 부 채 다


### 또

버들 못 가 두 번째 집은
옥퉁소 소리 고운데 맑은 노래 섞였네.
행인에게 팔기위한 가인의 웃음이요
비용 다 쓴 주머니 속엔 진 빚이 많네.

---

1) 고경명(高敬命) : 旣註.

## 109. 又
우

| 雲髮金釵兩少娥 | 隔墻相對語桃花 |
|---|---|
| 운발금채양소아 | 격장상대어도화 |

| 却嫌春暑生眸纈 | 半額頻將纖手加 |
|---|---|
| 각혐춘귀생모힐 | 반액빈장섬수가 |


또

운발(雲髮)1)에 금채(金釵)2)한 두 젊은 여인
담을 사이에 두고 상대하여 도화(桃花)를 이야기 하네.
문득 봄 시각에 눈주름3) 생길까 혐의4)하여
반 이마에 자주 가냘픈 손을 더하네.


## 110. 練光亭吟
연광정음

| 練光亭上坐 | 箕子舊江山 |
|---|---|
| 연광정상좌 | 기자구강산 |

| 事事浮雲外 | 人人歷代間 |
|---|---|
| 사사부운외 | 인인역대간 |

---

1) 운발(雲髮) : 여자의 탐스러운 머리.
2) 금채(金釵) : 금비녀.
3) 모힐(眸纈) : 눈주름.
4) 구(㗇) → 해 시계 구.

文章多白髮　歌舞盡紅顏
문장다백발　가무진홍안

往路那堪問　蓮洲鷺夢閒
왕로나감문　연주노몽한


### 연광정1)을 읊는다

연광정 위에 앉으니
기자의 옛 강산이네.
일마다 뜬구름 밖이요
사람마다 역대 사이이네.
문장은 백발이 많고
가무는 모두 다 홍안이네.
가는 곳이 어디냐고 물으니
연꽃 물가로 해오라기 꿈이 한가롭다네.


## 111. 次晬宴詩　　林白湖
차 수 연 시　　임백호

登高望四方　平沙十里連
등고망사방　평사십리연

箇箇令人拾　籌君父母年
개개령인습　주군부모년

---

1) 연광정(練光亭) : 德岩위에 있는데 監司 許琮이 세웠다.

## 수연시를 차운한다    임백호[1]

높은데 올라 사방을 바라보니
평평한 모래밭 십리에 연했네.
낱낱이 사람시켜 주워
그대 부모 나이로 셈하고 싶네.


## 112. 次回졸詩    上手
차 회 근 시    상 수

主人久不死    豈曰神仙無
주인구불사    기왈신선무

可笑赤松子    天上一鰥夫
가소적송자    천상일환부


### 회혼시(回婚詩)[1]를 차운한다    임백호

주인이 오래 죽지 않으니
어찌 신선이 없다고 하겠는가.
우습구나 적송자(赤松子)[2]는
천상의 한 홀아비였었네.

---

1) 임재(林悌, 1549~1587) : 字는 子順 號는 白湖 羅州人.
1) 근(졸) : 혼례 때 술 바가지 근.
2) 적송자(赤松子) : 上古의 신선이름. 神農氏 때의 雨師로 뒤에 곤륜산에 들어가 신선이 되었다고 함. 一說엔 帝嚳의 스승이라고도 함.

## 113. 贈別鄭基世　　成川妓名芙蓉
증 별 정 기 세　　성 천 기 명 부 용

靑靑細柳絲　欲係使君行
청 청 세 류 사　욕 계 사 군 행

昇仙橋下別　分手不分情
승 선 교 하 별　분 수 불 분 정

**정기세[1]와 헤어지며 준다**　　성천기생 이름은 부용

푸르고 푸른 가는 버들가지
사군 가는 걸 매고[2] 싶네.
승선교 아래에서 헤어지는데
손은 나누어도 정은 나누지 못하네.

---

1) 정기세(鄭基世, 1814~1884) : 원용의 아들 범조의 아버지.
　동래정씨(東萊鄭氏)

蘭宗 ── 光弼 ── 福謙 ── 惟吉 ── 昌衍 ── 廣成 ─┐
┌──────────────────────────────────────────────┘
└─ 太和 ─┬─ 載嵩
　　　　　│
　　　　　├─ 載岳 ── 任先 ── 錫曾 ── 啓淳 ── 東晚 ─┐
┌──────────────────────────────────────────────────┘
└─ 元容 ── 基世 ── 範朝

2) 계(係) → 繫

123

## 114. 喪七歲兒吟　　平壤妓
상 칠 세 아 음　　평양기

七年病六年　歸臥爾猶閑
칠년병육년　귀와이유한

滿天今夜雪　離母不知寒
만천금야설　이모부지한


### 일곱 살 아이 죽음을 읊는다　　평양 기생

일곱 살 아이 육년을 병들었다가
돌아가 누우니 네가 오히려 한가하구나.
하늘 가득한 오늘밤 눈에도
어미를 떠나 추위를 아지 못하는구나.


## 115. 贈妓月仙　　柳於于
증 기 월 선　　유 어 우

爾本月城女　歌用新羅語
이 본 월 성 녀　가 용 신 라 어

欲見伽倻仙　抱琴伽倻去
욕 견 가 야 선　포 금 가 야 거

## 기생 월선에게 준다    유어우[1]

너는 본래 경주[2] 여자이기에
노래에 신라 말을 쓰는구나.
가야선이 보고 싶어
거문고를 안고 가야로 가는구나.


## 116. 平壤浮碧樓詩
평 양 부 벽 루 시

瀜瀜仙樂動高樓    散入東風碧水頭
융 융 선 악 동 고 루    산 입 동 풍 벽 수 두

漁子亦如淸興否    白雲灘上暫停舟
어 자 역 여 청 흥 부    백 운 탄 상 잠 정 주


## 평양 부벽루[1] 시

조화[2]된 선악이 높은 다락에서 움직여
동풍에 흩어 들어 푸른 물 머리에 이르렀네.
고기잡이 또한 청흥을 아는지
흰 구름 여울 위에 잠간 배를 머무네.

---

1) 유몽인(柳夢寅, 1559~1623) : 字는 應文 號는 於于堂 시호 義貞 高興人.
2) 월성(月城) : 慶州의 딴 이름.
1) 부벽루(浮碧樓) : 乙密臺 아래 永明寺 동쪽에 있는 다락.
2) 융융(瀜瀜) : 물이 깊고 넓은 모양. 잘 조화됨.

## 117. 樂府詞
악 부 사

金絲烏竹紫葡萄　　雙牡丹叢十丈蕉
금사오죽자포도　　쌍모란총십장초

影倒窓前荷葉盞　　意中人對月中宵
영도창전하엽잔　　의중인대월중소

### 악부가사[1]

금사오죽[2]에 자포도요
쌍모란 떨기에 십장 파초네.
그림자는 창 앞의 연잎 잔에 거꾸러지고
뜻에 맞는 사람은 달빛 속에 상대했네.


## 118. 又
우

半立長堤半立沙　　戲言半作細聲歌
반립장제반립사　　희언반작세성가

強投細石驚黃鳥　　似弄春波極落花
강투세석경황조　　사롱춘파극낙화

---

1) 악부(樂府) : 樂章.
2) 금사오죽(金絲烏竹) : 반죽(斑竹)의 하나. 줄기가 가늘고 마디가 굵으며 작은
　점이 박혔음.

또

반은 긴 언덕에 서고 반은 모래에 서
희롱하는 말을 반으로 가는 소리 노래를 지었네.
일부러 작은 돌을 던져 꾀꼬리를 놀라게 하고
봄 물결 희롱하는 것처럼 지는 꽃이 지극했네.


## 119. 海州妓別章
해 주 기 별 장

| 細柳千絲金色黃 | 持贈江北少年郎 |
|---|---|
| 세 류 천 사 금 색 황 | 지 증 강 북 소 년 랑 |

| 花心蝶意無憑處 | 取次相思金色黃 |
|---|---|
| 화 심 접 의 무 빙 처 | 취 차 상 사 금 색 황 |


### 해주기생 이별시

가는 버들 천 가지는 금빛으로 누른데
이걸 가지고 강북의 소년 낭군에게 주었네.
꽃 마음 나비 뜻은 의지할 곳 없어
다음으로 상사를 취해 금빛으로 누르네.

## 120. 成川妓別章
성 천 기 별 장

郎白思儂說在舌　　夢中相見亦非眞
낭 백 사 농 설 재 설　　몽 중 상 견 역 비 진

似儂無寐那成夢　　夜夜孤燈耿到晨
사 농 무 매 나 성 몽　　야 야 고 등 경 도 신

### 성천기생별장

낭군이 말하는 나를 생각한다는 말은 혀에 있고
꿈속에 서로 보아도 또한 참이 아니었네.
나같이 잠이 없다면 어떻게 꿈을 꿀 것인가
밤마다 외로운 등 깜박이며 새벽이 되었네.


## 121. 平壤妓別章
평 양 기 별 장

拱北樓前草色齊　　亂歌欲咽夕陽低
공 북 루 전 초 색 제　　난 가 욕 열 석 양 저

綠水靑山分手地　　一人騎馬一人啼
녹 수 청 산 분 수 지　　일 인 기 마 일 인 제

### 평양기생 이별시

공북루 앞에 풀빛이 가지런하고
어지러운 노래로 목메려니 저녁볕이 뉘엿하네.

녹수청산은 손을 나눈 땅이요
한 사람은 말 타고 한 사람은 울었네.


## 122. 遊白羊山　　　丁茶山 承旨
유 백 양 산　　　정 다 산 승 지

昔聞今上杜　　朝往暮歸歐
석 문 금 상 두　　조 왕 모 귀 구

靑鼠年間客　　白羊山下遊
청 서 연 간 객　　백 양 산 하 유


**백양산에서 논다**　　　정다산[1] 승지

예 듣고 이제 오른 인 두자미(杜子美)[2]요
이침에 가고 저녁 때 돌아온 인 구양수(歐陽修)[3]이네.
병자[4] 연간의 손이
신미년에 산 아래서 놀았네.

---

1) 정약용(丁若鏞, 1762~1836) : 字는 美鏞 頌甫 號는 茶山 俟庵 당호 與猶堂 시호 文度 羅州人.
2) 석문금상(昔聞今上) : 두보(杜甫)의 시 악양루(岳陽樓)에 기대었다. 昔聞洞庭水 今上岳陽樓(杜甫의 詩 登岳陽樓)
3) 조왕모귀(朝往暮歸) : 구양수(歐陽修)의 취옹정기(醉翁亭記)에 기대었다. 朝往暮歸 朝而往暮而歸 四時之景 不同而樂亦無窮也(歐陽修의 醉翁亭記)
4) 청서·백양(靑鼠·白羊) : 靑鼠는 甲子이고 白羊은 辛未年이다.
十干을 五色 五方으로 나타내고 十二支를 十二神獸로 나타내어 사용하면 靑鼠는 甲子요 白羊은 辛未다. 곧 甲乙은 靑 東, 丙丁은 赤 南, 戊己는 黃 中, 庚申은 白 西, 壬癸는 黑 北이고 子는 鼠, 丑은 牛, 寅은 虎, 卯는 兎, 辰은 龍, 巳는 蛇, 午는 馬, 未는 羊, 申는 猿, 酉는 鷄, 戌은 狗, 亥는 猪다.
이걸 더 敷衍해 설명하면 다음과 같다.

## 123. 春日吟　　朴竹西
　　　춘 일 음　　　박죽서

爾問庭前鳥　何山宿早來
이 문 정 전 조　하 산 숙 조 래

應識山中事　杜鵑花未開
응 식 산 중 사　두 견 화 미 개


### 봄 날을 읊는다　　박죽서[1]

너 뜰 앞 새에게 묻노니
어느 산에서 자고 일찍 왔는가.
응당 산중 일을 알 것이니
진달래꽃 피었나 안 피었나.

---

十干을 방위 오행 오색으로 배안해 보면

| 十干 | 方位 | 五行 | 五色 |
|---|---|---|---|
| 甲乙 | 東 | 木 | 靑 |
| 丙丁 | 南 | 火 | 赤 |
| 戊己 | 中 | 土 | 黃 |
| 庚辛 | 西 | 金 | 白 |
| 壬癸 | 北 | 水 | 黑 |

또 12支를 12神獸로 배정하여 사용하면
子는 鼠 쥐, 丑은 牛 소, 寅은 虎 호랑이, 卯는 兎 토끼, 辰은 龍 용, 巳는 蛇
뱀, 午는 馬 말, 未는 羊 양, 申은 猿 원숭이, 酉는 鷄 닭, 戌은 狗 개, 亥는
猪 돼지, 이걸로 干支를 나타내면 靑鼠는 甲子요 白羊은 辛未다.
1) 박죽서(朴竹西) :

## 124. 上元望月　　金河西
상 원 망 월　　김 하 서

高低隨地勢　　早晚自天時
고 저 수 지 세　　조 만 자 천 시

人言何足恤　　明月本無私
인 언 하 족 휼　　명 월 본 무 사


### 정월 보름달　　김하서[1]

높고 낮은 건 지세에 따랐고
이르고 늦은 건 천시(天時)로부터네.
사람의 말을 어찌 족히 근심하랴
밝은 달은 근본 사가 없는 걸.


## 125. 題樂民樓　　鄭松江
제 낙 민 루　　정 송 강

白岳連天起　　成川入海遙
백 악 연 천 기　　성 천 입 해 요

年年芳草路　　人渡夕陽橋
연 년 방 초 로　　인 도 석 양 교

---

1) 김인후(金麟厚) : 旣註.

낙민루를 시제로 하여　　정송강[1]

백악은 하늘에 이어 일어났고
성천은 멀리 바다로 들어갔네.
해마다 방초길이요
사람은 석양 다리를 건너네.


## 126. 贈金叅奉　三章　　公州妓
중 김 참 봉　삼 장　　공 주 기

昨夜樓頭琴瑟　今朝馬上郎君
작 야 누 두 금 슬　금 조 마 상 낭 군

鷄山碧錦水濶　路迢迢靄烟雲
계 산 벽 금 수 활　노 초 초 애 연 운

有淚如可釀釀　得千斛壚頭酒
유 루 여 가 양 양　득 천 곡 노 두 주

隨君到處上面醺
수 군 도 처 상 면 훈


### 김참봉에게 준다　삼장　　공주기생

어제 밤 다락머리 금슬이요
오늘 아침 말위의 낭군이네.

---

1) 정철(鄭澈) : 鄭松江. 旣註.

계룡산은 푸르고 금강 물은 너르네.
길은 멀고멀며 아지랑이 연기구름이네.

눈물이 있어 그걸로 술을 빚는다면
천곡1)의 봉로술2)을 얻을 것이요.
그대 따라 이르는 곳엔 낮이 훈훈히 취해질 것이네.

## 127. 又
우

步步漸遠　影斷魂消
보 보 점 원　영 단 혼 소

折楊柳歌一曲　歌在喉中咽不調
절 양 유 가 일 곡　가 재 후 중 열 부 조

此身如可靡　靡作路傍塵　隨君到處撲靑袍
차 신 여 가 미　미 작 노 방 진　수 군 도 처 박 청 포

### 또

걷고 걸어 점점 멀어지고
그림자 끊어지고 혼이 가시었네.

절양류(折楊柳)1) 노래 한 가락은

---

1) 곡(斛) : 十斗.
2) 노두주(壚頭酒) : 봉로술. 봉놋방에서 마시는 술. 주막 술.
1) 절양유(折楊柳) : 樂府의 이름. 고향을 떠나올 때 버들가지를 꺾어주며 이별의
　　뜻을 붙인 노래.

노래는 목구멍 속에 있으나 목메어 고르지 않네.

이 몸이 서로 붙좇아
길가 먼지가 된다면
그대 따라 이르는 곳 청포를 두드려 털으리.


## 128. 又

우

| 莫洗郎君飮酒巵 | 琥珀斑爛 | 猶有歷歷紅津 |
| 막세낭군음주치 | 호박반란 | 유유역력홍진 |

| 莫掃郎君坐臥處 | 錦筵氍毹 | 猶有拂拂紅塵 |
| 막소낭군좌와처 | 금연구유 | 유유불불홍진 |

| 爲語天下紅顔女 | 愼莫作靑樓世世離別人 |
| 위어천하홍안녀 | 신막작청루세세이별인 |

또

낭군의 술 마시는 잔을 씻지 말라
아롱진1) 호박배엔
오히려 역력한 붉은 진액이 있네.

낭군의 앉고 누운 곳을 쓸지 말라

---

1) 반란(斑爛) : 마마의 발진이 곪아 터져 문드러짐. 아롱거리는 모습. 여러 빛깔
이 섞여 알록달록하게 빛남.

비단자리 담요2)에는
오히려 털어버릴 붉은 티끌이 있네.

천하의 홍안녀3)에게 말하노니
삼가 청루4)에서
대대로 이별하는 사람이 되지 말라.


## 129. 水瓠
수 호

中心太子丹　外面將軍靑
중 심 태 자 단　외 면 장 군 청


물바가지

중심은 태자 단1)이요
외면은 장군 위청2)일레.

---

2) 구유(氍毹) : 탑등(毾㲪) : 담요. 담자(毯子). 모석(毛席). 전담지속(氈毯之屬).
3) 홍안녀(紅顔女) : 젊고 얼굴이 고운 여자.
4) 청루(靑樓) : 기생집. 창기의 집.
1) 연태자단(燕太子丹) : 戰國 때 燕王 喜의 아들. 어려서 秦에 볼모로 갔다가 도망
  해 돌아왔다. 荊軻에게 督亢의 地圖와 樊於期의 머리를 보내어 秦王을 제거하
  려했다가 뜻을 이루지 못했다.
2) 위청(衛靑) : 漢의 大將. 그 아버지 鄭季가 平壤侯 曹壽의 侍女 衛媼과 통하여
  낳았다. 뒤에 궁중으로 들어가 武帝의 사랑을 받고 母姓을 따라 出世하게 되었
  다. 長平侯에 봉해지고 大司馬를 지냈다.

## 130. 山火詩
산 화 시

暗地燭龍白　薰炎炭蚨紅
암 지 촉 용 백　훈 염 탄 잠 홍

一層高赤壁　虛影散西東
일 층 고 적 벽　허 영 산 서 동

青山火不意　倘是春光紅
청 산 화 불 의　당 시 춘 광 홍

遙向夸娥問　亦非風自東
요 향 과 아 문　역 비 풍 자 동

## 산불시

어두운 땅에 촉룡(燭龍)[1]이 희고
불길 치밀 불꽃으로 수탄(獸炭)[2]이 붉네.
일층은 적벽이 높고
헛된 그림자는 동서로 흩어지네.

청산의 불은 뜻 아니 했고
혹 봄 빛 붉은 것이었으리.
멀리 아름다운 아가씨에게 묻길
또 바람은 동쪽으로부터가 아니냐고.

---

1) 촉룡(燭龍) : 燭陰. 鍾山神名 人面蛇身으로 눈 뜨면 낮이요 눈 감으면 밤이라고 함.
2) 탄잠(炭蚨) → 탄규(炭蚪) : 獸炭. 숯가루로 짐승 모양으로 만든 것. 짐승의 뼈를
   태워 만든 숯.(海錄碎事 飲食薪炭)

## 131. 寒食　在平壤吟　黃五
한식　재평양음　황오

| | |
|---|---|
| 忠臣一死萬邦寒 | 携酒晚登浮碧欄 |
| 충신일사만방한 | 휴주만등부벽한 |
| 三月東風來杜宇 | 去年今日在長安 |
| 삼월동풍내두우 | 거년금일재장안 |
| 白屋無烟憐父老 | 靑山有塚上衣冠 |
| 백옥무연연부로 | 청산유총상의관 |
| 寒鴉塚飯垂楊坐 | 江北江南送客難 |
| 한아총반수양좌 | 강북강남송객난 |

한식1)

평양에서 읊었다.　황오

충신 하나 죽으니 만방이 차고
술을 가지고 늦게야 부벽루에 올랐네.
삼월 동풍에 두견새 오고
거년 오늘은 장안에 있었네.
가난한 초가에 연기 없으니 부로가 가엾고
청산에 무덤 있어 의관이 오르네.
찬 까마귀 밥을 쪼으며 수양버들에 앉았고
강남 강북에 손 보내기 어렵네.

---

1) 한식(寒食) : 冬至 이후 105일이 되는 날. 중국 晋文公의 신하 介子椎를 생각하여 그가 죽은 이날 찬밥을 먹었다고 함.

137

## 132. 鳥嶺作　　　上手
조 령 작　　　상수

東風東望彈琴臺　　戰壘愁雲鬱未開
동풍동망탄금대　　전류수운울미개

天地無功串背水　　江山有恨客含盃
천지무공관배수　　강산유한객함배

漁村暮帆忠州入　　海戍殘烽鳥嶺來
어촌모범충주입　　해수잔봉조령래

日落不逢申壯士　　平沙漠漠白鷗廻
일락불봉신장사　　평사막막백구회


### 새재에서 짓는다　　　황오

동풍에 동쪽으로 탄금대를 바라보니
싸움터 수심스런 구름 답답하게 열리지 않았네.
천지에 공이 없으니 군사는 물을 등지고
강산은 한이 없으니 손은 잔을 머금었네.
어촌의 저문 돛대 배는 충주로 들어가고
바다 수자리 쇠잔한 봉화는 새재로 오네.
해가 져도 만나지 못한 건 신장사요
평사는 아득한데 흰 갈매기 돌아오네.

## 133. 輓河西 　　鄭松江
만 하 서 　　정 송 강

東方無出處 　惟有湛齋翁
동방무출처 　유유담재옹

年年七月七 　痛哭卯山中
연년칠월칠 　통곡난산중


### 하서를 만사하다 　　정송강

동방에 출처1)가 없는데
오직 담재옹이 있었네.
해마다 칠월 칠일이면
난산 속에서 통곡했었네.


## 134. 歎貧 　　金進士
탄 빈 　　김 진 사

妻云甁乏粮 　奴曰囚無薪
처 운 병 핍 량 　노 왈 인 무 신

大笑推窓看 　東風萬木春
대 소 퇴 창 간 　동 풍 만 목 춘

---

1) 출처(出處) : 나와 벼슬에 나아가는 것과 집에 있는 것. 朝廷에 있는 것과 草野
에 거처하는 것. 去就 進退 語黙.

가난을 탄식한다　　김진사

아내는 병에 양식이 다했다 했고
종은 부엌[1)]에 땔 나무가 없다 했네.
크게 웃고 창을 열고 보니
동풍에 만목이 봄일레.

## 135. 在公州吟　　趙夏鈺
재 공 주 음　　조 하 임

城中片土無塵地　　林下孤烟不仕家
성 중 편 토 무 진 지　　임 하 고 연 불 사 가

三逕雨移元亮菊　　一園春種邵平苽
삼 경 우 이 원 량 국　　일 원 춘 종 소 평 고

方圓任器心同水　　開落隨風世屬花
방 원 임 기 심 동 수　　개 락 수 풍 세 속 화

白酒淸談閑士足　　相逢何必問生涯
백 주 청 담 한 사 족　　상 봉 하 필 문 생 애

공주에서 읊는다　　조하임[1)]

성안의 조각 땅도 티끌 땅이 아니고
숲 아래 외로운 연기는 벼슬하지 않은 집이네.

---

삼경2)의 비로 원량3)의 국화를 옮기고
한 동산 봄에 소평4)의 외를 심었네.
방원을 멋대로 하는 그릇은 중심이 물과 한가지고
바람에 따라 피고 지니 세상은 꽃에 속했네.
백주와 청담은 한가한 선비에게 족한데
서로 만나면 어찌 꼭 생애를 물어야 하나.


## 136. 江都感古吟　　金承旨
강 도 감 고 음　　김 승 지

一帶長江擁石門　天敎形勝護東藩
일 대 장 강 옹 석 문　천 교 형 승 호 동 번

回思丙子年間事　幾斷王孫塞上魂
회 사 병 자 연 간 사　기 단 왕 손 새 상 혼

此日高樓休盡醉　當時大將好傾樽
차 일 고 루 휴 진 취　당 시 대 장 호 경 준

男兒袖裡鳴三尺　欲向崆峒雪舊冤
남 아 수 리 명 삼 척　욕 향 공 동 설 구 원

---

2) 삼경(三逕) : 漢의 隱士 蔣詡의 정원에 있던 좁은 세 길. 곧 松 竹 菊을 심고
   求仲 羊仲과 즐겨 논 故事에 기댐.
3) 원량(元亮) : 晉의 徵士 도잠(陶潛)의 字. 菊花를 사랑했고 彭澤令으로 있다가
   五斗米로 허리 굽힐 수 없다고 버리고 歸去來辭를 읊고 돌아왔다. 뒤에 세상에
   선 靖節이라 사시(私諡)했다.
4) 소평(邵平) : 秦의 東陵侯. 김平이 함양의 靑門 밖에 외를 심어 生計를 삼았다.

강도1)의 감고2)를 읊는다    김승지

장강 일대가 석문을 끌어
하늘이 형승으로 하여금 동번(東藩)3)을 두호하네.
돌이켜 병자 연간의 일을 생각하면
몇 번이나 왕손의 새상 혼을 끊었던고.
이날 높은 다락에서 다 취케 말라
당시의 대장은 술동이 기울이기 좋아했네.
남아의 소매 속에 삼척검이 울고
우뚝한4) 옛 원한 씻으려 하네.


137. 登濟州御風亭    中華八學士
    등 제 주 어 풍 정    중 화 팔 학 사

登登錦嶽眄蒼茫    信步層岩近太陽
등 등 금 악 면 창 망    신 보 층 암 근 태 양

西瞻庶激燕京帝    南望將禽日本王
서 첨 서 격 연 경 제    남 망 장 금 일 본 왕

九萬北辰冥曳履    三千東海可蹇裳
구 만 북 신 명 예 리    삼 천 동 해 가 건 상

領略勝區無限景    憑虛擬駕大鵬翔
영 략 승 구 무 한 경    빙 허 의 가 대 붕 상

---

1) 강도(江都) : 江華島를 이름. 고려 중엽 몽고 침입 때 서울을 그리 옮겼기 때문
   에 그리 이름.
2) 감고(感古) : 옛 적 곧 병자호란 때의 일을 생각하고 느낌.
3) 동번(東藩) : 동쪽 藩屏國家(諸侯國家)란 뜻으로 쓰임.
4) 공동(崆峒) : 산이 높은 모습.

## 제주 어풍정에 올라    중화팔학사

금악(錦嶽)을 오르고 올라 창망(蒼茫)을 곁눈질해 보고
미덥게 층암에 오르니 태양이 가깝네.
서쪽으로 거의 연경의 황제를 격동시켜 보고
남쪽으로 장차 일본 왕 사로잡을 걸 바라보네.
구만리[1] 북신(北辰)은 신 끌기에 어둡고
삼천세계[2] 동해는 치마를 걷을만하네.
승구의 무한경을 대략 거느리고
허공에 의지하여 나는 대붕[3] 타는 걸 비기네.


## 138. 幽居吟    李退溪
### 유 거 음    이퇴계

野塘淸濶淨無沙　　露草夭夭繞水涯
야당청활정무사　　노초요요요수애

雲飛鳥去無相關　　只怕時時鵞掠波
운비조거무상관　　지파시시연약파


## 유거[1]를 읊는다    이퇴계[2]

들 못은 맑고 너른데 모래 없이 조촐하고

---

1) 구만(九萬) : 九萬里 長天.
2) 삼천(三千) : 三千世界.
3) 대붕(大鵬) : 莊子 逍遙遊에 나오는 큰 새.
1) 유거(幽居) : 속세를 떠나 그윽하고 외딴 조용한 곳에 붙어 삶. 또는 그 주거.
2) 이퇴계(李退溪) : 旣註.

이슬 맺힌 풀은 아름답게[3] 물가를 둘러 있네.
구름 날고 새 가도 서로 관계없고
오직 때때로 제비 물결 노략질할까 두렵네.


## 139. 戒世詩　　李書九
### 계 세 시　　이 서 구

居鄕士業二其端　於讀於耕廢一難
거 향 사 업 이 기 단　어 독 어 경 폐 일 난

專事犁鋤昧見識　空耽書籍那飢寒
전 사 이 서 매 견 식　공 탐 서 적 나 기 한

那間將有分工濶　這裡方看立志完
나 간 장 유 분 공 활　저 리 방 간 입 지 완

古有斯人胡不學　唐之董子漢兒寬
고 유 사 인 호 불 학　당 지 동 자 한 예 관


### 세상을 경계하는 시　　이서구[1]

시골에 사는 선비 일이 그 가지가 둘인데
글 읽고 농사짓는 일 하나도 폐하기 어렵네.
농사짓는 일에 전심하면 식견이 망매하고
속절없이 서적을 탐독하면 기한을 어찌하랴.
저 사이에서 장차 공활(工濶)[2]을 나눔이 있고

---

3) 요요(夭夭) : 1. 나이 젊고 아름다움. 2. 화색이 좋다. 3. 물건이 가냘프고 아름다움.
1) 이서구(李書九, 1754~1825) : 字는 洛瑞 號는 惕齋 全州人.
2) 공활(工濶) : 공교함과 활원함.

이 속에서 바야흐로 뜻 세움이 완전함을 보네.
옛적은 이 사람 있어도 어찌 배우지 않았는가.
당의 동자(董子)3)요 한의 예관(兒寬)4)이네.


## 140. 輓廣陵人　　崔孤雲
만 광 릉 인　　　최 고 운

生無兄弟死無依　四十文章一布衣
생 무 형 제 사 무 의　사 십 문 장 일 포 의
旅櫬歸來慈母哭　廣陵三月杏花飛
여 츤 귀 래 자 모 곡　광 릉 삼 월 행 화 비


### 광릉인을 만사한다　　최고운1)

살아서는 형제 없고 죽어서는 의지할 데 없는데
사십 문장이요 한 포의2)였네.
여츤(旅櫬)3)이 돌아오니 자모가 울었고
광릉4) 삼월에 살구꽃 날렸네.

---

3) 동자(董子) : 董召南. 唐의 安豊人. 進士가 되어 뜻을 얻지 못하고 河北의 여러
鎭에 일할 곳을 찾으니 韓愈는 글을 이어 작별했다.(尙友錄)
4) 예관(兒寬) : 漢의 千乘人. 尙書에 통하고 射策으로 掌故가 되고 左內史 御史大
夫가 되었다.(前漢書 五十八)
1) 최치원(崔致遠, 857~ ? ) : 字는 孤雲 12세 때 入唐 留學했고 28세 때 歸國했다.
당나라 과거에 합격하고 토황소격을 지어 문명을 날렸다. 저서에 계원필경등
문집을 남겼다. 文昌侯에 봉해지고 文廟에 從祀했다.
2) 포의(布衣) : 벼슬하지 않은 선비.
3) 여츤(旅櫬) : 타향에서 죽어 고향으로 돌아 온 시체.
4) 광릉(廣陵) : 中國 江蘇省 江都縣 東北에 있는 고을 이름.

## 141. 輓宋山林
만 송 산 림

丹旐翻翻素輦明　　四方多士葬先生
단 조 번 번 소 연 명　　사 방 다 사 장 선 생

可憐武德山下土　　難掩綱常萬古名
가 련 무 덕 산 하 토　　난 엄 강 상 만 고 명


### 송산림1)을 만사하다

붉은 기2) 펄펄 날리고 흰 상여 밝은데
사방의 많은 선비 선생을 장사했네.
가엽구나. 무덕산 중의 흙으로도
강상(綱常)3)과 만고 이름을 가리기 어렵다네.


## 142. 輓其妻　　秋史
만 기 처　　추 사

欲持此恨新冥司　　復生後生易地爲
욕 지 차 한 신 명 사　　부 생 후 생 역 지 위

我死君生天外別　　令君知我此時悲
아 사 군 생 천 외 별　　영 군 지 아 차 시 비

---

1) 산림(山林) : 山林處士 학덕이 높으나 벼슬하지 않은 시골 선비.
2) 단조(丹旐) : 거북과 뱀을 그린 붉은 기.
3) 강상(綱常) : 三綱과 五倫.

그 아내를 만사한다    추사[1]

명부를 새롭게 할 이 한을 가지고
다시 세상 후생들이 처지를 바꾸게 했으면 싶네.
나 죽고 그대 살아 하늘 밖에서 헤어져
그대로 하여금 나의 이 때 슬픔을 알게 하리.


## 143. 讀宋史    上手
독 송 사    상수

掩燈輟讀便長吁    天地間無一丈夫
엄 등 철 독 편 장 우    천 지 간 무 일 장 부

三百年來中國土    如何付與老單于
삼 백 년 래 중 국 토    여 하 부 여 노 선 우


송사를 읽는다    추사

등불을 가리고 책을 덮으며 문득 길게 탄식하니
천지간에 한 장부도 없네.
삼백년래 중국의 땅을
어찌하여 늙은 선우[1]에게 부쳐주었나.

---

1) 김정희(金正喜, 1786~1856) : 字는 元春 號는 阮堂 秋史 吏曹叅判 魯敬의 아들이
   요 叅判 魯承의 養子 生員 文科를 거쳐 벼슬은 吏曹叅判에 이르렀다. 書法에
   일가를 이루고 金石學에 卓見이 있었다고 함.
1) 선우(單于) : 흉노의 왕. 여기선 蒙古의 왕을 이름.

## 144. 金剛僧詩
금강승시

百尺丹崖桂樹下　蓬門一閉曾不開
백척단애계수하　봉문일폐증불개

忽聞東海蘇仙過　喚鶴守菴乞句來
홀문동해소선과　환학수암걸구래


### 금강승의 시

백 척 붉은 벼랑 계수나무 아래에서
봉문1)이 한번 닫혀 일찍이 열리지 않았네.
문득 동해에 소선2)이 지난다는 말을 듣고
학을 불러 집 보라하고 시구 빌리러 왔네.


## 145. 金剛詩　　蘭皐
금강시　　난고

怪怪奇奇幅幅幽　天仙人佛捴生疑
괴괴기기폭폭유　천선인불총생의

平生詩爲金剛惜　詩到金剛不敢詩
평생시위금강석　시도금강불감시

---

1) 봉문(蓬門) : 蓬萊山門.
2) 소선(蘇仙) : 蘇東坡를 이름.

금강시     난고[1]

괴이하고 기이하며 겉꾸밈이 그윽하여
하늘인가 신선인가 사람인가 부처인가 모두 이게 의심스럽네.
평생 시를 해도 금강은 아쉬우니
시가 금강에 이르면 감히 시가 아니네.


## 146. 八月道中作     上手
팔 월 도 중 작     상 수

十里淸溪溪上沙　靑孀新婦哭如歌
십 리 청 계 계 상 사　청 상 신 부 곡 여 가

可憐武德墳前酒　釀出阿郎手種禾
가 련 무 덕 분 전 주　양 출 아 랑 수 종 화


**팔월 길 가다가 짓다**     난고

십리 맑은 시내 그 위엔 모랜데
청상 신부[1]의 곡이 노래 같네.
가엾구나 무덕산 무덤 앞의 술은
빚어낸 게 신랑이 몸소 심은 벼라네.

---

1) 난고(蘭皐) : 방랑시인 김삿갓[金笠] 김병연(金炳淵, 1807~1863)의 호. 洪景來亂
   에 훼절한 宣川府使 金益淳의 孫. 安東人.
1) 청상신부(靑孀新婦) : 나이 젊은 과부. 결혼 뒤 바로 남편이 죽은 여자.

## 147. 山行詩　　上手
산 행 시　　상 수

橫斜一路入雲中　石白山靑間間花
횡 사 일 로 입 운 중　석 백 산 청 간 간 화

若使龍眠模此景　其餘林末鳥聲何
약 사 용 면 모 차 경　기 여 임 말 조 성 하

### 산행시　　난고

가로 비낀 한 길이 구름 속으로 들어갔는데
돌은 희고 산은 푸르며 사이사이 꽃이네.
만약 용면거사[1])로 하여금 이 경치를 그린다면
그 숲 끝은 같아도 새 소리는 어찌하나.

## 148. 登山詩　　宋尤庵
등 산 시　　송 우 암

登登終日復登登　終日登登但見僧
등 등 종 일 부 등 등　종 일 등 등 단 견 승

僧導因吾岩上坐　此身高出白雲層
승 도 인 오 암 상 좌　차 신 고 출 백 운 층

---

1) 용면(龍眠) : 宋의 화가 李公麟의 號 龍眠居士 字는 伯時.

## 등산시    송우암[1]

오르고 오르고 종일 다시 오르고 오르니
종일 오르고 올라도 다만 중만 보네.
중은 나를 인도하여 바위 위에 앉으니
이 몸은 높이 흰 구름 층으로 나왔네.


## 149. 矗石樓韻
촉 석 루 운

晉陽城外水東流    叢竹芳蘭綠暎洲
진 양 성 외 수 동 류    총 죽 방 란 녹 영 주

天地報君三壯士    江山留客一高樓
천 지 보 군 삼 장 사    강 산 유 객 일 고 루

旌旗日暖潛蛟舞    劍幕霜侵宿鷺愁
정 기 일 난 잠 교 무    검 막 상 침 숙 로 수

南望斗邊無戰氣    將壇鼓角伴春遊
남 망 두 변 무 전 기    장 단 고 각 반 춘 유


### 촉석루시

진양성 밖은 물이 동으로 흐르는데
대무더기 꽃다운 난초 푸르게 물가에 비췄었네.
천지를 임금께 알린 것은 삼장사[1]요

---

1) 송시열(宋時烈) : 旣註.
1) 삼장사(三壯士) : 金千鎰 崔慶會 黃進.

강산에 손을 남기니 한 높은 다락이네.
정기에 날이 따뜻하니 잠긴 이시미(이무기) 춤추고
검막에 서리 침범하니 자는 해오라기 근심하네.
남쪽에서 북두를 바라보니 싸울 기운이 없고
장단의 고각은 봄놀이를 짝했네.


## 150. 又
우

| | |
|---|---|
| 壬辰年事水東流 | 只一沙鷗坐暮洲 |
| 임 진 년 사 수 동 류 | 지 일 사 구 좌 모 주 |
| 世亂英雄蹈白刀 | 時晴騷客上丹樓 |
| 세 란 영 웅 도 백 도 | 시 청 소 객 상 단 루 |
| 腥塵雨洗鍾雷血 | 芳草春留義氣愁 |
| 성 진 우 세 종 뇌 혈 | 방 초 춘 류 의 기 수 |
| 萬古男兒無死所 | 江南風月寄遨遊 |
| 만 고 남 아 무 사 소 | 강 남 풍 월 기 오 유 |


또

임진년의 일은 물이 동쪽으로 흐르는데
다만 한 사구가 저문 물가에 앉았네.
세상 어지러우니 영웅은 흰 칼을 밟았고

---

※ 진주십장사(晉州十壯士) : 金千鎰 崔慶會 黃進 高從厚 張潤 李潛 梁山璹
李宗仁 金俊民 金象乾.

때 맑으니 소객은 붉은 다락에 올랐네.
비린 티끌 비에 씻기니 종규(鍾馗)[1]의 피요
방초 봄에 남기니 의기의 근심이네.
만고의 남아는 죽을 곳이 없고
강남의 풍월은 오유[2]에 부치었네.

## 151. 又
우

| | |
|---|---|
| 一劍無功萬矢流 | 孤城風雨過長洲 |
| 일 검 무 공 만 시 류 | 고 성 풍 우 과 장 주 |
| 昇平世久沙沈戟 | 古戰場空月滿樓 |
| 승 평 세 구 사 침 극 | 고 전 장 공 월 만 루 |
| 白日呑聲江水逝 | 靑春閱劫岸花愁 |
| 백 일 탄 성 강 수 서 | 청 춘 열 겁 안 화 수 |
| 可憐十里芙蓉國 | 已老浮生汗漫遊 |
| 가 련 십 리 부 용 국 | 이 로 부 생 한 만 유 |

### 또

한 칼로 공이 없으니 만 살이 흐르고
외로운 성 풍우는 긴 물가 지났네.

---

1) 종뇌(鍾雷) : 1. 종규(鍾馗) : 小鬼를 잡아먹는 귀친.
　　　　　　2. 종거(鍾虡) : 종걸이. 虡虡(鐘鼓之柎 天上神獸 鐘磬之柎 鹿頭龍身)
2) 오유(遨遊) : 재미있게 놂.

승평한 세상 오래 되니 모래에 창이 잠기고
옛 전장 텅텅 비니 달이 다락에 가득했네.
대낮에 소리 삼키고 강물은 흘러가고
청춘은 겁이 지나니 언덕 꽃이 근심스럽네.
가련한 십리의 부용국1)에
이미 늙은 부생은 한만2)히 노네.


## 152. 鞦韆詞　　　綠初
　　　추 천 사　　　녹초

新嫁娘言舊嫁娘　　皇姑皇舅福應長
신 가 낭 언 구 가 낭　　황 고 황 구 복 응 장

爲余護送今端午　　百尺紅絲繫綠楊
위 여 호 송 금 단 오　　백 척 홍 사 계 녹 양


### 추천사　　　녹초1)

새로 시집온 새댁이 전에 시집 온 여인에게 말하길
시어머니 시아버지께서는 복이 응당 많으시다고.
나를 위해 호송하는 오늘이 단오인데
백 척 붉은 줄로 녹양에 매었네.

---

1) 부용국(芙蓉國) : 四川省 成都를 이름.
　山堂肆考 成都府 古蚕叢之國 又唐詩 秋風萬里芙蓉國(事物異名錄 都邑 四川)
2) 한만(汗漫) : 되어가는 대로. 내 버려두고. 등한히 함.
1) 녹초(綠初) :

## 153. 又
우

少姑十四大於余　　學習秋千飛鷰如
소 고 십 사 대 어 여　　학 습 추 천 비 연 여

隔窓不敢高聲語　　柿葉題投數字書
격 창 불 감 고 성 어　　시 엽 제 투 수 자 서

### 또

작은 시누이[1] 열네 살 나보다 큰데
그네뛰기[2] 배워 익혀 나는 제비 같다네.
창을 격해 감히 큰 소리로 말 못하고
감잎에 두어 자 써 던져 주었네.

## 154. 又
우

關王廟外近黃昏　　故着羅裙風不翻
관 왕 묘 외 근 황 혼　　고 착 나 군 풍 불 번

暗遣孩兒先占得　　村人已去月橫門
암 견 해 아 선 점 득　　촌 인 이 거 월 횡 문

---

1) 소고(少姑) : 시누이.
2) 추천(秋千) : 鞦韆. 그네 半仙戲 견삭(罥索). (才物譜) 秋千 千秋 漢宮祝禱之辭
　의 倒置語.

## 또

관왕묘 밖은 황혼이 가까운데
일부러 비단 치마 입었어도 바람에 나부끼지 않았네.
몰래 아이 보내어 먼저 자리 잡았어도
마을 사람 다 가고 달이 문에 걸렸었네.

## 155. 贈書狀官趙徽林　　白鶴來
증 서 장 관 조 휘 림　　백 학 래

天王袞冕萬機親　紅燭如星別九賓
천 왕 곤 면 만 기 친　홍 촉 여 성 별 구 빈

三百詩篇全對策　玉堂今有少行人
삼 백 시 편 전 대 책　옥 당 금 유 소 행 인

## 서장관1) 조휘림2)에게 준다　　백학래3)

천왕의 곤면4)은 만기(萬機)와 친하고
홍촉은 별과 같고 구빈(九賓)5)이 나뉘었네.

---

1) 서장관(書狀官) : 외국으로 보내는 사신에게 딸려 보내는 임시 벼슬. 正使 副使
   와 아울러 三使를 하나로 드는데 정사 부사보다는 지위가 낮지만 行臺御史를
   겸했다. 行臺란 三使官의 하나인 從事官의 별칭이다.
2) 조휘림(趙徽林, 1808~ ?) : 字는 漢鏡 楊州 趙濟晚의 아들로 1829年 合慶庭試에
   及第하여 1831年 辛卯式年試에 及第한 兄 得林보다 二年 앞서 登科했다. 이들
   은 子孫이 번창한 啓遠의 後孫이다.
3) 백학래(白鶴來, 1821~1889) : 號 靑田 水原人 扶安에서 居住.
4) 곤면(袞冕) : 곤룡포와 면류관.
5) 구빈(九賓) : 天子의 九種 빈객. 公 侯 伯 子 男 孤 卿 大夫 士.

삼백시편은 대책(對策)으로 온전한데
옥당6)은 이제 행하는 사람이 적다네.

## 156. 又
우

| | |
|---|---|
| 鴨綠江頭雲漠漠 | 鳳凰城外路悠悠 |
| 압록강두운막막 | 봉황성외노유유 |
| 春風送客三千里 | 苜蓿葡萄正喚愁 |
| 춘풍송객삼천리 | 목숙포도정환수 |

### 또

압록강 머리에 구름이 아득하고
봉황성 밖에는 길이 유유하네.
봄바람에 손 보내니 삼천리요
거여목1)과 포도는 정히 수심 부르네.

## 157. 又
우

| | |
|---|---|
| 白草長城牧馬喧 | 弓衣十萬宿軒門 |
| 백초장성목마훤 | 궁의십만숙헌문 |

---

6) 옥당(玉堂) : 弘文館의 부제학 교리 부교리 수찬 부수찬 등의 총칭.
1) 목숙(苜蓿) : 거여목 개자리. 콩科의 이년생 풀.

知君也讀春秋義　回首金陵暗斷魂
지 군 야 독 춘 추 의　회 수 금 릉 암 단 혼


## 又

백초1) 장성은 목마가 울부짖고
궁의(弓衣)2) 십만이 헌문(軒門)3)에서 자네.
그대는 춘추대의를 읽어 아는가
머리 돌리니 금릉4)엔 어두워 혼이 끊어지네.


## 158. 輓楊進士　　金炳學
만 양 진 사　　김 병 학

詩中太白酒中伶　一去靑山盡寂寥
시 중 태 백 주 중 령　일 거 청 산 진 적 요

又逝湖南楊進士　鷓鴣芳草雨蕭蕭
우 서 호 남 양 진 사　자 고 방 초 우 소 소


## 양진사를 만사한다　　김병학1)

시속에선 이태백2)이요 술 속에선 유령3)인데

---

1) 백초(白草) : 북지에서 나는 풀의 一種인데 牧草로 많이 썼음.
2) 궁의(弓衣) : 활 자루. 여기서는 弓士를 이름.
3) 헌문(軒門) : 軺軒이 다니는 궁중의 문.
4) 금릉(金陵) : 중국 南京을 이름.
1) 김병학(金炳學, 1821~1879) : 號 穎樵　安東人.
2) 태백(太白) : 唐 이백(李白)의 字.
3) 영(伶) : 晉代 竹林 七賢의 한 사람 유령(劉伶).

한번 청산으로 가니 모두 다 적요하네.
또 호남의 양진사 세상 떠나니
자고 날아가고 방초에 소소히 비 내리네.


## 159. 暮過東津　　白鶴來
모 과 동 진　　백 학 래

客节容易夕陽斜　間二間三浦上家
객 공 용 이 석 양 사　간 이 간 삼 포 상 가

暗地雪痕來撲面　不寒詳看是蘆花
암 지 설 흔 내 박 면　불 한 상 간 시 노 화


### 저물 무렵 동진[1]을 지나다　　백학래[2]

손의 지팡이 용이하게 석양에 비끼니
두 칸 세 칸 집이 갯가에 있었네.
어두운 땅에 눈 온 흔적이 와서 얼굴 치니
차지 않기에 자세히 보니 이게 갈대꽃이었네.

---

1) 동진(東津) : 부안과 김제 접계인 東津江 下流.
2) 백학래(白鶴來) : 旣註.

## 160. 鐵竹杖韻　　　申石北
철 죽 장 운　　　신 석 북

根盤岩谷勢孤危　幾飽風霜雨雪時
근 반 암 곡 세 고 위　기 포 풍 상 우 설 시

偶得一莖傳野老　杜鵑明月哭何枝
우 득 일 경 전 야 로　두 견 명 월 곡 하 지


### 철쭉1) 지팡이2)　　　신석북3)

뿌리 서린 바위 골짝엔 형세 외롭고 위태로운데
몇 번이나 풍상우설에 배불렀나.
우연히 한줄기가 야로에게 전해져
두견새는 밝은 달밤 어느 가지에서 울었나.


## 161. 贈妓　　　趙靜庵
증 기　　　조 정 암

窓外三更月正圓　美人低首語間關
창 외 삼 경 월 정 원　미 인 저 수 어 간 관

丈夫不是無心者　只爲身名重泰山
장 부 불 시 무 심 자　지 위 신 명 중 태 산

---

1) 철(鉄) : 鐵의 俗略字.
2) 철죽장(鉄竹杖) → 척촉장(躑躅杖). 철쭉나무로 만든 지팡이.
3) 신광수(申光洙) : 字는 聖淵 號는 石北 澔의 아들. 高靈人.

**기생에게 준다**　　조정암[1]

창밖의 삼경 달이 정히 둥근데
미인은 머리 숙여 말이 가끔 그쳤네.
장부는 이게 무심자가 아니더라도
다만 신명이 태산보다 무겁다 하겠네.


## 162. 咏瀑沛　　崔孤雲
영 폭 포　　최고운

狂奔獨石吼重巒　　人語難分咫尺間
광 분 독 석 후 중 만　　인 어 난 분 지 척 간

恐或是非聲到耳　　故敎流水盡聾山
공 혹 시 비 성 도 이　　고 교 유 수 진 농 산


**폭포시[1]**　　최고운[2]

미친 듯이 달려가서 돌에 부딪히면 뭇 산 봉우리 울리고
사람 말은 지척 사이에서도 분간하기 어렵네.
항상 시비 소리가 귀에 들릴까 두려워
일부러 흐르는 물로 온 산을 감싼 것이네.

---

1) 조광조(趙光祖) : 旣註.
1) 영폭포(咏瀑沛) → 영폭포(詠瀑布).
2) 최치원(崔致遠) : 旣註
　　崔文昌侯全集에 실린 이 詩題는 題伽倻山讀書堂
　　狂奔疊石吼重巒　人語難分咫尺間
　　常恐是非聲到耳　故敎流水盡籠山

161

## 163. 輓朴將軍

만 박 장 군

數來天地小英雄　漢武秦皇浪用兵
수 래 천 지 소 영 웅　한 무 진 황 낭 용 병

當年若破閻羅國　不使男兒有此行
당 연 약 파 염 라 국　불 사 남 아 유 차 행


### 박장군을 만사한다

운수가 오는 천지에 작은 영웅이요
한무제[1]와 진시황[2]은 허랑되이 용병했네.
당년에 만약 염라국[3]을 파했더라면
남아로 하여금 이 행동을 있게 하진 못했으리.


## 164. 自歎　　金炳淵

자 탄　　　김 병 연

嗟呼天地間男兒　知我平生者有誰
차 호 천 지 간 남 아　지 아 평 생 자 유 수

萍水三千里浪跡　琴書四十年虛思
평 수 삼 천 리 낭 적　금 서 사 십 년 허 사

---

1) 한무(漢武) : 前漢의 武帝.
2) 진황(秦皇) : 秦의 始皇帝.
3) 염라국(閻羅國) : 염라대왕이 다스리는 저승.

靑雲難力致非願　白髮自公道莫私
청운난력치비원　백발자공도막사

覺擺還鄕夢起坐　復逢閒世上何時
각파환향몽기좌　부봉한세상하시


## 스스로 탄식한다　　김병연[1]

아아, 천지간의 남아인데
내 평생을 아는 이 누가 있는가.
평수 삼천리 허랑한 자취요
금서 사십년을 헛되이 생각했네.
청운은 힘으로 이루기 어려우니 원하지 않았고
백발은 절로 공도라 사사롭지 않네.
고향으로 돌아가는 꿈을 깨고 일어나 앉아
다시 한가로운 세상 만나는 게 어느 때일까.


## 165. 華菴寺吟　　上手
화 암 사 음　　상수

緣蒼壁路入雲中　樓使能詩客住筇
연창벽로입운중　누사능시객주공

山禽白幾千年鶴　岩樹靑三百尺松
산금백기천년학　암수청삼백척송

---

1) 김병연(金炳淵) : 旣註.

163

龍造化呑飛雪瀑　劍精神削揷天峯
용 조 화 탄 비 설 폭　검 정 신 삭 삽 천 봉

僧不知吾春睡困　忽無心打月邊鍾
승 부 지 오 춘 수 곤　홀 무 심 타 월 변 종


## 화암사[1]를 읊는다　　　김병연

푸른 벽 길을 인연하여 구름 속으로 들어가니
다락은 시에 능한 손으로 하여금 지팡이를 머물게 하네.
산새는 흰데 몇 천 년 학인가
바위 나무 푸른데 삼백 척 솔이네.
용은 조화롭게 나는 설폭을 삼키고
검 정신은 천봉을 깎아 꽂았네.
중은 나의 춘수 곤함을 알지 못하고
문득 무심히 달 가의 종을 치네.


## 166. 責懶婦　　　李永平
책 나 부　　　이 영 평

三年不濯嫁時衣　夫婦情深罵語稀
삼 년 불 탁 가 시 의　부 부 정 심 매 어 희

强乳稚兒謀午睡　更屠飢虱對朝暉
강 유 치 아 모 오 수　갱 도 기 슬 대 조 휘

---

1) 화암사(華菴寺) : 完州 華岩寺가 아닌지?

春蚕催食忘投葉　塞鴈叫寒不上機
춘 잠 최 식 망 투 엽　색 안 규 한 불 상 기

忽聽鄰家鳴巫鼓　掩扉無語走如飛
홀 청 인 가 명 무 고　엄 비 무 어 주 여 비


## 게으른 부인을 꾸짖는다　이영평[1]

삼년을 시집올 때 입은 옷 빨지 않아도
부부의 정은 깊어 꾸짖는 말이 드무네.
억지로 어린 아이 젖 먹여 낮잠 재우고
다시 주린 이 잡으며 아침 햇볕 대하네.
봄 누에 먹이를 재촉해도 뽕잎 던지는 것도 잊고
변방 기러기 추위 울부짖어도 베틀에 오르지 안했네.
문득 이웃집 무당 북소리 내는 걸 듣고는
사립문 닫고 말이 없이 나는 듯이 달려갔네.


## 167. 咏雪　　在龍崗吟　黃五
영 설　　재 용 강 음　황 오

天地今朝雪我樓　梅花柳絮各風流
천 지 금 조 설 아 루　매 화 유 서 각 풍 류

長飢巨壑無如虎　大隱平沙不見鷗
장 기 거 학 무 여 호　대 은 평 사 불 견 구

---

1) 이영평(李永平) : 이름 載元.(勉庵集)

古木寒於燕市劍　　孤村冷似楚江舟
고목한어연시검　　고촌냉사초강주

妙工若畵龍崗景　　太極岩邊是別區
묘공약화용강경　　태극암변시별구

### 눈을 읊는다　　용강에서 읊었다　황오[1]

천지가 오늘 아침 우리 다락에 눈 내리니
매화꽃 버들개지 각기 바람에 날리네.
길게 굽은 큰 골짝은 범 같은 게 없고
크게 숨은 평사에는 갈매기도 볼 수 없네.
고목은 연시(燕市)의 칼[2]보다 차고
외로운 마을은 초강 배[3] 같이 서늘하네.
묘한 솜씨로 만약 용강[4]의 경치를 그린다면
태극 바위 가는 이게 딴 세상이네.

## 168. 廣寒樓吟
광한루음

竹嶼花潭綠起波　　平郊漠漠遠山多
죽서화담녹기파　　평교막막원산다

出塵三丈淸如許　　天上眞仙冷奈何
출진삼장청여허　　천상진선냉내하

---

1) 황오(黃五) : 旣註.
2) 연시검(燕市劍) : 연나라 저자의 칼.(荊軻같은 刺客이 품은 검)
3) 초강주(楚江舟) : 伍子胥가 타고 吳로 亡命한 배.
4) 용강(龍崗) :

광한루를 읊는다

대섬 꽃 못에는 푸른 물결 일어나고
평탄한 들은 아득하고 먼 산이었네.
삼장의 티끌 벗어나니 맑기 이러한데
하늘 위의 참 신선 서늘함이 어떠한고.


169. 廣寒樓吟　　妓作
　　　광 한 루 음　　기 작


織罷氷綃悄上樓　水晶簾外桂花秋
직 파 빙 초 초 상 루　수 정 렴 외 계 화 추

牛郎一去無消息　烏鵲橋邊夜夜愁
우 랑 일 거 무 소 식　오 작 교 변 야 야 수


광한루를 읊는다　　기생이 지었다

빙초[1]를 짜 버리고 근심스레 다락에 오르니
수정렴 밖은 계수꽃 핀 가을이네.
견우 신랑 한 번 간 뒤 소식 없고
오작교 가에는 밤마다 근심이네.

---

1) 빙초(氷綃) : 얼음같이 흰 비단.

## 170. 過新羅古都　　李月沙
### 과 신 라 고 도　　이월사

鷄林往事問無憑　　滿目迢迢百感增
계 림 왕 사 문 무 빙　　만 목 초 초 백 감 증

瞻星臺屹群鴉集　　彎月城空野鹿登
첨 성 대 흘 군 아 집　　만 월 성 공 야 록 등

流水一千年古國　　寒烟三十八王陵
유 수 일 천 년 고 국　　한 연 삼 십 팔 왕 릉

漠漠平郊秋草合　　斷橋孤渡夕陽僧
막 막 평 교 추 초 합　　단 교 고 도 석 양 승


### 신라고도를 지나며　　이월사[1]

계림의 지난 일을 물어도 말이 없어
눈에 가득히 멀리 백감이 더하네.
첨성대 높으니 뭇 까마귀 모이고
만월성[2]이 텅 비니 들 사슴이 오르네.
흐르는 물은 일천년 옛 나라요
찬 연기는 삼십팔 왕릉이네.
아득한 평교에 가을 풀이 시드니
단교를 외롭게 건너는 석양의 중일레.

---

1) 이정귀(李廷龜) : 旣註.
2) 만월성(彎月城) : 반월성(半月城).

## 171. 廢科詩
폐 과 시

紙塵入鬧亂錢堆　箇箇鄉儒抱白迴
지 전 입 료 난 전 퇴　개 개 향 유 포 백 회

簾曬燈籠庭曬傘　分明隔日試場開
염 쇄 등 롱 정 쇄 산　분 명 격 일 시 장 개

### 과거 폐지시

종이전에 요란하게 돈더미가 들어가니
낱낱의 시골 선비 백패 안고 돌아왔네.
처마의 햇살 등롱에 비춰고 뜰의 햇살 일산에 비춰니
분명히 격일해서 시험장을 열으리.


## 172. 第二
제 이

文似行雲筆似風　早呈天地卽英雄
문 사 행 운 필 사 풍　조 정 천 지 즉 영 웅

數盞烟茶纔吸後　先場聲在半空中
수 잔 연 다 재 흡 후　선 장 성 재 반 공 중

### 둘째

글은 가는 구름같이 붓은 바람같이

일찍이 천지에 바치면 바로 영웅이네.
두어 잔 담배와 차는 겨우 끝난 뒤요
선장1)하는 소리 반공에 남았네.


## 173. 第三
제 삼

無文無筆無錢客　每到科時勇赴先
무 문 무 필 무 전 객　매 도 과 시 용 부 선

偏說試官公道少　實才落榜又今年
편 설 시 관 공 도 소　실 재 낙 방 우 금 년


### 셋째

글도 없고 붓도 없고 돈도 없는 사람이
과거 볼 때마다 용맹스럽게 먼저 나아갔네.
두루 시관이 공도가 적다고 말하고
실재도 낙방한 건 금년에도 또 있었다고.


## 174. 咏柳
영 류

二月春風拂絮飛　軟金淺綠亂爭輝
이 월 춘 풍 불 서 비　연 금 천 록 난 쟁 휘

---

1) 선장(先場) : 科擧때 文科 場中에서 가장 먼저 글장을 바치는 것. 또는 그 순간.

含毫欲說說難得　更有翩翩黃鳥歸
함호욕설설난득　갱유편편황조귀


## 버들을 읊는다

이월 봄바람에 버들개지 떨쳐 나니
누르고 푸른 버들개지와 잎이 어지럽게 다투어 빛나네.
붓을 빨며 말하려 해도 말을 하기 어렵고
다시 펄펄 꾀꼬리 돌아가는 게 있네.


## 175. 涓滴
연 적

天女當年一乳亡　偶然是日落文房
천녀당년일유망　우연시일낙문방

年少無端爭把弄　不勝羞態淚滂滂
연소무단쟁파롱　불승수태누방방


## 연적[1]

하늘 선녀 그 때에 젖이 하나 없어져
우연히 이날 글방에 떨어졌네.
소년들은 무단히 다투어 잡고 희롱하지만
부끄러움 참지 못하고 눈물 줄줄[2] 흘렸네.

---

1) 연적(涓滴) → 연적(硯滴).
2) 방방(滂滂) : 눈물 줄줄 흘리는 모양.

## 176. 過華陽洞吟
과 화 양 동 음

山家無僕借村氓　牽馬如牛馬不行
산가무복차촌맹　견마여우마불행

纔到華陽三十里　石榴墻下午鷄鳴
재도화양삼십리　석류장하오계명

### 화양동을 시나며 읊는다

산가에 종이 없어 촌 백성 빌리니
말 끄는 걸 소같이 하여 말이 가지 못하네.
겨우 화양 삼십 리에 이르니
석류 담 아래에서 낮닭이 울었네.

## 177. 被虜北去 信川上老母詩　　吳達濟
피 로 북 거　신 천 상 노 모 시　　오 달 제

風塵南北各浮萍　誰謂相分有此行
풍진남북각부평　수위상분유차행

別日兩兒同拜母　來時一子獨趨庭
별일양아동배모　내시일자독추정

絶裾已負三遷敎　泣線空悲寸草情
절거이부삼천교　읍선공비촌초정

關塞道修西景暮　此生何路更歸寧
관새도수서경모　차생하로갱귀령

오랑캐에게 붙잡혀 북으로 가며 신천에서
늙은 어머니께 올린 시　　오달제[1]

풍진에 남북으로 각기 부평 되니
누가 서로 나누어진 게 이 행차에 있다고 이르는가.
헤어진 날 두 아이 함께 어머니께 절했는데
오는 때엔 한 아들만 홀로 뜰에 나아갔네.
옷깃을 끊어 이미 삼천의 가르침[2]을 져버렸고
옷 지은 실을 울어 속절없이 촌초의 정[3]을 슬퍼했네.
관방 변새의 길은 멀고 서녘 볕이 저무니
이승에 어느 길이 다시 귀령(歸寧)[4] 길인가.


## 178. 寄內　　上手　同封
기 내　　상수　동봉

琴瑟恩情重　相逢未二朞
금 실 은 정 중　상 봉 미 이 기

今成萬里別　虛負百年期
금 성 만 리 별　허 부 백 년 기

---

1) 오달제(吳達濟, 1609~1637) : 字는 季輝 號는 秋潭 시호 忠烈 海州人.
2) 삼천교(三遷敎) : 세 번을 이사하여 아들을 가르침 孟母三遷敎.
　※ 춘휘(春暉) : 父母의 자녀 사랑.
　이해를 돕기 위해 唐 孟郊의 遊子吟을 소개한다.
　慈母手中線 遊子身上衣 臨行密密縫 意恐遲遲歸 誰言寸草心 報得三春暉
3) 촌초정(寸草情) : 아들의 孝心.
4) 귀령(歸寧) : 타향에 있는 자녀가 고향의 부모를 뵈러감. 시집 간딸이 친정부모
　를 뵈러감.

地潤書難寄　山長夢亦遲
지활서난기　산장몽역지

吾生未可卜　須護腹中兒
오생미가복　수호복중아


## 아내에게 부친다　　오달제
　　　　　　　　한 봉투에 넣음

금실은 은정이 중하고
상봉은 두 해가 다 못 되었네.
이제 만 리의 이별이 이루어지면
헛되게 백년 기약을 져버리겠네.
땅이 널러 편지 부치기 어렵고
산이 길어 꿈이 또한 더디네.
내가 사는 것이 점칠 수 없으니
모름지기 뱃속 아이를 보호하소서.


## 179. 贈高原妓愛花　　上手
증 고 원 기 애 화　　상 수

雙鬟照鬢綠雲斜　欲向紗窓妬月華
쌍 환 조 빈 녹 운 사　욕 향 사 창 투 월 화

休道玉關春易謝　枕邊長對滿枝花
휴 도 옥 관 춘 이 사　침 변 장 대 만 지 화

고원 기생 애화에게 준다    오달제

두 머리 굽이가 귀밑머리에 비춰 녹운(綠雲)이 비꼈는데
사창(紗窓)을 향하려 하니 달빛이 투기하네.
옥관(玉關)1)에서 봄을 사례하는 게 쉽다고 말을 마소
베갯머리에 길이 가지에 가득히 핀 꽃을 대하겠네.


## 180. 又
우

甲戌八月日
갑 술 팔 월 일

我有情爾不知　爾無情我已知
아 유 정 이 부 지　이 무 정 아 이 지

無情別有情別　爾不愁我獨愁
무 정 별 유 정 별　이 불 수 아 독 수


또
갑술년 팔월일

나는 정이 있어도 너는 아지 못하나
너는 정이 없어도 나는 벌써 안다네.
무정하게 헤어지고 유정하게 헤어지면
너는 근심 안 해도 나는 홀로 근심하네.

---

1) 옥관(玉關) : 중국 서쪽 서역으로 가는 관문. 玉門關.

## 181. 咏老新郎　　奇錦江
영 노 신 랑　　기 금 강

二八佳人七十郎　　蕭蕭白髮暎紅粧
이팔가인칠십랑　　소소백발영홍장

洞房昨夜春風起　　吹送梨花壓海棠
동방작야춘풍기　　취송이화압해당

### 늙은 신랑을 읊는다　　기금강[1]

열여섯 미인과 일흔 살 신랑인데
소소[2]한 흰 머리가 붉은 단장에 비취었네.
동방(洞房)[3] 어젯밤 봄바람이 일어나
배꽃을 불어 보내 해당화를 눌렀네.


## 182. 渡錦江　　申石北
도 금 강　　신 석 북

錦江春水碧如藍　　白鳥分明見兩三
금강춘수벽여남　　백조분명견양삼

一曲棹歌忽飛去　　夕陽山色滿空潭
일곡도가홀비거　　석양산색만공담

---

1) 기효간(奇孝諫, 1530~1593): 號는 錦江 字는 伯顏 河西門人.
2) 소소(蕭蕭): 쓸쓸한 모습. 蕭條.
3) 동방(洞房): 잠자는 방. 洞房華燭: 신랑이 첫날밤에 신부 방에서 자는 일.

## 금강을 건너다  신석북[1]

금강 봄물이 푸르기 쪽 같은데
흰 새 분명히 두세 마리 보이네.
한 가락 뱃노래에 홀연히 날아가니
석양의 산색이 빈 못에 가득하네.


## 183. 戒花酒詩
계 화 주 시

戒爾休貪酒與花　　纔貪花酒便亡家
계 이 휴 탐 주 여 화　　재 탐 화 주 편 망 가

酒後看花情不厭　　花前酌酒興無涯
주 후 간 화 정 불 염　　화 전 작 주 흥 무 애

多因酒醉花心同　　自是花迷酒性斜
다 인 주 취 화 심 동　　자 시 화 미 주 성 사

酒殘花謝黃金盡　　花不留人酒不賒
주 잔 화 사 황 금 진　　화 불 유 인 주 불 사


### 여자와 술을 경계한 시

너에게 술과 여자를 탐하지 말라 경계하노니
겨우 여자와 술을 탐했어도 문득 집은 망하네.
술 마신 뒤 여자를 보면 정이 싫지 않고

---

1) 신광수(申光洙) : 旣註.

여자 앞에 잔을 기울이면 흥이 그지없네.
술 취한데 인함이 많은 건 여자 마음도 한가지인데
절로 이건 여자에 미혹되고 술 성질에 그르쳤네.
술 쇠잔하고 여자가 사례하면 황금이 다하니
여자는 사람에게 머물지 않고 술은 사지 않는다네.


## 184. 訪人不遇見梅花咏　　申清川
방 인 불 우 견 매 화 영　　신 청 천

閴寂柴門晝不開　松籬畔下喚梅梅
격 적 시 문 주 불 개　송 리 반 하 환 매 매

梅云主長花田去　不夕陽來近夜來
매 운 주 장 화 전 거　불 석 양 내 근 야 래


### 사람을 방문해 만나지 못했는데 매화를 보고 읊다

신청천[1]

조용하여 사립문을 낮에도 열지 않고
솔 울타리 밭두둑 아래에서 매화만 부르네.
매화가 이르길 주인어른이 꽃밭으로 가서
저녁에도 오지 않고 밤이 가까워서야 온다네.

---

1) 청천(清川) → 청천(靑泉).
　※ 신유한(申維翰, 1681~1752) : 字는 周伯 號는 靑泉 寧海人.

## 185. 贈登第人　　羅松齋
증 등 제 인　　나 송 재

君何夙達我何遲　秋菊春蘭各有時
군 하 숙 달 아 하 지　추 국 춘 란 각 유 시

休誇丹桂今先折　月中又有最高枝
휴 과 단 계 금 선 절　월 중 우 유 최 고 지


### 급제한 사람에게 준다　　나송재1)

그대는 어찌 일찍 통달했어도 나는 어찌 더딘가
가을 국화 봄 난초는 각기 때가 있다네.
붉은 계수 이제 먼저 꺾은 걸2) 자랑하지 말라
달 속에 또 가장 높은 가지 있다네.


## 186. 咏鷺
영 로

日浴盤渦也趁淸　窺魚物性自天成
일 욕 반 와 야 진 청　규 어 물 성 자 천 성

秧歌一曲將飛去　何處靑山更水明
앙 가 일 곡 장 비 거　하 처 청 산 갱 수 명

---

1) 나세찬(羅世纘, 1498~1551) : 字는 子承 號는 松齋 시호 僖愍 錦城人.
2) 단계…선절(丹桂…先折) : 단계를 먼저 꺾음. 일찍 과거에 급제했음을 이름.

## 해오라기를 읊는다

날마다 물웅덩이[1]에서 목욕하니 몸이 맑게 되고
고기를 엿보는 물성은 절로 천성이네.
모심는 노래 한 가락으로 장차 날아가니
어느 곳 청산에 다시 물이 맑은가.


## 187. 咏鷄　　蘭皐
　　　영 계　　　난 고

養塒物性異沙鷗　　撲翔天時回斗牛
양 시 물 성 이 사 구　　박 상 천 시 회 두 우

爾鳴何夜秋山月　　玉貌寒簫淚楚猴
이 명 하 야 추 산 월　　옥 모 한 소 누 초 후


### 닭을 읊는다　　난고

홰에서 기르고 물성이 사구와 다르니
천시에 날개치면 두우(斗牛)[1]가 돌아오네.
네가 어느 밤 가을 산달을 울어
옥 얼굴[2]과 찬통소[3]에 초후[4]가 눈물질까.

---

1) 반와(盤渦) : 소용돌이치는 물웅덩이.
1) 두우(斗牛) : 北斗星과 牽牛星.
2) 옥모(玉貌) : 옥같이 고운 얼굴.
3) 한소(寒簫) : 싸늘한 옥퉁소 소리.
4) 초후(楚猴) : 南方 楚의 잔나비.

## 188. 咏健鷄以嘲人
영 연 계 이 조 인

窠上俄聞鳴　籠中始識嘲
과 상 아 문○　농 중 시 식 조

兒將尖嘴脫　我愛毳毛柔
아 장 첨 취 탈　아 애 취 모 유

中宵狸可怖　午日鸃空愁
중 소 이 가 포　오 일 기 공 수

何時成鴸鶩　聲價擅羊邱
하 시 성 주 말　성 가 천 양 구


### 연계를 읊어 이걸로 사람을 조롱한다

둥우리 위에서 아까 알 겯는 소리[1] 들리더니
채롱 속에서 처음 짓거리는 걸[2] 알았네.
새끼는 장차 뾰족한 부리를 벗기고
나는 솜털 부드러움을 사랑하네.
한 밤중은 삵이 가히 두렵고
낮에는 솔개[3]를 속절없이 근심하네.
어느 때 주[4]말[5]을 이루어
성가가 양구[6]에서 제일갈까.

---

1) ○(鳴) : 알 겯는 소리. 音未詳.
2) 조(嘲) : 새가 짓거리다.
3) 기(鸃) : 솔개. 鸃 : 새 이름 기.
4) 주(鴸) : 닭 비슷한 새 주. 솔개 비슷한 새 주.
   狀如鴟而人手其名曰鴸其名自號也(山海經)
5) 말(鶩) : 집오리. 鶩鴨 오리(廣雅)
6) 양구(羊邱) :

181

## 189. 咏虱

영슬

飽而隱去飢而來　　三百昆蟲最下才
포 이 은 거 기 이 래　　삼 백 곤 충 최 하 재

體雖至小能穿膚　　字不成風未落梅
체 수 지 소 능 천 부　　자 불 성 풍 미 락 매

遠客懷中嫌曉日　　窮人腹上聽晨雷
원 객 회 중 혐 효 일　　궁 인 복 상 청 신 뢰

問爾亦侵仙骨否　　麻姑梳背坐天台
문 이 역 침 선 골 부　　마 고 소 배 좌 천 태


## 이를 읊는다

배부르면 숨으러 가고 주리면 나오니
삼백 곤충에서 가장 아랫 것이네.
몸은 비록 작아도 피부는 뚫을 수 있고
글자는 풍(風)자도 이루지 못하여 매화도 떨어뜨리지 못하네.
먼 손의 품속에선 아침 해를 혐의하고
궁한 사람 배위에선 새벽 우레 듣는다네.
너에게 묻노니 또 선골을 침범하겠는가
마고1) 빗등으로 천태2)에 앉아 보소.

---

1) 마고(麻姑) : 고대 여자 신선 할미.
2) 천태(天台) : 신선이 산다는 중국의 산 이름.

## 190. 歎眼昏

탄안혼

| | |
|---|---|
| 向日貫針絲變索 | 挑燈對字魯爲魚 |
| 향일관침사변삭 | 도등대자노위어 |
| 春前遠樹花無數 | 霽後遙天雨有餘 |
| 춘전원수화무수 | 제후요천우유여 |
| 拜路少年言識某 | 棲衣老虱動知渠 |
| 배로소년언식모 | 서의노슬동지거 |
| 滄江落日投竿處 | 不見浮標但費蛆 |
| 창강낙일투간처 | 불견부표단비저 |


눈이 어두운 걸 탄식한다

해를 향하여 바늘을 꿰면 실은 새끼로 변하고
등불을 돋우고 글자를 대하면 노(魯)가 어(魚)가 되네[1].
봄을 앞선 먼 나무는 꽃이 무수하고
비 갠 뒤 먼 하늘엔 비가 남음이 있네.
길에서 인사하는 소년에게 아무를 아느냐고 말하고
옷에 사는 늙은이는 움직이어 저를 알리네.
창강 지는 해에 낚싯대 던지는 곳엔
낚시찌[2] 볼 수 없으니 낚시밥[蛆]만 허비하네.

---

1) 어로불변(魚魯不辨) : 魚자와 魯자를 구분 못할 정도로 무식함을 이름. 己亥를
三豕 金根을 金銀으로 잘못 아는 것도 魚魯不辨과 같음. 여기서는 안력의 부족
을 이름.
2) 풍부(風桴) : 낚시찌. 부표(浮標).

## 191. 織錦　宋女
직금　　송녀

| | |
|---|---|
| 烟梭出沒似輕鳧 | 響落秦川伴夜烏 |
| 연사출몰사경부 | 향락진천반야오 |
| 方欲織成紅錦貝 | 何須願得白裘狐 |
| 방욕직성홍금패 | 하수원득백구호 |
| 聲傳月戶鳴箏瑟 | 影掛風簾弄縷蛛 |
| 성전월호명쟁슬 | 영괘풍렴농누주 |
| 曬入秋陽光皎皎 | 吳門誰識練非駒 |
| 쇄입추양광교교 | 오문수식연비구 |

### 비단을 짠다　송녀

그을린 북이 출몰하면 가벼운 오리 같고
소리 진천(秦川)에 지면 밤 까마귀를 짝했네[1].
바야흐로 짜 이루고자 하는 건 붉은 금패(錦貝)[2]요
어찌 모름지기 호백구(狐白裘) 얻을 걸 원하겠는가.
소리를 월호(月戶)[3]에 전하려니 쟁슬이 울리고
그림자 풍렴(風簾)에 걸린다면 거미집을 희롱하네.
햇볕이 추양(秋陽)에 들면 빛이 교교(皎皎)하고
오문(吳門)[4]에서 누가 마전한 베가 망아지[5]가 아니라는 걸 알겠는가.

---

1) 진천반야오(秦川伴夜烏) : 진천 여인의 베 짜는 소리와 밤 까마귀 소리를 대비해
   썼음. 機中織錦秦川女 碧沙如烟隔窗語(李白 烏夜啼)
2) 금패(錦貝) : 빛깔이 누르고 투명한 琥珀의 한 가지.
3) 월호(月戶) : 달이 뜬 지개문. 月廊. 月閣.
4) 오문(吳門) : 중국 蘇州의 吳昌門인데 蘇州를 吳門이라 이르기도 함.
5) 연비구(練非駒) : 마전한 베는 망아지가 아니다

## 192. 太　趙女
태　조녀

字在天皇第上章　穀中此物大如王
자재 천황 제 상 장　곡 중 차 물 대 여 왕

細抽臘甑盤登菜　潤入晨瓠鼎減粮
세 추 납 증 반 등 채　윤 입 신 호 정 감 량

箇箇純黃蜂轉蜜　團團或黑鼠呈眶
개 개 순 황 봉 전 밀　단 단 혹 흑 서 정 광

當年若漏周倉粟　不使夷齊餓首陽
당 년 약 루 주 창 속　불 사 이 제 아 수 양

**콩**[1]　조녀

글자는 천황(天皇)의 제일 윗장에 있고[2]
곡식 가운데 이 물건은 크기 왕 같네.
설 시루에서 가늘게 뽑으면 소반에 나물로 오르고
불리어 새벽 바가지에 들어가면 솥의 양식을 감하네.
낱낱 순황(純黃)으로 벌은 밀을 굴리고

---

韓詩外傳曰 孔子顏淵登魯東山
望吳昌門淵曰見疋練前有生藍
子曰白馬蘆芻也(太平御覽 布帛)
曾追輕練過吳門(曹唐 病馬詩)

1) 태(太) : 韓國 借字의 하나인데 이에는 木 干 召 등이 있고 造字 로는 栖 畓
檜 櫷 槶 등이 있다.
2) 자재천황제상장(字在天皇第上章) : 中國의 역사는 太古 天皇氏로부터 시작된
다는 말이다. 史略에서도 이렇게 시작됨.

185

둥글둥글 혹 검게 쥐는 눈깔 박았네.
당년에 만약 새 나간 주나라 창고의 곡식이었다면
백이숙제3)로 하여금 수양산에서 주리게 하지는 않았으리.


## 193. 山村書齋    蘭皐
산 촌 서 재    난고

山村學長太多威    偃着塵冠錊唾挑
산촌학장태다위    언착진관삽타도

大讀天皇高弟子    別監風憲好朋儔
대독천황고제자    별감풍헌호붕주

每逢凡字稱衰眼    輒到巡盃藉白頭
매봉범자칭쇠안    첩도순배자백두

麥飯空堂生色語    今年過客盡揚州
맥반공당생색어    금년과객진양주


### 산촌 서재(글방)    난고1)

산촌의 학장은 너무 위엄이 많아
먼지 낀 관을 거만하게 쓰고 가래침 뱉었네.
큰 소리로 읽은 천황의 높은 제자요
별감(別監)2) 풍헌(風憲)3)은 좋은 친구라네.

---

3) 이제(夷齊) : 伯夷 叔齊.
1) 난고(蘭皐) : 金삿갓 金炳淵의 號.
2) 별감(別監) : 향청의 座首 다음자리.
3) 풍헌(風憲) : 鄕所職의 하나.

늘 평범한 글자 만나도 쇠한 눈을 빙자하고
문득 술자리를 만나면 흰 머리를 자세하네.
보리밥과 텅 빈 집은 생색내는 말이요
금년의 과객은 모두가 양주가학[4]이라네.


## 194. 自吟　　僧震默
자 음　　승진묵

天衾地枕山爲門　月燭雲屛海作樽
천 금 지 침 산 위 문　월 촉 운 병 해 작 준

大醉醒來同起舞　却嫌長袖掛崑崙
대 취 성 래 동 기 무　각 혐 장 수 괘 곤 륜


**스스로 읊는다**　　승 진묵[1]

하늘은 이불 땅은 베개 산을 문 삼고
달은 촛불 구름은 병풍 바다로 술동이 삼았네.
크게 취하고 깨어나 함께 일어나 춤추니
문득 긴 소매가 곤륜산에 걸릴까 혐의하네.

---

4) 양주가학(揚州駕鶴) : 많은 즐거움을 함께 받고 싶어 하는 것을 비유한 말. 곧
　돈 십만 관을 허리에 두르고 학을 타고 揚州刺史로 부임하는 것.(世說新語)
1) 진묵(晉默) → 진묵(震默) → 일옥(一玉) : 萬頃人 어머니는 調意氏 鳳棲寺에 살
　면서 異蹟을 많이 보였고 73세로 세상 떠났다. 이 詩도 진묵선사유적과 道德淵
　源에는 약간 달리 나타난다.(震默禪師遺蹟攷)
　天衾地褥山爲枕 月燭雲屛海作樽
　大醉居然仍起舞 却嫌長袖掛崑崙
　어머니 세상 떠나니 다음과 같이 祭文 지었다.
　胎中十月之恩 何以報也 膝下三年之養 未能忘矣 萬歲上更加萬歲 子之心 猶爲
　嫌焉 百年內未滿 母之壽 何其短也 … 前山疊 後山重 魂歸何處 嗚呼哀哉

## 195. 烈婦不勝强暴投水
열 부 불 승 강 포 투 수

嚴如霜雪信如山　不去亦難去亦難
엄 여 상 설 신 여 산　불 거 역 난 거 역 난

回首天東江有水　是身投處是心安
회 수 천 동 강 유 수　시 신 투 처 시 심 안

**열부 강포를 견디지 못하고 (몸을) 물에 던졌다**

엄하기 상설 같고 미덥기 산 같은데
가지 않기 또한 어렵고 가기 또한 어렵네.
머리 돌리면　하늘 동쪽 강에 물이 있으니
이 몸 던지는 곳 이 마음 편안하리.

## 196. 太守見耘草娥吟
태 수 견 운 초 아 음

豳風七月誦分明　五馬踟躕不勝情
빈 풍 칠 월 송 분 명　오 마 지 주 불 승 정

隨後歸來山日暮　今宵佳約月三更
수 후 귀 래 산 일 모　금 소 가 약 월 삼 경

태수가 김매는 여인을 보고 읊다

빈풍(豳風)1) 칠월(七月)시는 분명히 외웠는데
오마태수(五馬太守)2) 머뭇거리며3) 정을 이기지 못하네.
뒤따라 돌아오니 산일(山日)이 저문데
오늘 밤 가약은 달 뜬 삼경이네.


## 197. 耘娥答詩
운 아 답 시

一路相逢十目明　　有情無語若無情
일 로 상 봉 십 목 명　　유 정 무 어 약 무 정

踰墻穿穴非難事　　曾與農夫許不更
유 장 천 혈 비 난 사　　증 여 농 부 허 불 경


## 김매는 여인이 대답한 시

한 길에서 서로 만나 열 눈이 밝은데
정이 있고도 말이 없으니 정이 없는 것 같았네.

---

1) 빈풍(豳風) : 詩經 國風의 하나. 豳은 雍州 岐山 북쪽에 있는 땅 이름으로 여기
   에 周의 조상 公劉로부터 古公亶父에 이르기까지 서울 삼았던 곳이다. 여기에
   서 모범적인 농경생활을 하다가 戎狄이 자주 침범하기에 그들과 싸워 백성의
   생명을 희생시킬 수 없다고 岐山 아래로 옮겼다. 뒤에 周公이 七月詩를 지어
   稼穡 勤勞의 정신을 담았다.
2) 오마(五馬) : 守令의 행차에는 五馬가 동원 되었기에 守令의 행차를 이르는 말.
3) 지주(踟躕) : 주저(躊躇). 준순(逡巡). 망서림 머뭇거림.(詩 邶風)

담을 넘고 구멍 뚫기는 어려운 일이 아니나
일찍이 농부로 더불어 고치지 않기로 허락했었네[1].


## 198. 春日過山村　　趙德谷
춘 일 과 산 촌　　조 덕 곡

深春載酒過孤村　布穀聲中盡掩門
심 춘 재 주 과 고 촌　포 곡 성 중 진 엄 문

雨後紅花浮出水　人間何處不桃源
우 후 홍 화 부 출 수　인 간 하 처 부 도 원


## 봄 날 산촌을 지나며　　조덕곡[1]

깊은 봄날 술을 싣고 외로운 마을 지나니
뻐꾹새[2] 소리 속에 다 문을 닫았네.
비온 뒤 붉은 꽃이 물에 떠내려 오니
인간 어느 곳이 도원[3]이 아니겠나.

---

1) 불경(不更) : 不更 二夫의 略稱.
1) 덕곡(德谷) : 조승숙(趙承肅)의 號. 字는 敬夫 高麗末 咸陽人 圃隱門人 扶餘 監
　務로 있다가 나라가 망하니 咸陽 德谷에 숨어 後進을 길러냈다. 潘溪 俞好仁은
　祭文에서 首陽明月 栗里淸風이라했다. 道谷書院에서 祭享한다.
　※ 유호인(俞好仁, 1445~1496) : 字는 克己 高靈人 金宗直 門人 成宗의 총애를
　받음.
2) 포곡(布穀) : 뻐꾹새.
3) 도원(桃源) : 理想世界 武陵桃源.

## 199. 咏路傍柳　　　李鵝溪
영 노 방 류　　　이아계

東風楊柳綠絲絲　　岐路年年管別離
동풍양류녹사사　　기로연년관별리

飛絮自能隨客袂　　不須煩打短長枝
비서자능수객몌　　불수번타단장지

### 길가 버들을 읊는다　　　이아계[1]

동풍에 양류가 가지가지 푸르고
갈래 길에서 해마다 이별을 관리하네.
나는 버들개지 절로 손의 소매 자락을 따르는데
모름지기 길고 짧은 가지 때리는 걸 번거롭다 마소.

## 200. 松江寺韻
송 강 사 운

雲作高山石作峯　　歸菴一路入苔封
운작고산석작봉　　귀암일로입태봉

金殘佛面千年寺　　樹老岩頭萬古松
금잔불면천년사　　수로암두만고송

春爲谷深留好鳥　　海因風動送吟龍
춘위곡심유호조　　해인풍동송음룡

---

1) 이산해(李山海) : 字는 汝受 號는 鵝溪 벼슬은 文衡 領相 시호 文忠.

191

傍人莫笑偸閒客　山水今來盡我筇
방인막소투한객　산수금래진아공

## 송강사시

구름은 높은 산을 만들고 돌은 봉우리 만드니
암자로 돌아가는 한 길이 이끼로 덮여지네.
금빛 가셔진 부처 낮은 천년 절이요
바위머리 늙은 나무는 만고의 솔이네.
봄은 골짜기가 깊기에 좋은 새를 남기고
바다는 바람을 불어 읊는 용을 보내네.
곁에 사람은 한가함을 탐하는 손을 웃지 마소
산수는 오늘에 오니 내 지팡이가 다했네.

## 201. 宿窮家　　宋尤庵
숙 궁 가　　송우암

曲木爲家簷着家　其中如斗僅容身
곡목위가첨착가　기중여두근용신

平生不學長腰屈　今夜難保一脚伸
평생불학장요굴　금야난보일각신

鼠礨烟生昏若柒　弊窓茅塞本無晨
서곡연생혼약칠　폐창모색본무신

雖然免我衣沾濕　臨別殷勤謝主人
수연면아의점습　임별은근사주인

가난한 집에서 자다　　송우암

굽은 나무로 집을 지으니 처마가 땅에 붙고
그 속이 말 같아서 겨우 몸을 용납했네.
평생 긴 허리 굽히는 걸 배우지 않아
오늘 밤은 한 다리 뻗는 것도 보장하기 어렵네.
쥐구멍에서 연기 나와 어둡기 칠 같고
헤어진 창 꽉 막으니 본래 새벽이 없네.
비록 그러나 내 옷 젖는 걸 면했기에
헤어짐에 다다라 은근히 주인에게 사례했네.


202. 逢濟州守之殺身而吟　　琉璃國太子
　　　봉 제 주 수 지 살 신 이 음　　　유 리 국 태 자

堯語難明桀身服　　臨刑奚暇訴蒼旻
요 어 난 명 걸 신 복　　임 형 해 가 소 창 민

三良入地人誰贖　　二子乘舟賊不仁
삼 량 입 지 인 수 속　　이 자 승 주 적 불 인

骨曝沙場纏有艸　　魂歸故國吊無親
골 폭 사 장 전 유 초　　혼 귀 고 국 조 무 친

竹宣樓下滔滔水　　長帶冤聲咽萬春
죽 선 루 하 도 도 수　　장 대 원 성 열 만 춘

## 제주 목사에게 죽어가며 읊다　　유리국[1] 태자

요임금의 말로 걸 옷 입은 몸을 밝히기 어려워
형장에 다다라 어느 겨를에 하늘에 호소할까.
삼량(三良)[2]이 땅에 드니 사람이 누가 속죄하며
두 아들[3]이 배에 오르니 적이 어질지 않네.
뼈 모래판에 드러나고 풀로 얽었고
혼이 고국으로 돌아가도 조상할 친척이 없네.
죽선루 아래 도도히 흐르는 물은
길이 원통한 소리를 띠고 만년을 목매리.


## 203. 入朝鮮喪朋而輓　　日本人
### 입 조 선 상 붕 이 만　　일본인

有生早死無生可　聞說驚心莫說宜
유 생 조 사 무 생 가　문 설 경 심 막 설 의

花開花落他鄕淚　雲去雲來故國思
화 개 화 락 타 향 루　운 거 운 래 고 국 사

埋爾少年山有惡　奪人獨子鬼無知
매 이 소 년 산 유 악　탈 인 독 자 귀 무 지

歸家若問君消息　姑姑遲遲答奈欺
귀 가 약 문 군 소 식　고 고 지 지 답 내 기

---

1) 유리국(琉璃國) → 유리국(琉球國)
2) 삼량(三良) : 秦의 穆公에게 循死한 良臣. 곧 奄息 仲行 鍼虎 子 車氏의 세 아
　들.(詩 秦風 黃鳥序)
3) 이자승주(二子乘舟) : 두 아들(伋, 壽)이 배를 탐. 詩經 邶風 편명 衛 宣公의
　두 아들을 사모해서 지은 시.

조선으로 들어 갔는데 벗이 죽어 만사하다 　일본인

살다가 일찍 죽으면 살았다고 할 수 없고
이야기를 들으면 마음이 놀래니 말을 마는 게 마땅하네.
꽃이 피고 꽃이 지니 타향 눈물이요
구름이 가고 구름이 와도 고국의 생각이네.
네 소년을 묻으니 산에도 악이 있고
사람의 독자를 앗아가니 귀신도 앎이 없네.
집에 돌아가 만약 그대 소식 묻는다면
일부러 더디 더디 어찌 속여 대답할까.


## 204. 又

우

擇不處仁焉得智　　吾家是以近君家
택불처인언득지　　오가시이근군가

歸家若問君歸日　　暮暮朝朝對若何
귀가약문군귀일　　모모조조대약하


또

가려서 어진 곳에서 살지 않는다면 어찌 능히
슬기롭다 하겠는가[1].
내 집은 이걸로 그대 집에 가까웠네.
집에 돌아가 만약 그대 돌아오는 날을 묻는다면
저녁때나 아침마다 어떻게 대답할까.

---

1) 里仁爲美 擇不處仁 焉得智(論語 里仁)

## 205. 寓吟　　崔孤雲
우음　　최고운

日日日去來日少　年年年來去年多
일일일거내일소　연년연래거년다

若禁白髮稱仙可　聊見紅顏不醉何
약금백발칭선가　요견홍안불취하


### 부쳐 사는 걸 읊는다　　최고운

날마다 날이 가니 오는 날이 적고
해마다 해가 가니 가는 해가 많네.
만약 백발을 금한다면 신선이라 일컫는 게 좋은데
애오라지 젊은 미인을 보면 취치 않고 어찌하리.


## 206. 溺缸
요 강

形體依如脫弁僧　中虛汲水二三升
형체의여탈변승　중허급수이삼승

迎郎宿處隣花枕　作客行時入網繩
영랑숙처인화침　작객행시입망승

開闔有聲驚夜鼠　鍊磨無跡跌朝蠅
개합유성경야서　연마무적질조승

飽則揚去飢則附　一生操縱等蒼鷹
포즉양거기즉부　일생조종등창응

요강[1]

형체는 의연히 고깔 벗은 중인데
속이 비어 물 두어 되를 길을 만하네.
신랑 맞아 자는 곳엔 꽃베개와 이웃되고
나그네가 되어 갈 때에는 노 그물로 들어가네.
여닫는 덴 소리 있어 밤에 쥐 놀라고
연마한 자취 없어 아침 파리 미끄러지네.
배부르면 들쳐 가고[2] 주리면 붙으니
일생의 조종[3]이 창응(蒼鷹)[4]과 한가지네.


## 207. 又
우

| | |
|---|---|
| 闔闢頻紛夜晏燈 | 醉餘之客病中僧 |
| 합 벽 빈 분 야 안 등 | 취 여 지 객 병 중 승 |
| 團圓體轉銅山局 | 灑落聲傳玉布繩 |
| 단 원 체 전 동 산 국 | 쇄 락 성 전 옥 포 승 |
| 小量纔容河飮鼴 | 潔光頗爲墨痕蠅 |
| 소 량 재 용 하 음 언 | 결 광 파 위 묵 흔 승 |
| 欲知挾坐佳人態 | 恰似叢林搏雉鷹 |
| 욕 지 협 좌 가 인 태 | 흡 사 총 림 박 치 응 |

---

1) 요강(溺缸) : 요강은 漢字로 尿鋼 夜壺 溲瓶으로도 썼다.
2) 포즉양거(飽則揚去) : 배부르면 떠나감.
   譬如揚鷹 飢則爲用 飽則颺去(後漢書 呂布傳)
3) 조종(操縱) : 교묘하게 부리는 것.
4) 창응(蒼鷹) : 검푸른 매.

또

닳고 열기를 자주 많이 하는 밤 잔치의 등불이요
취한 뒤의 손과 병 앓는 중이네.
둥글둥글 몸이 둥근 건 동산 형국이요
쇄락하게 소리 전하기는 옥포승1)이네.
작은 양을 겨우 용납해도 강물 마시는 언쥐2)요
깨끗하게 빛나는 걸 자못 꺼려 먹 흔적 남긴 파리네.
끼고 앉은 가인의 모습 알고 싶으면
초림에서 꿩을 찬 매3)와 흡사4)하네.


## 208. 戲二妻1)

희 이 처

(A) 輕暖輕寒二月天　一妻一妾可堪憐
　　경 난 경 한 이 월 천　일 처 일 첩 가 감 련

　　鴛鴦枕上三項接　翡翠衾中六臂連
　　원 앙 침 상 삼 항 접　비 취 금 중 육 비 련

　　開口笑時咸似品　側身臥處恰成川
　　개 구 소 시 함 사 품　측 신 와 처 흡 성 천

　　兩人悅之有何術　夜夜不離左右邊
　　양 인 열 지 유 하 술　야 야 불 리 좌 우 변

---

1) 옥포승(玉布繩) → 옥포승(玉捕繩).
2) 하음언(河飮鼹) : 하수를 마시는 언쥐.
3) 박치응(搏雉鷹) : 꿩을 찬 매.
4) 협사(洽似) → 흡사(恰似).
1) 이 글은 고쳐 적은 곳이 많기에 이를 A), B) 두 글로 처리했다.

(B) 輕暖輕寒二月天　一妻一妾可堪憐
　　경 난 경 한 이 월 천　일 처 일 첩 가 감 련

　　鴛鴦枕上三頭并　翡翠衾中六臂連
　　원 앙 침 상 삼 두 병　비 취 금 중 육 비 련

　　開口笑時形似品　側身臥處字成川
　　개 구 소 시 함 사 품　측 신 와 처 협 성 천

　　繾情未了西邊興　又値東床白玉拳
　　견 정 미 료 서 변 흥　우 치 동 상 백 옥 권


## 두 아내를 희롱한다

(A) 덥지도 춥지도 않은 이월
　　한 처 한 첩이 가엾기만 하네.
　　원앙침 위에는 세 목이 접했고
　　비취금 속에는 여섯 팔이 연했네.
　　입을 열어 웃을 때는 품(品)자 같고
　　몸을 옆으로 누운 곳엔 천[川]자와 흡사하네.
　　두 사람 즐겁게 하는 데는 무슨 기술 있는가
　　밤마다 좌우변을 떠나지 않네.

(B) 덥지도 춥지도 않은 이월
　　한 처 한 첩이 가엾기만 하네.
　　원앙침 위에는 세 머리 나란했고
　　비취금 속에는 여섯 팔이 연했네.
　　입을 열어 웃을 때는 모습이 품(品)자이고

몸을 옆으로 누운 곳엔 천[川]자를 이루었네.
견권지정 마치지 못하고 서쪽에서 일어나니
또 동상의 흰 옥 같은 주먹 만나네 .


## 209. 過松京古都　　趙觀彬
과 송 경 고 도　　조 관 빈

(A)　麗王當日築斯城　　意謂千秋享太平
　　　여 왕 당 일 축 사 성　　의 위 천 추 향 태 평

　　　樓號水雲知聚散　　臺名滿月識虛盈
　　　누 호 수 운 지 취 산　　대 명 만 월 식 허 영

　　　玉階舊級樵童路　　金殿遺墟野老耕
　　　옥 계 구 급 초 동 로　　금 전 유 허 야 로 경

　　　惟有禁川橋下水　　綠林深處至今鳴
　　　유 유 금 천 교 하 수　　녹 림 심 처 지 금 명

(B)　漢陽歸客過松京　　滿月臺空水繞城
　　　한 양 귀 객 과 송 경　　만 월 대 공 수 요 성

　　　繁華五百年前事　　盡入靑山杜宇聲
　　　번 화 오 백 년 전 사　　진 입 청 산 두 우 성

송경 고도를 지나며　　　조관빈[1]

(A) 고려왕 당일에 이 성을 쌓고
　　속으로 이르길 천추토록 태평을 누렸으면 했네.
　　다락 이름을 수운이라 하니 취산을 알았고
　　대의 이름 만월이라 하여 영허를 알았네.
　　옥계 옛 계단은 초동의 길이요
　　금전 유허는 야로가 갔았네.
　　오직 금천의 다리 아래 물이 있어
　　푸른 숲 깊은 곳에서 지금토록 울었네.

(B) 한양으로 돌아가는 손이 송경을 지나니
　　만월대는 비어 있고 물은 성을 둘렀네.
　　번화했던 오백 년 전의 일은
　　모두 청산의 두견새 소리로 들어갔네.

## 210. 贈春山相公　　尹孝孫
　　증 춘 산 상 공　　윤 효 손

性癖平生貪遠遊　佳辰況復屬三秋
성 벽 평 생 탐 원 유　가 신 황 부 속 삼 추

淵明處士菊花酒　太乙眞人蓮葉舟
연 명 처 사 국 화 주　태 을 진 인 연 엽 주

---

1) 조관빈(趙觀彬, 1695~1757) : 字는 國甫 號는 晦軒 楊州人 右相 泰采의 아들.

尋去金剛看下界　歸來漢水放中流
심거금강간하계　귀래한수방중류

不然霽月光風夜　好上長安第一樓
불연제월광풍야　호상장안제일루


## 춘산상공께 드린다　　윤효손[1]

성벽이 평생 멀리 노는 걸 탐하여
아름다운 때 하물며 다시 삼추에 속했네.
연명처사의 국화술[2]이요
태을 진인의 연잎 배[3]네.
금강산을 찾아 가다가 하계를 보고
돌아오다 한강 중류에서 놓았네.
그렇지 않으면 제월광풍한 밤
좋게 장안 제일루에 올랐으리.


## 211. 客唱婦和
객 창 부 화

白馬江邊黃犢鳴　老人山下少年行
백마강변황독명　노인산하소년행

離家二月今三月　對客初更已五更
이가이월금삼월　대객초경이오경

---

1) 윤효손(尹孝孫, 1431~1503) : 字는 有慶 號는 楸溪. 南原人.
2) 연명처사국화주(淵明處士菊花酒) : 處士 陶淵明이 菊花를 넣어 빚은 술.
3) 태을진인연엽주(太乙眞人蓮葉舟) : 태을 진인이 연잎 배를 탄 그림.

帳裡芙蓉深不見　園中桃李笑無聲
장리부용심불견　원중도이소무성

黃昏佳約知何處　第五峯頭月正明
황혼가약지하처　제오봉두월정명

## 손이 노래하니 부인이 화답하다

백마 강변에 누른 송아지 우니
노인산 아래 소년이 가네.
집을 떠난 게 이월인데 이제는 삼월이요
손을 상대한 초경은 이미 오경 되었네.
휘장 속의 부용은 깊어 볼 수 없어도
동산 속의 복숭아와 오얏꽃은 소리 없이 웃네.
황혼의 아름다운 언약 어느 곳인지 아는가
다섯째 봉우리에 달이 정히 밝을 때네.


## 212. 稻田看鳥
도 전 간 조

携出長竿不釣魚　長呼驅去似驅猪
휴출장간부조어　장호구거사구저

亂啄無餘猶甚鼠　驚飛不伏異於狙
난탁무여유심서　경비불복이어저

連空布入成群鴈　隨逐回還踏跡驢
연공포입성군안　수축회환답적려

小兒每苦支離看　佇立夕陽待月蜍
소아매고지리간　저립석양대월서

## 벼논의 새를 보다

긴 장대를 가지고 나와 고기를 낚는 게 아니고
크게 소리치며 몰아가니 돼지를 모는 것 같네.
어지럽게 쪼아 남김이 없으니 쥐보다 오히려 심하고
엎드리지 않고 놀라 날아가니 잔나비와 다르네.
하늘을 이어 펴고 들이는 것은 무리 이룬 기러기요
쫓는데 따라 도로 돌아오는 건 자취 밟은 나귀네.
아이들 늘 지루하게 보는 걸 괴롭게 여겨
석양에 우두커니 서 달 뜨기를 기다리네.

# 213. 烟竹
연죽

身長項曲啄如鳥　彷彿矢容可戈鳧
신장항곡탁여오　방불시용가과부

箇含香艸看過麝　烟吐細絲學巧蛛
개함향초간과사　연토세사학교주

相伴旅燈遊戲蝶　猝當尊丈媚欺狐
상반여등유희접　졸당존장미기호

裝處不辭千里遠　隨行日日代良駒
장처불사천리원　수행일일대양구

담뱃대[1]

몸은 길고 목은 굽은데 부리(주둥이)는 까마귀 같아
화살 모습 방불하여 오리를 잡을 만했네.
통에는 향초를 머금어 내버려둔 사향 사슴이요
연기 토하는 게 가는 실 같아 공교함을 배우는 거미네.
서로 짝 지은 나그네 등불엔 유희하는 나비요
갑자기 어른을 만나면 교태로 속이는 여우네.
행장 차리는 데에는 천리의 먼 길도 사양치 않고
나날의 수행에 좋은 말을 갈음했네.


## 214. 京人歌
경 인 가

居士其人不俗累　　輕藜之杖白狐裘
거 사 기 인 불 속 루　　경 려 지 장 백 호 구

馬上琵琶平壤妓　　袖中風月錦山秋
마 상 비 파 평 양 기　　수 중 풍 월 금 산 추

扣頭富貴文章出　　任意東西南北遊
구 두 부 귀 문 장 출　　임 의 동 서 남 북 유

君能訪我丹邱否　　赤壁江前兩下樓
군 능 방 아 단 구 부　　적 벽 강 전 양 하 루

---

1) 연간자(烟竿子) : 혈대. 설대. 담뱃대.

## 서울사람 노래

거사[1] 그 사람 촌스럽지[2] 않게
가벼운 청려장에 호백구[3] 걸쳤네.
마상엔 비파 든 평양 기생이요
소매 속 풍월은 금산추[4]일레.
머리 조아리면 부귀 문장이 나오고
동서남북 노는 걸 멋대로 하네.
그대 나를 찾아 단구[5]에 온다면
적벽강 앞에서 둘이 다락 내려가세.


## 215. 題長城軍門　　全羅監司
　　　제 장 성 군 문　　전 라 감 사

欲見長城來長城　　今日長城果長城
욕 견 장 성 내 장 성　　금 일 장 성 과 장 성

萬里長城不長城　　安得長城長長城
만 리 장 성 부 장 성　　안 득 장 성 장 장 성


## 장성 군문을 시제로 하여　　전라감사

장성을 보고 싶어 장성에 오니
오늘의 장성이 과연 장성이네.

---

1) 거사(居士) : 숨어 살며 벼슬하지 않은 선비.
2) 속루(俗累) : 세상일에 얽매인 너더분한 일. 촌스러운 모습.
3) 백호구(白狐裘) : 흰여우 가죽 갓옷.
4) 금산추(錦山秋) :
5) 단구(丹邱) : 丹丘. 선인이 사는 곳. 밤낮으로 밝은 곳이라 함.

만리장성이 장성이 아니니
어떤 장성이 좋은 장성이겠나.


## 216. 怨剃髮
원 체 발

殷湯剪爪禱天日　太伯文身讓國時
은탕전조도천일　태백문신양국시

剪非其禱文非讓　北望長安淚滿頤
전비기도문비양　북망장안누만이


### 체발1)을 원망한다

은 탕은 손톱 깎아 하늘에 비2)는 날이요
태백은 문신3)하여 나라를 사양하는 때이네.
깎는 게 그걸 비는 것이 아니요 문신이 사양이 아니지만
북으로 장안을 바라보니 눈물이 턱에 가득하네.


## 217. 又
우

老來何所憎　最是頭邊白
노래하소증　최시두변백

---

1) 체발(剃髮) : 기른 머리를 바싹 깎음.
2) 은탕전조(殷湯剪爪) : 商(殷)의 湯王이 손톱을 깎고 하늘에 빈 것을 이름.
3) 태백문신(太伯文身) : 吳太伯이 仲雍과 함께 斷髮 文身한 것을 이름.

白也猶無憎　況今無髮釋
백야유무증　황금무발석

또

늘어 오면 어느 곳이 미운가
이건 가장 머릿가 흰 것이네.
흰 것이야 오히려 밉지 않지만
하물며 지금의 머리 없는 중이겠나.


218. 妓呼韻應口輒對　　林白湖
　　 기 호 운 응 구 첩 대　　　임 백 호


기생이 운자를 부르니 거침없이 화답하다　　임백호

이 곳은 쓴 것이 분명하지 않음.


219. 次晬宴韻　　　上手
　　 차 수 연 운　　　 상 수

彼坐老人不似人　狵眉鶴髮宜仙訓
피 좌 노 인 불 사 인　방 미 학 발 의 선 훈

坐上諸君皆盜賊　能竊碧桃善事親
좌 상 제 군 개 도 적　능 절 벽 도 선 사 친

수연시에 차운한다    임백호

저기 앉은 노인은 사람 같지 않네.
방미학발(厖眉鶴髮)[1][2]이니 신선 된 게 마땅하네.
좌상의 여러 사람 모두가 도둑이네.
벽도를 훔쳐다가 잘 어버이 섬기었네.


## 220. 免死
면 사

耽馥狂蝴夜半行　白花含露似無情
탐 복 광 호 야 반 행　백 화 함 로 사 무 정

欲採紅蓮南浦去　中流風雨小舟驚
욕 채 홍 련 남 포 거　중 류 풍 우 소 주 경


죽음을 면하다

향기 탐낸 미친 나비 한밤중에 갔는데
흰 꽃이 이슬 머금고 정이 없는 것 같았네.
홍련을 캐고 싶어 남포로 갔는데
중류에 풍우로 작은 배 놀랐네.

---

1) 방미(厖眉) : 삽살개 눈썹. 노인의 눈썹을 이름.
2) 학발(鶴髮) : 학 털. 노인의 하얀 머리털을 이름.

## 221. 各用花字韻吟
각 용 화 자 운 음

(A) 曾經臘雪枯枯木　一打春風箇箇花
　　증 경 납 설 고 고 목　일 타 춘 풍 개 개 화

　　三日東風三日雨　一村垂柳一村花
　　삼 일 동 풍 삼 일 우　일 촌 수 류 일 촌 화

(B) 萬壑烟雲中立樹　一天風雨後開花
　　만 학 연 운 중 립 수　일 천 풍 우 후 개 화

　　軒闊洽迎千岑月　園寬多種四時花
　　헌 활 흡 영 천 잠 월　원 관 다 종 사 시 화

(C) 一身倒水精神月　萬事如春氣像花
　　일 신 도 수 정 신 월　만 사 여 춘 기 상 화

　　酒當良夜盃盃月　詩到名山字字花
　　주 당 양 야 배 배 월　시 도 명 산 자 자 화


### 각기 화(花)자 운을 써 읊는다

(A) 일찍이 설눈을 맞고 마르고 마른 나무
　　한 번 봄바람 부니 낱낱이 꽃이네.
　　사흘 동풍 불고 사흘 비 내리니
　　한 마을은 수양버들이요 한 마을은 꽃이네.

(B) 만학의 연운 속에 선 나무요
  한 때 풍우 만나고 뒤에 핀 꽃이네.
  마루가 넓어 천 봉우리 달을 맞는데 넉넉하고
  동산이 넓어 사시화 심을 게 많네.

(C) 한 몸이 물에 거꾸러지니 정신은 달이요
  만사가 봄 같으니 기상이 꽃이네.
  술이 좋은 밤을 만나면 잔마다 달이요
  시가 명산에 이르면 글자마다 꽃이네.

## 222. 輓友
만 우

惜子葱葱別世間　孤魂今夜客靑山
석 자 총 총 별 세 간　고 혼 금 야 객 청 산

成墳三尺人歸後　松柏千秋月影閑
성 분 삼 척 인 귀 후　송 백 천 추 월 영 한

### 친구를 만사한다

아까운 자네가 총총[1]히 세상 떠나니
외로운 혼 오늘밤 청산의 손이 되었네.
삼척 무덤 이루어지고 사람 돌아간 뒤
천추의 송백에 달 그림자 한가하네.

---

1) 총총(葱葱) → 총총(怱怱) : 급하고 바쁜 모양.

## 223. 與僧問答
여 승 문 답

朝逢僧問何在　白羊山雲文菴
조봉승문하재　백양산운문암

丹楓時早晚否　來月初一二三
단풍시조만부　내월초일이삼


### 중과의 문답

아침에 중을 만나 어디 있느냐고 물으니
백양산 운문암이라네.
단풍 때가 이른지 늦은지를 물으니
다음 달 초 일 이 삼일이라네.


## 224. 又
우

伽倻山景間　松絡老人日
가야산경문　송락노인왈

將軍洞裏花　學士臺前月
장군동리화　학사대전월

또

가야산[1] 경치를 물으니
송락 쓴[2] 늙은이 말하길
장군동 속 꽃이요
학사대 앞 달이라네.


## 225. 四人咏燈
사 인 영 등

白雉城邊建赤幟　白巳含花渡江來
백 치 성 변 건 적 치　백 사 함 화 도 강 래

燈入房中夜逃外　不待春風夜夜開
등 입 방 중 야 도 외　부 대 춘 풍 야 야 개


### 네 사람이 등불을 읊었다

백치성 가에 붉은 기를 세우니
흰 뱀이 꽃을 묻고 강을 건너왔네.
등불[1]이 방속으로 들어오면 밤이 밖으로 달아나고
봄바람을 기다리지 않아도 밤마다 켜지네.

--------

1) 낭야산(瑯倻山) → 가야산(伽倻山).
2) 송락(松絡) : 松蘿笠.
1) 등잔(燈盞) : 등불을 켜는 그릇. 보시기에 기름을 따르고 종이나 실이나 헝겊으로 심지를 만들어 고정시키고 불을 붙임. 이게 등잔불이다.
　등잔(燈盞)걸이 : 燈架 燈檠.

## 226. 老年吟

노년음

詩酒琴歌書畵花　少年一日不離此
시 주 금 가 서 화 화　소 년 일 일 불 리 차

老來萬事渾如夢　樵米魚醢醬醋茶
노 래 만 사 혼 여 몽　초 미 어 해 장 초 다

### 노년을 읊는다

시 술 거문고 노래 글씨 그림 꽃
소년은 하루도 여길 벗어나지 않네.
늙어 오면 만사가 혼연히 꿈 같으니
나무하고 농사짓고 고기 잡고 젓 담고 장 담고 초 만들고
차 만드는 일들이네.

## 227. 爲客吟

위객음

邑號開城何閉門　山名松岳豈無薪
읍 호 개 성 하 폐 문　산 명 송 악 기 무 신

黃昏逐客非人事　禮義東方爾獨秦
황 혼 축 객 비 인 사　예 의 동 방 이 독 진

손이 되어 읊는다

고을 이름 개성인데 어째 문을 닫았고
산 이름 송악인데 어째 나무 없는가.
황혼에 손 쫓는 게 인사가 아닌데
예의 있는 동방에 네 홀로 진(秦)이구나.


## 228. 新婦贈郎
신 부 증 랑

向接新窓弄不休　半含嬌態半含羞
향 접 신 창 농 불 휴　반 함 교 태 반 함 수

借問歸家思我否　笑而不答小點頭
차 문 귀 가 사 아 부　소 이 부 답 소 점 두


### 신부가 신랑에게 준다

지난 번 신방 차려 사랑 장난 마지 않았는데
반은 교태 품고 반은 부끄럼 품었었네.
묻노니 집에 돌아가 나를 생각했는지
웃고 대답 않고 조금 머리 끄덕였네.


## 229. 答問
답 문

忙似閑　紛紛黃蝶過墻時
망 사 한　분 분 황 접 과 장 시

閒似忙　翩翩白鷺窺魚時
한 사 망　편 편 백 로 규 어 시

賤似貴　司僕下人御馬時
천 사 귀　사 복 하 인 어 마 시

貴似賤　暗行御史出途前
귀 사 천　암 행 어 사 출 도 전


## 묻는 걸 대답한다

바쁜 게 한가한 것 같다.
어수선한 노랑나비 담을 넘어갈 때
한가한 게 바쁜 것 같다.
훨훨 나는 흰 해오라기 고기를 엿볼 때
천한 것이 귀한 것 같다.
사복시[1] 하인이 말을 탈 때
귀한 것이 천한 것 같다.
암행어사가 출도하기 전[2]


## 230. 冶遊園
야 유 원

從古冶遊佳麗地　美人俠客不知愁
종 고 야 유 가 려 지　미 인 협 객 부 지 수

---

1) 사복시(司僕寺) : 고려나 조선 때 궁중의 가마나 말에 관한 일을 맡아 보던 관청.
2) 암행어사출도(暗行御史出道(出頭)) : 암행어사가 어떠한 곳에 나타나 · 실제
　맡은 일을 처리함.

錦城絲竹蘭陵酒　一日舟中一日樓
금성사죽난릉주　일일주중일일루


## 야유원[1]

예로부터 야유하는 곳은 가려한 땅이기에
미인과 협객은 수심을 아지 못하네.
금성의 관현악기[2] 난릉의 술[3]로
하루는 뱃놀이 하루는 다락 놀이일레.


## 231. 咏不成人　　曲身
영 불 성 인　　곡 신

世皆平直爾獨然　膝在胸中肩在前
세 개 평 직 이 독 연　슬 재 흉 중 견 재 전

臥如心字無二點　立似弓彎少一絃
와 여 심 자 무 이 점　입 사 궁 만 소 일 현

擧首不能看白日　倒身纔可仰蒼天
거 수 불 능 간 백 일　도 신 재 가 앙 창 천

君去靑山流水後　也應棺槨用團圓
군 거 청 산 유 수 후　야 응 관 곽 용 단 원

---

1) 야유원(冶遊園) : 酒色에 빠져 방탕하게 노는 자리.
2) 금성사죽(錦城絲竹) : 錦官城의 管絃樂 錦官城은 四川省 成都.
3) 난능주(蘭陵酒) : 蘭陵美酒 난릉은 戰國때 楚邑.
　 蘭陵美酒鬱金香 玉椀盛來琥珀光(李白 客中行)

사람을 이루지 못한 걸 읊는다    굽은 몸

세상은 모두 평직한데 너는 홀로 그렇구나
무릎은 가슴 가운데 있고 어깨는 앞에 있네.
누우면 마음심(心)자 같은데 석 점이 없고
서면 활 같으나 한 줄이 적네.
머리 들어도 밝은 해를 볼 수 없고
몸을 거꾸로 해야 겨우 푸른 하늘을 우러를 수 있네.
그대 가고 청산에 물이 흐른 뒤
응당 관곽은 둥근 걸 쓰리.


## 232. 題扇面    蔡樊巖
### 제 선 면    채 번 암

竹作骨兮鉄作鉗    氷魚性潔白於塩
죽 작 골 혜 철 작 겸    빙 어 성 결 백 어 염

班姬篋裡恩情薄    荀相軍中號令嚴
반 희 협 리 은 정 박    순 상 군 중 호 령 엄

揮處淸風來似矢    開時明月曲如鎌
휘 처 청 풍 내 사 시    개 시 명 월 곡 여 겸

無事冶遊客春城    野花黃蝶謾相添
무 사 야 유 객 춘 성    야 화 황 접 만 상 첨

### 부채 표면에 쓴다     채번암[1]

대로써 뼈삼고 쇠로써 집개쇠 만들었으며
빙어는 성질이 깨끗하여 소금처럼 희네.
반희[2]의 상자 속엔 은정이 엷고
순상의 군중[3]에는 호령이 엄했네.
맑은 바람 휘두르는 곳엔 오는 것이 화살 같고
폈을 때 밝은 달은 굽은 게 낫 같네.
일이 없으면 봄성의 야유하는 손이요
들꽃 노랑나비는 또 서로 더하네.


## 233. 題忠烈祠
제 충 렬 사

時丁板蕩早隕身　爭道貞忠勝古人
시 정 판 탕 조 운 신　쟁 도 정 충 승 고 인

河北曾無一義士　海東今見七賢臣
하 북 증 무 일 의 사　해 동 금 견 칠 현 신

聲名日月光輝幷　廟祠春秋俎豆陳
성 명 일 월 광 휘 병　묘 사 춘 추 조 두 진

---

1) 채제공(蔡濟恭, 1720~1799) : 字는 伯規 號는 樊巖 시호 文肅 平康人.
2) 반희(班姬) : 漢成帝의 婕妤인 班況의 딸로 長信宮에 살며 太后를 공양했다.
3) 순상군중(荀相軍中) : 이해를 돕기 위하여 다음 시를 소개한다.
　新製齊執素 鮮潔如霜雪 裁成合歡扇 團團似明月 出入君懷袖 動搖微風發 常恐
　秋節至 涼飇奪炎熱 棄捐篋笥中 恩情中道絕(班婕妤詩)
　奉箒平明金殿開 且將團扇暫徘徊 玉顏不及寒鴉色 猶帶昭陽日影來(長信秋思)

想得英靈猶不泯　　冤氛夜夜動星辰
상 득 영 령 유 불 민　　원 분 야 야 동 성 신


## 충렬사1)를 시제로 하여

판탕한 때를 만나 일찍 몸은 쓰러졌지만
정충으로 도를 다투기 옛 사람보다 낫네.
하북에는 일찍이 한 의사도 없었는데
해동에는 오늘날 일곱 현신2)을 보네.
성명은 일월과 광휘를 함께 하고
춘추의 묘사에는 조두3)를 베풀었네.
생각건대 영령은 오히려 가시지 않고
밤마다 원통한 기운 성신을 움직이네.


## 234. 金東峰詩
김 동 봉 시

是是非非非非是　　非非是是是非非
시 시 비 비 비 비 시　　비 비 시 시 시 비 비

同異同同同異異　　異同同異異同同
동 이 동 동 동 이 이　　이 동 동 이 이 동 동

---

1) 충렬사(忠烈祠)：京畿 金浦縣에 있는 七賢臣 祭享하는 祠宇이다.
2) 칠현신(七賢臣)：死六臣과 鄭保.
　※ 정보(鄭保)：圃隱 鄭夢周의 孫 雲谷處士 朴彭年 成三問과 친함. 그 庶妹가
　　韓明澮의 妾이다.
3) 조두(俎豆)：祭器를 이름.

김동봉[1]의 시

옳은 것을 옳다하고 그른 것을 그르다 하면 그른 것을 그르다
한 것이 옳고
그른 것을 그르다 하고 옳은 것을 옳다 하면 그른 것을 옳다
한 것이 그르네.
다른 것을 같다 하고 같은 것을 다르다 하면 다른 것을 같다
한 것이 다르고
같은 것을 다르다 하고 다른 것을 다르다 하면 같은 것을 다르
다 한 것이 같네.


## 235. 奇服齋詩
기 복 재 시

人外覓人人豈異　　世間求世世難同
인 외 멱 인 인 기 이　　세 간 구 세 세 난 동

紅紅白白紅非白　　色色空空色豈空
홍 홍 백 백 홍 비 백　　색 색 공 공 색 기 공


### 기복재의 시

밖의 사람에게 사람을 찾으면 사람이 어찌 다르고
세간에서 세상을 구하니 세상은 같기 어렵네.
붉은 걸 붉다하고 흰 걸 희다하면 붉은 걸 희다 할 수 없고
색을 색이라 하고 공을 공이라 하면 색이 어찌 공이겠는가.

---

1) 동봉(東峰) : 김시습(金時習)의 다른 號.
　※ 첩어를 많이 사용한 이런 시는 205, 235를 참고 할 것.

## 236. 古木　黃五
고목　황오

| | |
|---|---|
| 古木千年枝兩三 | 偃然隻立望東南 |
| 고목천년지양삼 | 언연척립망동남 |
| 老去中心通似竹 | 春來半面活如藍 |
| 노거중심통사죽 | 춘래반면활여람 |
| 魂依鳥雀恒留巷 | 影作蛟龍伴在潭 |
| 혼의조작항유항 | 영작교룡반재담 |
| 風霜雨雪經無數 | 一不回頭語苦甘 |
| 풍상우설경무수 | 일불회두어고감 |

고목　황오[1]

고목이 천년 가지 두셋인데
거만하게 홀로 서 동남을 바라보네.
늙어가며 중심으로 통한 게 대 같고
봄이 오면 반면이 쪽 같이 살았네.
혼은 조작에 의지하여 항상 골에 머물고
그림자는 교룡이 되어 짝으로 못에 있네.
풍상과 우설을 무수히 지내고
한번 머리 돌리지 않았어도 말은 쓰고 다네.

---

1) 황오(黃五) : 旣註.

## 237. 老梧　　蘭皐
노 오　　난고

古怪淸眞好見之　主人庭畔老梧奇
고괴청진호견지　주인정반노오기

十尋風雨前生夢　數葉春秋不死枝
십심풍우전생몽　수엽춘추불사지

尙有琴心山水聽　邢無棲處鳳凰欺
상유금심산수청　나무서처봉황기

疎星落月蒼凉夜　磬釋棋翁往往疑
소성낙월창량야　경석기옹왕왕의


늙은 오동　　난고

고괴하고 청진하여 보기에도 좋은데
주인의 뜰 가에 늙은 오동 기특하네.
열길 풍우는 전생의 꿈이요
두어 잎은 춘추에도 죽지 않는 가지이네.
일찍 금심 있어 산수(山水) 풍류 듣고[1]
어찌 깃들일 곳 없다고 봉황을 속이겠는가.
서끈 별 지는 달이 창량한 밤에
경쇠 치는 중과 바둑 두는 늙은이는 왕왕이 의심하네.

---

1) 산수청(山水聽) : 伯牙의 거문고 타는 뜻이 산에 있다면 鍾子期가 듣고 峨峨하다 했고 그 뜻이 물에 있다면 洋洋하다 했다는 사실에 기대어 된 말.(列子 湯問)

## 238. 寒碧堂韻　　李東藩
한 벽 당 운　　이 동 번

金字籠詩寒碧堂　鷓鴣淸唱動悲傷
금자농시한벽당　자고청창동비상

幕府風流歐幷謝　鄰州烟景越輪杭
막부풍류구병사　인주연경월수항

鳳阿春熟瑯玕實　鯨海秋晴橘柚香
봉아춘숙낭간실　경해추청귤유향

沛中仙李多枝葉　吾祖當年晝錦鄕
패중선리다지엽　오조당년주금향


### 한벽당시　　이동번[1]

금 글자에 사롱(紗籠)[2]한 한벽당인데
자고(鷓鴣)의 맑은 노래 슬픈 상처 움직이네.
막부의 풍류는 구와 사[3]가 어울리고
이웃 고을 풍연 경치 월(越)을 항(杭)[4]에 보내었네
봉아(鳳阿)[5]의 봄에 낭간(瑯玕)의 열매[6] 익고
경해(鯨海)에 가을 맑으니 귤유의 향기 나네.

---

1) 이동번(李東藩) :
2) 농시(籠詩) : 시를 써 걸어 놓은 현판에 먼지 앉지 못하게 시포로 씌워 놓음.
3) 구사(歐謝) :
4) 월항(越杭) : 越과 杭은 중국 정강성의 지명인데 唐 때에 越의 元稹과 杭州의 白居易가 吟詠 相戱 唱和했다.
5) 봉아(鳳阿) : 봉황이 사는 언덕.
6) 낭간실(瑯玕實) : 나무 열매 朝食瑯玕實.(江淹詩)

패중(沛中)[7]의 선리(仙李)[8]는 지엽이 많은데
우리 조상 당년에 출세[9]한 고향이네.


## 239. 題金山寺　　盧郎妻賣己詩
　　　　제 금 산 사　　노 랑 처 매 기 시

一自良人托鳳凰　兩邊消息具茫茫
일 자 양 인 탁 봉 황　양 변 소 식 구 망 망

覆棺羞作橫金婦　入地願從折桂郎
부 관 수 작 횡 금 부　입 지 원 종 절 계 랑

彭澤愁雲迷去路　瀟湘暮雨斷枯腸
팽 택 수 운 미 거 로　소 상 모 우 단 고 장

新詩題罷金山寺　卽掛風帆過豫章
신 시 제 파 금 산 사　즉 괘 풍 범 과 예 장


### 금산사를 시제로 하여　　노랑처 매기의 시

한 번 양인[1]으로부터 봉황이 될 걸 부탁 받고서
두 편의 소식이 함께 아득했네.
관을 덮으니 횡금부[2] 된 것이 부끄러웠고

---

7) 패중(沛中) : 중국 江蘇省 沛縣中.
8) 선리(仙李) : 중국 唐 王朝의 姓. 老子의 後孫이라 해서 그리 썼음. 朝鮮王朝에
　서도 正祖前後 이리 썼음.
9) 주금당(晝錦堂) : 宋의 韓琦의 古宅에 歐陽修가 쓴 相州晝錦堂記가 이름 있다.
　堂名 晝錦은 項羽의말 [當貴不歸故鄕 如衣錦夜行]에 기대었다.
1) 양인(良人) : 부부가 서로 상대방을 일컫는 말.
2) 횡금부(橫金婦) : 宋代 金御仙花帶에 魚符를 차지 않은 여자. 곧 翰林學士의

땅에 들어가며 계수 꺾은 사내[3] 좇길 원했네.
팽택[4]의 수심 구름으로 갈 길이 희미했고
소상[5]의 저문 비로 마른 창자 끊어지네.
새 시를 금산사[6]에서 다 쓰고
바로 돛대 배로 예장[7]을 지났네.


## 240. 夜遊　　李雨堂
야 유　　이우당

五更鼓角報開門　人語依迷出遠村
오경고각보개문　인어의미출원촌

太守未歸梅共老　行人欲發草方昏
태수미귀매공노　행인욕발초방혼

高樓月色禪持世　大地春心樂返昏
고루월색선지세　대지춘심낙반혼

官娥鮮道黃河唱　酒後名山次第論
관아해도황하창　주후명산차제논

---

아내로 뒤에 남편이 兩府를 거치면 魚符를 차는데 찬 이는 重金婦라 함.(翰林
故事)
3) 절계랑(折桂郞) : 과거에 급제한 사람. 晉의 郤詵이 한 말 桂林一枝 崑山 片玉에
　기대어 된 말.
4) 팽택(彭澤) : 중국 江西省 고을 이름. 晉의 도잠이 이 고을 令을 지냈다.
5) 소상(瀟湘) : 호남성 동정호남 零陵부근. 소수 상수의 합수처.
6) 금산사(金山寺) : 甘肅省 白塔山中에 있는 江天寺.
7) 예장(豫章) : 江西省 南昌縣에 있는 땅 이름.

밤놀이　　이우당

오경의 북 피리로 문 열기를 알리니
사람의 말 의미하게 먼 마을에서 나오네.
태수는 돌아가지 못하여 매화와 함께 늙고
길 가는 이 떠나려니 풀이 바야흐로 어둡네.
높은 다락 달빛은 선정의 세상[1])이요
대지의 봄 마음 반혼을 즐기네.
관아는 황하 노래 풀어 이르고
술 마신 뒤 명산을 차례로 의논하리.


## 241. 奉使日本吟　　鄭圃隱
봉 사 일 본 음　　정 포 은

弊盡貂裘意未伸　　羞將寸舌比蘇秦
폐 진 초 구 의 미 신　　수 장 촌 설 비 소 진

張騫槎下天連海　　徐福祠前草自春
장 건 사 하 천 련 해　　서 복 사 전 초 자 춘

眼爲感時垂淚易　　身思許國遠遊頻
안 위 감 시 수 루 이　　신 사 허 국 원 유 빈

故園手種新楊柳　　應向春風待主人
고 원 수 종 신 양 류　　응 향 춘 풍 대 주 인

---

1) 선지세(禪持世) : 禪讓으로 이어지는 堯舜의 세상.

## 사명을 받들고 일본으로 가면서 읊다    정포은

돈피 갖옷 헐어 다하도록 뜻을 펴지 못했는데
부끄럽게 촌설을 가지고 소진[1]에 견주었네.
장건[2]의 뗏목 아래 하늘은 바다에 연했고
서복[3]의 사당 앞에 풀은 절로 봄이었네.
눈은 시절에 느끼어 눈물 드리우기 쉬웠고
몸은 허국[4]을 생각하니 원유가 잦네.
고원에 몸소 심은 새 버들은
응당 춘풍을 향하여 주인을 기다리리.


## 242. 登樓    車五山
###    등 루    차 오 산

愁來徒寄仲宣樓　　碧樹生凉暮色遒
수 래 도 기 중 선 루　　벽 수 생 량 모 색 주

鰲背海空風萬里　　鶴邊雲盡月千秋
오 배 해 공 풍 만 리　　학 변 운 진 월 천 추

天連漢使星槎路　　地接秦童採藥洲
천 련 한 사 성 사 로　　지 접 진 동 채 약 주

---

1) 소진(蘇秦) : 戰國때 洛陽人 字는 季子 鬼谷子에게 배워 合縱策을 써 秦에 대항
   한 인물.
2) 장건(張蹇) : 漢의 漢中人 서역으로 사신 가다가 흉노에게 10여년을 잡혀 있었
   고 뒤에 돌아와 博望侯에 봉해졌다.
3) 서복(徐福) : 秦 때의 方士. 不死藥을 구하러 동남녀 500인을 이끌고 三神山에
   갔으나 돌아오지 않음.
4) 허국(許國) : 나라에 몸을 허락함.

長嘯一聲凌灝氣　夕陽西下水東流
장소일성능호기　석양서하수동류


## 다락에 오른다　　차오산[1]

수심이 오면 한갓 중선루[2]에 부치니
푸른 나무에서 서늘한 기운 나고 저문 빛이 뚜렷하네.
자라 등에 바다 비니 바람 만 리요
학 가에 구름 다하니 달은 천추일레.
하늘은 한나라 사신 성사[3] 길에 연했고
땅은 진나라 동자[4] 채약주에 접했네.
긴 휘파람 한 소리는 호기[5]를 능멸하고
석양은 서로 져도 물은 동으로 흐르네.


## 243. 偶吟　　宋龜峰
우 음　　송 귀 봉

心欲安時身未安　生今慕古事其艱
심욕안시신미안　생금모고사기간

鳳凰肯接鴟鳶嚇　松柏難爲桃李顔
봉황긍서치연하　송백난위도이안

---

1) 차천로(車天輅, 1556~1615) : 字는 復元 號는 五山 延安人.
2) 중선루(中宣樓) : 湖北省 當陽縣 동북쪽에 있는 魏 王粲의 다락.
3) 성사(星槎) : 星河槎 별 뗏목. 漢의 張騫이 뗏목타고 天河에 이른 故事에 기댐.
4) 진동(秦童) : 三神山에 不死藥을 구하러 간 秦童男女 五百人.
5) 호기(灝氣) : 顥氣 하늘가의 맑은 기운.

畫臥淸風松下石　夜吟明月雪中山
주 와 청 풍 송 하 석　야 음 명 월 설 중 산

十年蹤跡烟霞外　笑許浮名滿世間
십 년 종 적 연 하 외　소 허 부 명 만 세 간


### 우연히 읊는다　　송귀봉[1]

마음이 편안코 싶은 때 몸이 편안치 못하고
지금에 살면서도 옛적을 사모하는 일 그게 어려웠네.
봉황이 깃들이니 올빼미 솔개 으르고
송백은 도리의 얼굴하기 어렵네.
낮에는 맑은 바람 부는 솔 아래 돌에 누웠고
밤에는 밝은 달 뜨는 눈 속 산에서 읊었네.
십년의 종적[2]은 연하 밖이요
웃고 뜬 이름 허여하니 세간에 가득했네.


## 244. 四時詞　　退溪先生
　　　　사 시 사　　퇴 계 선 생

日遲遲風淡淡　山下溪溪上沙
일 지 지 풍 담 담　산 하 계 계 상 사

鳥嚶嚶烟靄靄　山轉幽水轉深
조 앵 앵 연 애 애　산 전 유 수 전 심

---

1) 송익필(宋翼弼) : 字는 雲長 號는 龜峯 礪山人 高陽 龜巖 아래 살았고 金長生 金集
　鄭曄 徐渻 鄭弘溟은 그 門人이며 栗谷 牛溪 松江과 친했다.
2) 종적(蹤跡) : 蹤迹 : 발자취.

風冷冷葉蕭蕭　　雁聲高波聲咽
풍 냉 랭 엽 소 소　　안 성 고 파 성 열

山寂寂夜沈沈　　獨自吟還自酌
산 적 적 야 침 침　　독 자 음 환 자 작

年年杜宇明月　　滿樹桃花杏花
연 년 두 우 명 월　　만 수 도 화 행 화

一夜江南雨後　　滿庭芳草綠陰
일 야 강 남 우 후　　만 정 방 초 녹 음

幽人睡起彷徨　　上下天光水色
유 인 수 기 방 황　　상 하 천 광 수 색

行人不到柴扉　　白雲千峰萬壑
행 인 부 도 시 비　　백 운 천 봉 만 학

## 사시사　　퇴계선생

해는 더디고 더디며 바람은 담담하네
산 아래 시내요 시내 위에 모래네.
새 소리는 앵앵하고 연하(烟霞)는 애애하며
산은 깊숙해지고 물은 깊어지네.
바람은 쌀쌀하고 잎은 소소하며
기러기 소리 높고 파도 소리 목매네.
산은 적적하고 밤은 침침하며
혼자 스스로 읊고 돌아와 스스로 잔질하네.
해마다 두견새와 밝은 달이요
나무에 가득한 복숭아 꽃과 살구 꽃

231

하룻밤 강남엔 비온 뒤에
뜰에 가득한 방초와 녹음
그윽한 사람 자다가 일어나 방황하고
위 아래로 하늘 빛 물빛이네.
길 가는 이 사립문에 이르지 않고
백운은 천봉만학이네.


## 245. 問病　　倭人
### 문병　　왜인

| | |
|---|---|
| 東國關門外 | 屛山欲暮春 |
| 동국관문외 | 병산욕모춘 |
| 塵埋床下履 | 蛛結架頭巾 |
| 진매상하리 | 주결가두건 |
| 枕有思親淚 | 庭無問病人 |
| 침유사친루 | 정무문병인 |
| 鯨濤三萬里 | 心送未歸身 |
| 경도삼만리 | 심송미귀신 |


### 병인 위문　　왜인

동국 관문 밖에
병산에 봄이 저물려 하네.
티끌은 평상 아래 신을 묻었고
거미는 시렁 두건에 줄 내렸네.

베개엔 어버이 생각하는 눈물이 있고
뜰에는 문병하는 사람 없네.
큰 파도는 삼만 리요
마음은 돌아가지 못한 몸을 보내네.


# 246. 烟竹

연 죽

與爾淡婆作好友　　虛緣曾未夢熊羆
여 이 담 파 작 호 우　　허 연 증 미 몽 웅 비

長老之前無敢曳　　却嫌無禮鑑茅鴟
장 로 지 전 무 감 예　　각 혐 무 례 감 모 치


**담뱃대**[1]

너 담배[2]와 좋은 벗이 되니
헛된 인연은 일찍이 곰들[3]을 꿈꾸지 못했네.
장로의 앞에서는 감히 끌지 못하고
문득 모치[4]를 거울삼아 예절 없음을 혐의하네.

---

1) 연죽(煙竹) : 담뱃대 烟竿子.
2) 담파(淡婆) : 담배의 한자 취음 표기. 淡婆姑의 略稱. 淡巴菰라 쓰기도 하고 달
   리 金絲醺이라 쓰기도 함.　원산지는 남미 투바고 지방인데 필리핀 루손(呂宋)
   島를 거쳐 중국 일본에 전해지고 우리나라엔 東萊 蔚山 등지에서 맨 먼저 수입
   하여 피우기 시작했기에 담방구 타령에도 동래 울산 담방구 라고…하는 말이
   있고 또 이걸 南草 烟草라고 도 씀.
3) 웅비(熊羆) : 熊羆之祥 熊羆入夢(詩 小雅 斯干) 곧 사내아이를 낳을 꿈을 알림을 이름.
4) 모치(茅鴟) : 방치(鵃鴟) 올빼미의 一種 怪鴟.(爾雅 釋鳥)
   말똥가리. 옛 逸詩의 하나. 무례한 사람을 풍자한 詩라고 함.(左氏春秋)

## 247. 檀君祠　　鄭斗卿
단 군 사　　정 두 경

有聖生東海　于時并放勳
유 성 생 동 해　우 시 병 방 훈

扶桑賓白日　檀木上靑雲
부 상 빈 백 일　단 목 상 청 운

天地候初建　山河氣未分
천 지 후 초 건　산 하 기 미 분

戊辰千幾壽　吾欲獻吾君
무 진 천 기 수　오 욕 헌 오 군


### 단군사[1]　　정두경[2]

성인이 있어 동해에 났는데
때는 요임금[3]과 같았었네.
부상에는 밝은 해가 떠올랐고
박달나무 위엔 푸른 구름이 떴네.
천지는 처음 그 세움을 기다리고
산하는 기운이 나뉘지 않았네.
무진[4]은 천 몇 해인가
우리는 우리 임금이란 말 드리고 싶네.

---

1) 단군사(檀君祠) : 단군사. 平壤에 있음.
2) 정두경(鄭斗卿, 1597~1673) : 字는 君平 號는 東溟 溫陽人.
3) 방훈(放勳) : 史臣이 帝堯를 찬양한 말 堯의 號라고도 하고 堯의 이름이라고도 함.
4) 무진(戊辰) : 단군이 開國한 해.

## 248. 誡子詩　　朱子
계 자 시　　주자

北風怒饕雪飄揚　念爾飢寒感歎長
북풍노도설표양　염이기한감탄장

色必亡身須愼戒　言能害己更詳量
색필망신수신계　언능해기갱상량

狂荒結友還無益　驕慢輕人反有傷
광황결우환무익　교만경인반유상

萬事不求忠孝外　自然名譽達君王
만사불구충효외　자연명예달군왕


아들을 경계하는 시　　주자[1]

---

1) 주희(朱熹) : 宋 性理學者 字는 元晦 號는 晦庵 시호 文 徽國公에 被封됨.
   參考삼아 愛誦되는 시 몇 수를 紹介한다.

勸學文
권학문

勿謂今日不學而有來日
물위금일불학이유내일

勿謂今年不學而有來年
물위금년불학이유내년

日月逝矣　歲不我延
일월서의　세불아연

嗚呼老矣　是誰之愆
오호노의　시수지건

권학문
오늘 배우지 않고 내일이 있다 이르지 말고

올해 배우지 않고 내년이 있다고 이르지 말라.
일월은 간다 세월은 나를 기다리지 않는다 아아 늙었구나
이게 누구의 허물인고.

勸學詩
권학시

**少年易老學難成  一寸光陰不可輕**
소년이로학난성  일촌광음불가경

**未覺池塘春草夢  階前梧葉已秋聲**
미각지당춘초몽  계전오엽이추성

권학시

소년은 늙기 쉽고 학문은 이루기 어려워
한 치의 시간도 가볍게 할 수 없다.
아직 못에 봄 풀은 꿈을 깨지 못했는데
계단 앞 오동 잎은 벌써 가을 소리 하네.

八詠詩(八丈夫詩)

靑天白日  廓乎昭明  丈夫心鏡
北海南溟  浩無涯岸  丈夫局量
泰山喬岳  崒乎高大  丈夫氣宇
花瀾春城  萬化方暢  丈夫容色
雪滿窮巷  孤松特立  丈夫志操
鴻鳴水國  飛必含蘆  丈夫言柄
鳳飛千仞  飢不啄粟  丈夫廉隅
萬頃蒼波  日光蕩漾  丈夫氣像

武夷櫂歌(武夷九曲歌)  十首

武夷山中有仙靈  山下寒流曲曲淸
欲識箇中奇絶處  櫂歌閑聽兩三聲

一曲溪邊上釣船  幔亭峰影蘸晴川
虹橋一斷無消息  萬壑千巖鎖暮烟

二曲亭亭玉女峰  揷花臨水爲誰容

북풍은 성낸 도철(饕餮)²⁾처럼 눈을 휘날리니
네 기한(飢寒)을 생각하면 감탄도 크네.
색(色)은 꼭 몸을 망치기에 모름지기 삼가 경계하며
말은 몸을 해칠 수 있으니 다시 자상히 헤아리소.
광황으로 벗 삼으면 도리어 이익 없고
교만으로 사람을 가볍게 하면 도리어 상해입네.
만사를 충효 밖에는 구하지 않는다면
자연 명예가 군왕에 도달하리.

---

道人不復荒臺夢　興入前山翠幾重

三曲君看架壑船　不知停棹幾何年
桑田海水今如許　泡沫風燈堪自隣

四曲東西兩石巖　巖花垂露碧氈毿
金鷄叫罷無人見　月滿空山水滿潭

五曲山高雲深處　長時烟雨暗平林
林間有客無人識　欸乃聲中萬古心

六曲蒼屛繞碧灣　茅茨終日掩柴關
客來倚棹巖花落　猿鳥不驚春意閑

七曲移船上碧灘　隱屛仙掌更回看
却憐昨夜峰頭雨　添得飛泉幾度寒

八曲風烟勢欲開　鼓樓巖下水縈回
莫言此處無佳景　自是游人不上來

九曲將盡眼豁然　桑麻雨露見平川
漁郎更覓桃源路　除是人間別有天

2) 도철(饕餮) : 惡獸 이름. 鍾鼎 彝(술준) 같은 그릇에 그 모습을 새겨 꾸몄다.
轉義되어 惡人에 비유됨.(呂覽)

## 249. 誡世　　上手
계세　　상수

身是吾身口是吾　行身發口摠由吾
신시오신구시오　행신발구총유오

如何不愼吾身口　妄動輕開反害吾
여하불신오신구　망동경개반해오

### 세상을 경계한다　　주자1)

몸이 이게 내 몸이고 입도 이게 내 입인데
몸을 행하고 입을 여는 것이 모두 나로 말미암네.
어찌하여 내 몸과 입을 삼가지 않고
망령되이 움직이고 가볍게 열어 도리어 나를 해하는가.

## 250. 誡世　　尤庵
계세　　우암

世上功名看木雁　坐中談笑愼桑龜
세상공명간목안　좌중담소신상귀

三傳市虎人皆信　一掇裙蜂父亦疑
삼전시호인개신　일철군봉부역의

---

1) 주희(朱熹) : 旣註.

세상을 경계한다 　　우암

세상의 공명은 나무와 기러기[1]를 보고
좌중의 담소에는 뽕나무와 거북[2]을 삼가소.
세 번 전하[3]는 저자의 호랑이를 사람은 다 믿고
한 번 치마의 벌[4]을 채찍질하면 아비도 의심하네.


## 251. 戒窮

계 궁

十年未逡退之窮　　大丈夫心不怕窮
십 년 미 송 퇴 지 궁　　대 장 부 심 불 파 궁

名德飽人貧亦富　　芙蓉學婦達猶窮
명 덕 포 인 빈 역 부　　부 용 학 부 달 유 궁

---

1) 목안(木雁) : 나무 기러기. 莊子의 山木에 나오는 우화이다. 곧 나무는 곧고 쓸
　모 있으면 먼저 베어가고 쓸모없으면 무성을 누린다. 기러기는 잘못 우는 것을
　먼저 잡고 잘 우는 것을 남겨 살린다는 것이다.
2) 상귀(桑龜) : 노귀상화(老龜桑禍) : 거북과 뽕나무가 입을 잘못 놀려 제가 희생
　된다는 것. 중국 三國 때 吳나라 永康 사람이 큰 거북을 잡아 임금 孫權에게
　바친 일이 있었다. 배에 싣고 가다가 밤이 되어 뽕나무에 배를 매어두니 거북
　과 뽕나무가 다음과 같이 문답했다. 거북이"너희가 나를 삶는데 남산의 나무를
　가져다 삼겠지" 하자 뽕나무가 하는 말이 "제갈각(諸葛恪)은 박식한데 왜 뽕나
　무를 쓰지 않겠는가." 하니 거북이 하는 말 "네 밝은 지혜 때문에 네가 먼저
　화를 입겠군." 했다. 뒤에 오왕은 뽕나무를 써 그 큰 거북을 삶았다는 전설에
　기대어 쓴 말이다.(異苑三)
　서로 제가 제일이라 자랑하는 문답이 없었다면 서로 화를 입지 않았을 것이다.
3) 삼전…(三傳…) : 거짓말이라도 세 번 들으면 믿게 된다는 것.
4) 군봉…(裙蜂…) : 의심 받을 일을 하지 말라는 뜻.

明賢然後安淸意　　英傑從前起困窮
명현연후안청의　　영걸종전기곤궁

不信君看千尺木　　枝枝癰疃閱來窮
불신군간천척목　　지지옹동열래궁

## 궁함을 경계한다

십년을 보내지 못한 건 물리칠 곤궁이요
대장부의 마음은 곤궁을 두려워하지 않네.
명덕은 사람을 배부르게 하니 가난도 풍부하고
부용[1]은 부도를 배워 통달도 오히려 곤궁하네.
명현이 된 뒤에도 맑은 뜻에 편안하고
영웅호걸(英雄豪傑)은 종전부터 곤궁에서 일어났네.
믿지 못하면 그대는 천척 나무를 보소.
가지마다 옹이[2]는 오는 곤궁 겪었네.

## 252. 歎老
탄로

日日日來來日少　　年年年去去年多
일일일래내일소　　연년연거거년다

去年去與紅顏去　　來日來將白髮來
거년거여홍안거　　내일내장백발래

---

1) 부용(芙蓉) : 여자 이름.
2) 옹동(癰疃) → 옹동(癰腫) 옹종(臃腫) : 옹이. 나무에 옹이 박힌 가지의 그루터기.

若禁白髮稱仙可　要做紅顏不醉何
약 금 백 발 칭 선 가　요 주 홍 안 불 취 하

去者不來來者去　天時人事此中催
거 자 불 래 내 자 거　천 시 인 사 차 중 최


## 늙음을 한탄한다

날마다 날이 오면 오는 날이 적고
해마다 해가 가도 가는 해가 많네.
가는 해 가면 붉은 얼굴 함께 가고
오는 날이 오면 장차 흰 머리도 오네.
만약 백발을 금하면 신선이라 할 만한데
붉은 얼굴 되려면 취지 않고 어찌 하리.
가는 것은 오지 않고 오는 것은 가니
천시와 인사는 이 속에서 재촉하네.


## 253. 御製　　肅宗
어 제　　숙 종

東海西流西海東　同心異處異心同
동 해 서 류 서 해 동　동 심 이 처 이 심 동

水從山去山從水　風與月來月與風
수 종 산 거 산 종 수　풍 여 월 래 월 여 풍

白髮翁憎翁髮白　紅顏女妬女顏紅
백 발 옹 증 옹 발 백　홍 안 여 투 여 안 홍

世間人是人間世　　窮者達焉達者窮
세간인시인간세　　궁자달언달자궁


## 임금이 지은 시　　숙종

동해는 서로 흐르고 서해는 동으로 흐르는데
마음을 같이 하고 곳을 달리 하니 마음 같은 것도 다르네.
물은 산을 좇아가고 산은 물을 좇아가며
바람은 달과 더불어 오고 달은 바람과 더불어 오네.
백발옹은 할아비 머리 희어지는 걸 미워하고
홍안녀는 여자 얼굴 붉은 걸 투기하네.
세간 사람은 이게 인간 세상이요
궁한 사람은 달하고 달한 사람은 궁하네.


## 254. 八文章詩
팔 문 장 시

李謫仙翁骨已霜　　柳宗元是但流芳
이 적 선 옹 골 이 상　　유 종 원 시 단 류 방

黃山谷裡花千片　　白樂天邊鴈一行
황 산 곡 리 화 천 편　　백 락 천 변 안 일 행

杜子美人今寂寞　　陶淵明月舊荒凉
두 자 미 인 금 적 막　　도 연 명 월 구 황 량

可憐韓退之何處　　惟有孟東野草香
가 련 한 퇴 지 하 처　　유 유 맹 동 야 초 향

## 팔문장시

이적선[1] 늙은이는 뼈가 이미 해 지나고
유종원[2]은 다만 좋은 명예 전했네.
황산곡[3] 속에는 꽃나무 천 그루요
백낙천[4] 가에는 기러기 한 떼네.
두자미[5]인은 이제 적막하고
도연명[6]월은 옛적 황량했네.
가련하구나 한퇴지[7]는 어디 있는가
오직 맹동야[8]에 풀의 향기 있구나.

---

1) 이적선(李謫仙) : 李白 唐 蜀의 昌明人 字는 太白 靑蓮鄕에서 출생했기에 靑蓮居士라 號했다. 天才가 영특하여 賀知章이 그 글을 보고 謫仙이라 탄식하고 玄宗에게 추천했다. 세상에선 詩仙이라 찬양했고 그는 騎鯨客이라 자칭했다.

2) 유종원(柳宗元) : 唐 河東人 字 子厚 唐宋八大家의 한사람. 柳州刺史를 지냈다. 저서에는 永州八記 龍城錄 柳先生文集 外集이 있다. 세상에선 한유와 병칭하여 韓柳라 했다.

3) 황산곡정견(黃山谷庭堅, 1045~1104) : 宋 洪州 分寧人 字는 魯直 號는 涪翁 別駕 知州를 지내고 세상 떠나니 文節이라 私謚했다. 蘇東坡와 친하여 蘇黃이라 했고 自號를 山谷道人이라 했다.

4) 백낙천거이(白樂天居易, 772~846) : 唐 太原人 字 樂天 進士로 江州司馬 太子少傅를 지냈기에 白傅라 했다. 元稹과 친하여 元白이라 했고 劉禹錫과 친하여 劉白이라 했으며 香山居士라 자칭했다.

5) 두자미(杜子美) : 이름은 甫 唐 審言의 從孫. 字는 子美 杜陵에 살았기에 杜陵布衣 杜陵野老라 했다. 安祿山의 亂에 蜀으로 들어가 右拾遺가 되고 員外郎이 되었다. 세상에선 詩史라 했고 또 詩聖이라 하여 李白과 같이 李杜라 했다. 元稹은 自古以來 子美만한 시인이 없었다고 찬양했다.

6) 도연명(陶淵明) : 이름은 潛 晉 侃의 증손. 字는 淵明 또는 元亮이라 했다. 五柳先生傳을 지어 자기를 그리고 뒤에 彭澤令이 되었다가 五斗米로 허리 굽힐 수 없다고 歸去來辭를 부르며 돌아오니 세상에선 靖節이라 사시했다.

7) 한퇴지(韓退之) : 이름은 愈 唐의 昌黎人 字는 退之 唐宋 八大家의 한 사람. 六經과 百家書에 통했고 進士로 佛骨表를 지어 極諫했고 潮州刺史로 좌천되었다. 시호는 文이라 했고 文章이 宏深奧衍하여 後學들이 法 삼아 韓文이라 했다.

8) 맹동야교(孟東野郊, 751~814) : 湖州 武康人 字는 東野 進士로 鄭餘慶과 친했고

## 255. 輓尤庵

만 우 암

先生以道自爲重　老臥閑中日月長
선생이도자위중　노와한중일월장

潤德春濃花上露　儼容秋肅竹間霜
윤덕춘농화상로　엄용추숙죽간상

論文句句章章得　臨事非非是是評
논문구구장장득　임사비비시시평

如此而生如此死　生無餘感死無傷
여차이생여차사　생무여감사무상

우암을 만사한다

선생은 도로써 절로 중해져
늙어 한가로운 속에 누웠어도 해와 달이 기네.
윤택한 덕은 봄 꽃 위의 이슬로 무르녹고
엄연한 모습은 가을 대 사이 서리처럼 엄숙했네.
글을 논하면 구절구절 장장이 갖추어지고
일에 다다라서는 그른 것을 그르다 하고 옳은 것은 옳다 평했네.
이와 같이 살다가 이와 같이 죽으니
살아서도 남은 섭섭함이 없고 죽어서도 손상될 게 없네.

---

세상 떠나니 張籍은 貞曜라 사시했다.

## 256. 輓新婦

만 신 부

逢何晩也別何催　　未結其緣但結哀
봉 하 만 야 별 하 최　　미 결 기 연 단 결 애

祭酒因斟婚日釀　　斂衣還用嫁時裁
제 주 인 짐 혼 일 양　　염 의 환 용 가 시 재

窓前細雨姸桃落　　簾外秋風獨鴈來
창 전 세 우 연 도 락　　염 외 추 풍 독 안 래

善否因從妻母問　　泣云吾女德兼才
선 부 인 종 처 모 문　　읍 운 오 녀 덕 겸 재


**신부를 만사한다**

만난 게 어째 늦고 헤어지는 건 어째 재촉하는가
그 인연은 맺지 못했는데 다만 슬픔 맺었네.
제주로 짐작하는 술은 혼인 때 빚었고
수의는 도로혀 결혼 때 말은 걸 썼네.
창 앞의 가랑비에 고운 복숭아 꽃 떨어지고
발 밖의 가을바람에 외기러기 왔네.
잘하고 못하고 원인과 결과를 처모께 물으니
울며 이르길 우리 딸은 덕과 재주 겸했다고 했네.

245

## 257. 輓妓

만 기

| | |
|---|---|
| 開花時節名花落 | 春事凄凄夢裡斜 |
| 개화시절명화락 | 춘사처처몽리사 |
| 珂舞絃歌空此地 | 朝雲暮雨向誰家 |
| 가무현가공차지 | 조운모우향수가 |
| 效嚬紅粉皆無色 | 埋骨靑山肯欲奢 |
| 효빈홍분개무색 | 매골청산긍욕사 |
| 魂去上遊仙樂府 | 瑤臺今夕倍繁華 |
| 혼거상유선악부 | 요대금석배번화 |

### 기생을 만사한다

꽃이 피는 시절 이름 있는 꽃이 지니
봄 일은 쓸쓸히 꿈속에 비꼈네.
가무하고 현가1)하던 이 땅이 비었고
남녀 교합2)은 뉘 집으로 향할까.
모방3) 좋아하는 미인은 모두 미인 아니고
청산에 뼈 묻히니 사치하고 싶었겠지.
혼은 가면 위로 선악부에 놀 것이니
요대4) 오늘 저녁 갑절이나 번화하리.

---

1) 가무현가(珂舞絃歌) : 옥으로 꾸미고 춤추며 거문고 타고 노래 부름.
2) 조운모우(朝雲暮雨) : 남녀 교합의 정.
3) 효빈(效嚬) : 맥락도 모르고 덩달아 흉내 냄. 西施의 찡그림을 아름답게 보고 흉내내다 더 밉게 보였다는 사실에 기댐.
4) 요대(瑤臺) : 훌륭한 궁전.

## 258. 誕辰賀禮作　　徐居正
탄 신 하 례 작　　서 거 정

誕辰陳賀紫震朝　　稽顙瑤墀拜赫袍
탄 신 진 하 자 진 조　　계 상 요 지 배 혁 포

金甕初開千日酒　　玉盤齊獻萬年桃
금 옹 초 개 천 일 주　　옥 반 제 헌 만 년 도

奇峰幸際雲龍會　　霈澤深涵雨露饒
기 봉 행 제 운 룡 회　　패 택 심 함 우 로 요

醉飽小臣賡大雅　　更頌華祝頌唐堯
취 포 소 신 갱 대 아　　갱 송 화 축 송 당 요


### 탄신을 하례하며 짓는다　　서거정[1]

탄신을 진하하는 자미 궁전의 아침
머리 조아리고[2] 대궐 지대[3]에서 붉은 용포에 절했네.
금독을 처음 여니 천일주요
옥반을 가지런히 바치니 만년도일레.
기특한 봉우리는 다행히 운룡[4]의 모임에 즈음했고
큰 은택을 깊이 무릅쓰니 우로가 넉넉하네.
취해 배부른 소신은 대아(大雅)장[5]을 갱가했고
다시 화축[6]으로 기리고 당요(唐堯)[7]를 기리었네.

---

1) 서거정(徐居正, 1420~1488) : 字는 剛中 號는 四佳 貫 大丘 彌性의 아들 陽村의 외손.
2) 계상(稽顙) : 머리를 조아림.
3) 요지(瑤墀) : 대궐 구슬로 꾸민 지대.
4) 운룡(雲龍) : 구름을 타고 조화를 부리는 용.
5) 대아(大雅) : 큰 정치를 읊은 정악의 노래.
6) 화축(華祝) : 華封人의 축하.
7) 당요(唐堯) : 帝堯陶唐氏.

## 259. 退宮棲息

퇴 궁 서 식

二十男兒事遠遊　白馬金鞭玉鞍頭
이십남아사원유　백마금편옥안두

淵明處士菊花酒　太乙眞人蓮葉舟
연명처사국화주　태을진인연엽주

卽向金剛看下界　歸來漢水放中流
즉향금강간하계　귀래한수방중류

不然霽月光風夜　好上長安第一樓
불연제월광풍야　호상장안제일루


### 궁에서 물러나와 편안히 보내다

이십 남아가 원유를 일삼으니
백마 금편 옥안으로 꾸미었네.
연명처사 국화주1)요
태을진인 연엽주2)네.
바로 금강산으로 향하다가 하계를 보고
한수로 돌아오며 중류에서 놓았네.
그렇지 않으면 제월광풍한 밤에
좋게 장안 제일루에 오르리.

---

1) 연명처사국화주(淵明處士菊花酒) : 도연명이 국화로 빚은 술.
2) 태을진인연엽주(太乙眞人蓮葉舟) : 宋 韓駒(子蒼)가 보고 詩를 쓴 그림. 北方 天神
   인 太乙(太一) 眞人이 연 잎 배를 타고 누워 글을 보는 그림.(題太乙眞人蓮葉圖)

## 260. 亂後感志　　蔡聖龜
난 후 감 지　　채 성 귀

三綱已傾國隨傾　公義千年愧汗靑
삼강이경국수경　공의천년괴한청

忍背神宗皇帝德　何顔宣祖大王靈
인배신종황제덕　하안선조대왕영

寧爲北地王諶死　不作東窓賊檜生
영위북지왕심사　부작동창적회생

野老呑聲行且哭　穆陵斜日照微誠
야로탄성행차곡　목릉사일조미성


### 난리 뒤 느낌을 적는다　　채성귀[1]

삼강은 이미 기울고 나라도 따라 기운데
공의 천년에 한청(汗靑)[2]이 부끄럽네.
차마 신종 황제의 덕을 배반하고서
어찌 선조대왕의 신령을 뵙겠는가.
어찌 북지에서 임금 죽은 걸 믿겠는가
동방에 적 진회(秦檜)[3]를 낳게는 하지 않았으리.
들 늙은이 소리 삼키고 가서 또 우니
목릉[4]의 지는 해가 미성을 비추네.

---

1) 채성귀(蔡聖龜, 1607~1647) : 字 用九 號는 知非齋 仁祖 庚午 文科하여 持平을
　 지내고 41歲로 이 세상을 떠남. 平康人 震亨의 아들.
2) 한청(汗靑) : 殺靑 簡靑 대조각을 불에 구워 푸른빛을 없앤 것. 종이 서책 등의
　 뜻으로 쓰임.
3) 회(檜) : 宋의 逆臣. 진회(秦檜) : 충신 岳飛를 모살한 인물.
4) 목릉(穆陵) : 宣祖의 陵號.

## 261. 元正崇天門

원 정 숭 천 문

正朝大闢大明宮　萬國衣冠此會同
정 조 대 벽 대 명 궁　만 국 의 관 차 회 동

虎豹守閽嚴內外　鷺鷥分序肅西東
호 표 수 혼 엄 내 외　노 사 분 서 숙 서 동

壽觴艶艶浮春色　仙仗修修立晚風
수 상 염 염 부 춘 색　선 장 수 수 입 만 풍

袍笏方曾陪俊彦　天門矯首意難窮
포 홀 방 증 배 준 언　천 문 교 수 의 난 궁


### 원단의 숭천문

정조(원단)의 대궐은 대명궁(大明宮)인데
만국의 의관이 여기에 회동했네.
호표가 문을 지키니 내외가 엄하고
노사(鷺鷥)[1]가 차례 나누니[2] 동서가 엄숙하네.
축수하는 잔은 넘실넘실 봄빛이 뜨고
신선 지팡이 꾸미고 꾸며 늦은 바람에 세웠네.
도포와 홀은 바야흐로 일찍이 준수한 선비를 모시고
천문에서 머리 드니 뜻 다함이 어렵네.

---

1) 노사(鷺鷥) : 鷺鷥. 백로 해오라기.
2) 노서원행(鷺序鳩行) : 관리의 질서 있는 행렬.

## 262. 七夕　　李稼亭
칠석　　　이가정

平生蹤跡等雲浮　萬古相逢信有由
평생종적등운부　만고상봉신유유

天上風流牛女夕　人間佳節帝王州
천상풍류우녀석　인간가절제왕주

笑談處處樽如海　簾幕深深雨送秋
소담처처준여해　염막심심우송추

乞巧曬衣非我事　且憑詩句遣閑愁
걸교쇄의비아사　차빙시구견한수


**칠석**　　이가정[1]

평생의 종적은 뜬 구름 같은데
만고의 상봉은 말미암음이 있어 미덥네.
천상의 풍류는 견우직녀 저녁이요
인간의 가절은 제왕의 고을이네.
담소는 정성스럽게 술동이는 바다 같고
염막은 깊이깊이 비로 가을 보내네.
걸교(乞巧)[2]와 쇄의(曬衣)[3]는 내일이 아닌데
또 시구를 빙자하여 한가한 수심 보내네.

---

1) 이곡(李穀, 1298~1357) : 字는 中父 號는 稼亭 韓山人 牧隱의 아버지. 稼亭先生文集(卷十六)엔 詩題가 七夕小酌이요 轉聯 談笑處處는 談笑款款으로 되어 있다.
2) 걸교(乞巧) : 七月七夕 날 저녁에 계집애들이 견우 직녀성에게 길쌈과 바느질을 잘하게 해달라고 그 재주를 비는 일.
3) 쇄의(曬衣) : 옷에 햇볕 쪼이는 일.

## 263. 重九
중구

| | |
|---|---|
| 直省佳期隔勝遊 | 破床烏帽管風流 |
| 직성가기격승유 | 파상오모관풍류 |
| 籬邊宿雨泣黃菊 | 鏡裡新霜欺白頭 |
| 이변숙우읍황국 | 경리신상기백두 |
| 世事閑情須痛冷 | 人生餘醉摠閑愁 |
| 세사한정수통랭 | 인생여취총한수 |
| 去年爲客今年病 | 辜負重陽又一秋 |
| 거년위객금년병 | 고부중양우일추 |

중구1)

다만 가기(佳期)를 살피어 승유(勝遊)가 막히니
파상(破床)의 검은 모자 풍류를 관리하네.
울 가엔 오랜 비로 황국이 울고
거울 속 새 서리는 흰 머리를 속였네.
세사와 한정은 모름지기 통랭(痛冷)2)한데
인생의 취한 나머지는 모두 한가한 수심이네.
거년엔 손이 되고 금년엔 병이 드니
중양을 저버린 허물 또 한 해 되었네.

---

1) 중구(重九) : 음력 9월 9일. 重陽.
2) 통랭(痛冷) : 몹시 추움.

## 264. 網巾

망 건

粤自皇明制度高　模成八字使人豪
월 자 황 명 제 도 고　모 성 팔 자 사 인 호

着時氣像崚嶒嶽　脫後精神活潑濤
착 시 기 상 능 증 악　탈 후 정 신 활 발 도

耳畔雙環黃玳瑁　頂端孤玉赤櫻桃
이 반 쌍 환 황 대 모　정 단 고 옥 적 앵 도

問渠平生何收拾　迎送簪纓蘊藉袍
문 거 평 생 하 수 습　영 송 잠 영 온 자 포

## 망건

아아[1] 황명(皇明)의 제도는 높아
모성[2]한 팔자[3]는 사람을 호기롭게 하네.
썼을 때의 기상은 능증(崚嶒)[4]한 멧부리요
벗은 뒤 정신은 활발한 물결일레.
귓가의 두 고리는 누른 대모(玳瑁)[5]요
정수리 끝 외로운 옥은 붉은 앵두이네.
너에게 묻노니 평일 무엇을 수습하느냐고
맞고 보내는데 잠영(簪纓)[6]과 온자(蘊藉)[7]한 도포라네.

---

1) 월(粤) : 發端辭.
2) 모성(模成) : 본 떠서 만든 것.
3) 팔자(八字) : 四柱八字 사람의 출생 연월일시의 干支 여덟자. 타고난 신수.
4) 능증(崚嶒) : 산이 언틀 먼틀한 모습.
5) 대모(玳瑁) : 대모(瑇瑁). 바다거북의 일종.
6) 잠영(簪纓) : 비녀(동곳)와 갓끈. 전의되어 점잖은 사람들.
7) 온자(蘊藉) : 도량이 넓고 온후함.

## 265. 影子
영 자

| | |
|---|---|
| 進退隨人莫你恭 | 與儂酷似實非儂 |
| 진 퇴 수 인 막 이 공 | 여 농 혹 사 실 비 농 |
| 月斜籬落疑懸樣 | 日午庭際笑矮容 |
| 월 사 리 락 의 현 양 | 일 오 정 제 소 왜 용 |
| 枕上孤思終未覓 | 燈前回顧忽相逢 |
| 침 상 고 사 종 미 멱 | 등 전 회 고 홀 상 봉 |
| 生憎暗室欺心客 | 不遇明光便絕蹤 |
| 생 증 암 실 기 심 객 | 불 우 명 광 편 절 종 |

### 그림자

진퇴가 사람을 따르니 너는 공손함이 없고
나와 더불어 심히 같으나 실은 내가 아니네.
달이 울타리를 넘어가면 도깨비 모양인가 의심하고
낮 뜰 가에 난쟁이 모습이 우습네.
베개 위의 외로운 생각 끝내 찾지 못하고
등불 앞에서 회고하면 문득 서로 만나네.
짜증나면 어두운 방에서 마음 속이는 손이요
밝은 빛을 만나지 못하면 문득 자취 끊어지네.

## 266. 濯髮　　尤庵
탁 발　　우암

濯髮滄浪落未收　一莖付與水東流
탁발창랑낙미수　일경부여수동류

蓬萊仙子如相見　應笑人間有白頭
봉래선자여상견　응소인간유백두

### 머리 감다　　우암

창랑에서 머리감다 떨어져 거두지 못했는데
한 가닥이 엉키어 동쪽으로 흘러갔네.
봉래 신선이 서로 본다면
응당 인간에 백두 있음을 웃으리.


## 267. 笠　　金炳鉉
입　　김병현

浮浮我笠等虛舟　一着平安四十秋
부부아립등허주　일착평안사십추

俗者衣冠皆外飾　滿天風雨獨無愁
속자의관개외식　만천풍우독무수

### 삿갓　　김병현[1]

동동 뜬 내 삿갓 빈 배 같으니

---

1) 김병현(金炳鉉) → 金炳淵.

한 번 쓰면 사십년이 편안했네.
일반 사람 의관은 모두 외식이니
하늘에 풍우가 가득해도 홀로 근심 없구나.


## 268. 題新曆　　姜克誠
제 신 력　　강극성


天心人事太無端　新曆那堪病後看
천 심 인 사 태 무 단　신 력 나 감 병 후 간

不識今年三百日　幾番風雨幾番歎
불 식 금 년 삼 백 일　기 번 풍 우 기 번 탄


## 새 책력을 시제로 하여　　강극성

천심과 인사가 너무 무단하여
새 책력을 병든 뒤에 보는 것이 어찌 맞겠는가.
금년 삼백일도 알지 못하고
몇 번 풍우1)에 몇 번이었는가로 탄식하네.

---

1) 기번풍우(幾番風雨) : 二十四番花信風을 이른다. 이십사번화신풍이란 꽃이 피
는 스물 네 번의 순서 곧 小寒에서 穀雨까지 꽃이 피는 二十四候가 있다. 二十
四候 중 一候는 五日인데 五日마다 새로 봄바람이 불어 이것에 응해 꽃도 각각
달리 핀다는 것이다. 이걸 들어 보면 小寒의 一候는 梅花 二候는 山茶 三候는
水仙이고 大寒의 一候는 瑞香 二候는 蘭花 三候는 山礬이며 立春의 一候는
迎春 二候는 櫻桃 三候는 望春이고 雨水의 一候는 菜花 二候는 杏花 三候는
梨花이며 驚蟄의 一候는 桃花 二候는 棣棠 三候는 薔薇이고 春分의 一候는
海棠 二候 梨花 三候 木蘭이며 淸明의 一候는 桐花 二候는 麥花 三候 柳花이고
穀雨의 一候는 牡丹 二候는 도미(酴醾) 三候는 棟花다.(蠡海集)

## 269. 春鷰
춘 연

江南三月水齊天　　海鷰雙飛似去年
강남삼월수제천　　해연쌍비사거년

公子樓臺泥自落　　佳姬簾幕語相傳
공자누대이자락　　가희염막어상전

桃花細雨長長日　　楊柳微風遠遠川
도화세우장장일　　양류미풍원원천

去拍來虫多卵育　　何如鷄子落紅氈
거박래충다난육　　하여계자낙홍전


봄제비

강남 삼월은 물이 하늘에 가득한데
바다제비 쌍으로 날아오니 지난 해 같네.
공자의 누대는 진흙이 절로 떨어지고
가희의 염막에는 말을 서로 전하네.
복숭아 꽃피고 가랑비 내리는 길고 긴 날이요
양류에 미풍 부는 멀고 먼 내일레.
가서 벌레를 채 가지고 와 난육하는 것1)이 많은데
어째서 병아리2)가 붉은 방석3)에 떨어졌나.

---

1) 난육(卵育) : 가르쳐 기르는 것. 양육시키는 것.
2) 계자(鷄子) : 병아리 달걀.
3) 홍전(紅氈) : 붉은 전방석. 붉은 담자리.

## 270. 落照

낙조

落照拖紅掛碧山　　寒鴉尺盡白雲間
낙조 타 홍 괘 벽 산　　한 아 척 진 백 운 간

思鄕歸客鞭宜促　　尋寺孤僧杖不閑
사 향 귀 객 편 의 촉　　심 사 고 승 장 불 한

放牧原頭牛帶影　　望夫臺上妾低鬟
방 목 원 두 우 대 영　　망 부 대 상 첩 저 환

山南水北分陰處　　短髮樵童弄笛還
산 남 수 북 분 음 처　　단 발 초 동 농 적 환


### 낙조(지는 햇빛)

지는 해가 붉은 빛을 띠고 푸른 산에 걸렸는데
찬 까마귀 흰 구름 사이를 자질해가네.
고향을 생각하며 돌아가는 손은 채찍 재촉하는 게 마땅하고
절을 찾아 가는 외로운 중 지팡이 한가하지 않네.
방목하는 언덕 머리 소는 그림자를 띠고
망부대 위에 첩의 딴 머리 낮아지네.
산남 수북 음1)을 나눈 곳에는
머리 짧은 초동이 젓소리로 희롱하며 돌아오네.

---

1) 산남수북…(山南水北…) : 산은 남쪽이 양이고 물은 북쪽이 양이다. 반대로 산
　은 북쪽이 음이고 물은 남쪽이 음이다.
　落照吐紅掛碧山　寒鴉尺盡白雲間
　問津行客鞭應急　尋寺歸僧杖不閑
　放牧園中牛帶影　望夫臺上妾低鬟
　蒼烟枯木溪南里　短髮樵童弄笛還(다른 참고 문헌에서)

271. 望月　　宋龜峰
　　 망 월　　　송 귀 봉

未圓常恨就圓遲　已滿其何易就虧
미 원 상 한 취 원 지　이 만 기 하 이 취 휴

三十夜中圓一夜　百年心事摠如斯
삼 십 야 중 원 일 야　백 년 심 사 총 여 사


　　망월　　송귀봉[1]

둥글지 못하면 항상 둥근데로 나아가는 것이 더딤을 한했는데
이미 가득해져서는 그 어찌 이글어지는 대로 나아가는 게 쉬운가.
삼십 일 밤 속에서 둥글기는 하루 밤이요
백년의 심사는 모두 이와 같네.


272. 童鷄　　黃五
　　 동 계　　　황 오

艱辛呑死蝶　職任重司晨
간 신 탄 사 접　직 임 중 사 신

秋來能大哭　風雨發行人
추 래 능 대 곡　풍 우 발 행 인


---

1) 송익필(宋翼弼) : 旣註.

### 어린 수탉　　황오[1]

간신히 죽은 나비를 삼키고
맡은 구실은 새벽을 맡은 게 중하네.
가을이 오면 크게 울 수 있으니
풍우에도 떠나가는 사람이네.


## 273. 畵鴈

화 안

一幅齊紈上　誰模鴈睡長
일 폭 제 환 상　수 모 안 수 장

蘆花風雪晚　烟月夢瀟湘
노 화 풍 설 만　연 월 몽 소 상


### 기러기를 그린다

한 폭 가지런한 비단 위에
누가 그린 기러기 자는 것이 긴가.
갈대꽃에 바람 눈 늦어가니
연월은 소상을 꿈꾸네.

---

1) 황오(黃五) :

## 274. 蛛絲

주 사

織成月戶纖纖箔　縷引江天嫋嫋簫
직성월호섬섬박　누인강천요뇨소

眩日奇文新練曬　遊空軟態細雨消
현일기문신련쇄　유공연태세우소


거미줄(집)1)

달이 뜬 지게문의 가냘프고 연약한 발을 짜 이루고
실올로 강천의 연약한 퉁소를 끌었네.
햇빛에 기이한 문채로 새로 마전하여 햇볕 쪼이고
공중에 노는 연약한 자태는 가랑비에 녹았네.


## 275. 靑蛙

청 와

綠色通身絕小蛙　一生端正坐梅丫
녹색통신절소와　일생단정좌매아

非渠敢有高居意　只怕鷄腸見活埋
비거감유고거의　지파계장견활매

---

1) 주사(蛛絲) : 거미집. 蛛網.

## 청개구리

온 몸이 푸른 빛 아주 작은 개구리
일생을 단정히 매화 가지에 앉았네.
너는 감히 높게 살고 싶은 뜻이 있는 게 아니고
다만 닭 창자에 산 채로 묻혀질까 두려워서지.


## 276. 蟬　　黃五
### 선　　황오

林間蔽蔽西風客　　天上蕭蕭白露腸
임 간 폐 폐 서 풍 객　　천 상 소 소 백 로 장

驟雨喀停千嶂屹　　斜陽嘒起一樓蒼
취 우 객 정 천 장 흘　　사 양 혜 기 일 루 창


### 매미[1]　　황오[2]

숲 사이에 가리고 가린 서풍의 손이요
천상의 소소한 흰 이슬 창자이네.
소나기 기침 멎으니 천 봉우리 높고
지는 해에 매미 소리[3] 일어나니 한 다락이 푸르네.

---

1) 제녀(齊女) : 매미의 별명.
2) 황오(黃五) : 旣註.
3) 혜(嘒) : 매미 소리.

## 277. 新鴈　　金貴榮
신 안　　김귀영

霜落秋天鏡面開　天涯群鴈等閑回
상 락 추 천 경 면 개　천 애 군 안 등 한 회

歸時莫近長安夜　萬戶淸砧爲爾催
귀 시 막 근 장 안 야　만 호 청 침 위 이 최


### 새 기러기　　김귀영[1]

서리 내린 가을 하늘이 거울 바닥처럼 열리니
하늘 가 뭇 기러기 등한히 돌아오네.
돌아갈 때 장안의 밤을 가까이 말아라.
만호의 맑은 다듬이 너 때문에 재촉하리.


## 278. 憶女兒　　趙緯
억 여 아　　조 위

今歲渠生已七年　不宜遊戲出門前
금 세 거 생 이 칠 년　불 의 유 희 출 문 전

瞻鴉每想塗窓墨　對蕨翻思覓栗拳
첨 아 매 상 도 창 묵　대 궐 번 사 멱 율 권

學母曉粧應未慣　呼爺夜哭竟誰憐
학 모 효 장 응 미 관　호 야 야 곡 경 수 련

---

1) 김귀영(金貴榮, 1520~1594) : 字는 顯卿 號는 東園 應武의 아들 右相을 지냄 尙
州人.

惟當老子還家日　未脫征衣抱爾先
유 당 노 자 환 가 일　미 탈 정 의 포 이 선


## 여아를 생각한다　　조위[1]

올해 너를 낳은 지 이미 칠년
문 앞에 나가 하는 놀이 마땅치 않았네.
까마귀 보면 늘 창에 먹칠할 걸 생각했고
고사리를 대하면 밤을 찾는 주먹을 생각해 보네.
어미에게 새벽 단장 배웠어도 응당 익숙하지 못하고
아비 부르며 밤에 울어도 누가 불쌍히 여길까.
오직 늙은 사람이 집에 돌아가던 날
아직 정의(征衣)를 벗지 못하고 너를 먼저 안았네.


# 279. 破屋
파 옥

疎於功利切於才　着地茅屋任自頹
소 어 공 리 절 어 재　착 지 모 옥 임 자 퇴

床雨十年恒蹙蹙　幕天今日時恢恢
상 우 십 년 항 축 축　막 천 금 일 시 회 회

溪因野濶三分近　山爲庭虛四面來
계 인 야 활 삼 분 근　산 위 정 허 사 면 래

---

1) 조위(趙緯) :

何處人間無此景　胸中休起好樓臺
하 처 인 간 무 차 경　흉 중 휴 기 호 누 대

## 집을 부수다

공리에는 성기고 재질은 간절하여
땅에 지은 모옥이 제멋대로 부서지네.
상우1) 십년 항상 찡그렸고2)
막천 석지3)한 오늘 비로소 너르고 너르네4).
시내는 들 넓은 걸로 인하여 삼분 가깝고
산은 뜰이 비였기에 사면에서 오네.
어느 곳 인간에 이 경치 없을까
가슴 속에 좋은 누대를 일으키지 마소.


280. 大院位草堂　　李宗洙
　　　대 원 위 초 당　　이종수

翩翩客袂暎籠紗　午夜方欄月未斜
편 편 객 몌 영 농 사　오 야 방 란 월 미 사

海晏不波前渡口　春深猶藝古査芽
해 안 불 파 전 도 구　춘 심 유 예 고 사 아

---

1) 상우(床雨) : 한 평상에 자면서 빗소리를 듣는 것.
2) 축축(蹙蹙) : 궁박하고 고생스러운 모습.
3) 막천석지(幕天席地) : 하늘에다 차일치고 땅에다 자리를 깔음.
4) 회회(恢恢) : 너르고 너름.

四隣和氣歸同室　八域仁風在一家
사 린 화 기 귀 동 실　팔 역 인 풍 재 일 가

經濟有人今守內　南州吾亦泛仙槎
경 제 유 인 금 수 내　남 주 오 역 범 선 사


**대원위[1] 초당**　　이종수

팔랑팔랑 나그네 소매 농사(籠紗)[2]에 비취고
밤낮으로 모난 난간에는 달이 기울지 않았네.
바다 편안히 물결 일지 않는 건너는 어구 앞이요
봄이 깊으니 오히려 꽃술이 옛 그루터기에서 나왔네.
사린의 화기는 같은 집으로 돌아가고
팔도[3]의 어진 풍속 한집에 있네.
경세제민(經世濟民)에는 사람 있으니 지금 세상이요
남쪽 고을 나 또한 선사[4]를 띄우겠네.


## 281. 征婦怨　　圃隱
정 부 원　　포 은


一別年多消息遲　寒暄存沒有誰知
일 별 연 다 소 식 지　한 훤 존 몰 유 수 지

---

1) 대원위(大院位) : 임금의 生父. 여기선 光武皇帝의 생부 興宣大院君을 일렀음.
2) 농사(籠紗) : 서화 표구에 쓰인 비단.
3) 팔역(八域) : 八道를 이름.
4) 선사(仙槎) : 신선이 타는 뗏목.

今朝始寄寒衣去　　泣送歸時在腹兒
금조 시 기한 의 거　　읍 송 귀 시 재 복 아


## 남편 출정한 부인의 원망　　포은1)

한 번 헤어지고 여러 해 되어 소식이 더딘데
안부2)의 유무는 누가 있어 알겠는가.
오늘 아침 비로소 겨울 옷 부쳐 보냈는데
울며 보내고 돌아온 때 뱃속에 아이 있었네.


## 282. 閨怨　　許氏
　　규 원　　허 씨

月樓秋盡玉屏空　　霜打蘆洲下暮鴻
월 루 추 진 옥 병 공　　상 타 노 주 하 모 홍

琴瑟一彈人不見　　藕花冷落野塘中
금 슬 일 탄 인 불 견　　우 화 냉 락 야 당 중


## 안방의 원망　　허씨1)

월루에 가을 다하니 옥병풍이 비고
서리 친 갈대 물가에 늦은 기러기 내렸네.
금슬을 한 번 타도 사람은 볼 수 없고
연꽃이 냉락한 들 못 속일레.

---

1) 포은(圃隱) : 旣註.
2) 한훤(寒喧) : 날씨의 춥고 더움. 절후의 문안.
1) 허씨(許氏) : 허난설헌(許蘭雪軒).

## 283. 寡婦
과부

寡婦當秋夕　靑山盡日哭
과부당추석　청산진일곡

其下黃稻熟　同種未同食
기하황도숙　동종미동식

### 과부

과부가 추석이 되어
청산에서 해가 다지도록 우네.
그 아래 황도가 익었는데
함께 심었는데 함께 먹지 못한다네.


## 284. 梅花　　黃胤錫
매 화　　황윤석

絶澗梅査在　春寒尙作花
절간매사재　춘한상작화

自開還自樂　不向世人誇
자개환자락　불향세인과

매화 　황윤석[1]

물 없는 시내에 매화 그루터기 있어
봄이 차도 오히려 꽃이 피네.
절로 피고 도리어 절로 즐기면서도
세상 사람에게 자랑하지 않는다네.


# 285. 誡世
계 세

| 爲身必愼爲爲事 | 意外防城直意城 |
|---|---|
| 위 신 필 신 위 위 사 | 의 외 방 성 직 의 성 |
| 生欲苟生生是辱 | 死於當死死其榮 |
| 생 욕 구 생 생 시 욕 | 사 어 당 사 사 기 영 |
| 禮行過禮還傷禮 | 名得虛名反損名 |
| 예 행 과 례 환 상 례 | 명 득 허 명 반 손 명 |
| 恥彼世人無恥恥 | 其爭君子可爭爭 |
| 치 피 세 인 무 치 치 | 기 쟁 군 자 가 쟁 쟁 |


## 세상을 경계한다

몸을 위해 꼭 삼가서 할 일은
뜻밖의 막을 성은 곧은 뜻의 성이네.
살고자 하여 구차하게 살면 사는 것이 욕되고

---

1) 황윤석(黃胤錫, 1729~1791) : 字 永叟 號 頤齋 實齋 平海人.

마땅히 죽어야 할 때 죽으면 죽음이 그게 영화롭네.
예를 행하는 게 지나치면 예가 도리어 상례되고
이름 얻는 게 헛된 이름이면 도리어 손해되는 이름이네.
부끄러움 저 세상 사람들은 부끄러움이 없는 걸 부끄러워하고
그 다투는 건 군자는 다툴만한 걸 다투네.


## 286. 問天　　　李泰川
　　　문 천　　　이 태 천

聞道高明猜造翁　　文章困厄大儒窮
문 도 고 명 시 조 옹　　문 장 곤 액 대 유 궁

好花開後難成實　　喬木秀時易受風
호 화 개 후 난 성 실　　교 목 수 시 이 수 풍

陸節文忠元不祐　　愿貧顏夭善無功
육 절 문 충 원 불 우　　원 빈 안 요 선 무 공

若將此理詢眞宰　　眞宰亦應答未通
약 장 차 리 순 진 재　　진 재 역 응 답 미 통


### 하늘에게 묻는다　　　이태천[1]

도 들은 게 고명하면 조물[2]도 시기하니
문장도 곤액하고 대유도 궁하네.
좋은 꽃 핀 뒤 열매 이루기 어렵고

---

1) 이태천(李泰川) :
2) 조옹(造翁) : 造物主.

교목은 빼어난 때 바람 받기 쉽네.
육절(陸節)3)과 문충(文忠)4)은 원이 돕지 않았고
원헌(原憲)의 가난5) 안연(顏淵)의 요절6)은 잘해도 공이 없네.
만약 이 이치 가지고 진재에게 묻는다면
진재 또한 대답하되 대답통치 못하리.


## 287. 天答
천 답

氣用私時理或移　愚人見此妄生疑
기 용 사 시 이 혹 이　우 인 견 차 망 생 의

力農惟有失農日　掘井那無飮井時
역 농 유 유 실 농 일　굴 정 나 무 음 정 시

萬古宣尼傳素位　千年后稷啓蒼姬
만 고 선 니 전 소 위　천 년 후 직 계 창 희

餘榮餘厄須多辨　修善元非望報爲
여 영 여 액 수 다 변　수 선 원 비 망 보 위

---

3) 육절(陸節) : 宋 陸秀夫의 절개.
　※ 육수부(陸秀夫) : 宋의 忠臣 字는 君實 元에 쫓겨 厓山 싸움 뒤 王을 업고
　　바다에 몸을 던져 세상을 마침.
4) 문충(文忠) : 宋 文天祥의 忠烈.
　※ 문천상(文天祥) : 宋의 忠臣. 字는 宋瑞 또는 履善. 宋이 망하자 元에 굽히지
　　않고 正氣歌를 지어 뜻을 보이고 荊을 받고 세상 떠났다.
5) 원빈(原貧) : 原憲의 가난.
6) 안요(顏夭) : 顏淵의 夭折.

## 하늘의 대답

기운은 사사로운 때를 써 이치 혹 옮기어도
어리석은 사람은 이걸 보고 망령되이 의심 내었네.
힘써 농사지어도 오직 실농하는 날이 있고
우물을 파도 어찌 우물 물 마실 때 없는가.
만고의 공자1)는 소왕위2)를 전하고
천년의 후직3)은 희씨 왕조4) 열었네.
남은 영화 남은 액은 변별할 게 많은데
선을 닦은 건 원래 보답을 바란 게 아니네.


## 288. 慰民詩　　李書九
위 민 시　　이서구

荒年一粒貴於金　頑脈經春又至今
황 년 일 립 귀 어 금　완 맥 경 춘 우 지 금

未塩太葉蒸難熟　無漿藜羹味不深
미 염 태 엽 증 난 숙　무 장 여 갱 미 불 심

麥粥水清看似鏡　糖餅芒勁刺如針
맥 죽 수 청 간 사 경　당 병 망 경 자 여 침

腰曲腸空因倒臥　門前索稅吏何心
요 곡 장 공 인 도 와　문 전 색 세 이 하 심

---

1) 선니(宣尼) : 孔子를 이름. 文宣王 仲尼.
2) 소위(素位) : 素王의 자리. 소왕(素王) : 왕은 아니나 왕의 덕을 갖춘 사람.
3) 후직(后稷) : 周王朝의 先祖.
4) 창희(蒼姬) : 姬氏의 세상. 곧 周王朝의 근원이 됨을 이름.

## 백성을 위로한 시　　　이서구[1]

흉년의 한 톨은 금보다 귀한데
모진 목숨 봄 지내고 또 지금에 이르렀네.
소금 치지 않은 콩 잎은 쩌도 익기 어렵고
장이 없는 명아주 국은 맛이 깊지 않네.
보리죽에 물 맑으면 보기 거울 같고
겨 떡에 꺼럭이 굳세어 찌르는 게 바늘 같네.
허리 굽고 창자 비어 인해 거꾸로 누우니
문 앞에 세금 받는 관리 무슨 마음이겠는가.


## 289. 輓明廟朝　　　朴守菴
만 명 묘 조　　　박 수 암

襪線何能補舜裳　　向來非分侍含香
말 선 하 능 보 순 상　　향 래 비 분 시 함 향

餘生已矣全無用　　聖德嗚呼不可忘
여 생 이 의 전 무 용　　성 덕 오 호 불 가 망

杳杳白雲瞻莫及　　交交黃鳥歎難將
묘 묘 백 운 첨 막 급　　교 교 황 조 탄 난 장

秋風玉露凋蒲柳　　一與臣心半死生
추 풍 옥 로 조 포 류　　일 여 신 심 반 사 생

---

1) 이서구(李書九) : 旣註.

273

명묘조를 만사한다     박수암[1]

버선 깁는 솜씨로 어찌 능히 순임금 옷을 깁겠는가
지난번부터 분수 아니게 모시고 향 머금었네.
여생은 이미 끝나 전연 쓸데없고
아아 성덕은 잊을 수가 없구나.
아득한 백운은 보아도 미칠 수 없고
교교[2]한 꾀꼬리는 탄식해도 갖기 어렵네.
가을바람 옥로에 포류[3]가 마르고
한결 같이 신하 마음으로 반생반사하였네.


## 290. 輓永昌大君改葬     李明漢
만 영 창 대 군 개 장     이명한

江海茫茫島嶼昏　楚招何處返孤魂
강 해 망 망 도 서 혼　초 초 하 처 반 고 혼

天晴上苑曾遊地　春滿東朝舊闢門
천 청 상 원 증 유 지　춘 만 동 조 구 벽 문

人事向時維涕淚　主恩今日復乾坤
인 사 향 시 유 체 루　주 은 금 일 부 건 곤

丹旌莫近王灘路　松柏喬山白露繁
단 정 막 근 왕 탄 로　송 백 교 산 백 로 번

---

1) 박지화(朴枝華, 1513~1592) : 字는 君實 號는 守庵 旌善人.
2) 교교(交交) : 새소리를 그린 말.
3) 포류(蒲柳) : 갯버들.

영창대군[1]의 개장을 만사한다　　이명한[2]

강해는 아득하고 도서는 어두운데
초의 초혼 어느 곳이며 외롭게 반혼하는가.
하늘 갠 상원은 일찍 놀던 땅인데
봄이 가득한 동궁은 옛적 문을 열었네.
인사는 지난번엔 눈물뿐이더니
임금 은혜 오늘은 딴 세상이네.
단정[3]은 왕탄로를 가까이 말라
교산의 송백은 백로가 번졌네.


## 291. 親祀大報壇　　景宗
친 사 대 보 단　　경 종

大報壇成肇祀親　　時維三月爲和春
대 보 단 성 조 사 친　　시 유 삼 월 위 화 춘

衣冠濟濟班行造　　磬筦將將禮幣陳
의 관 제 제 반 행 조　　경 관 장 장 예 폐 진

昔被隆恩銘在肺　　今瞻神聖淚沾巾
석 피 융 은 명 재 폐　　금 첨 신 성 누 점 건

追思豈但微誠寓　　切願宣陵聖志遵
추 사 기 단 미 성 우　　절 원 선 릉 성 지 준

---

1) 영창대군(永昌大君) : 宣祖의 아들. 仁穆大妃 所生 光海君 末年에 희생 됨.
2) 이명한(李明漢, 1595~1645) : 字는 天章 號는 白洲 延安人.
3) 단정(丹旌) : 葬禮式에 쓰는 기. 丹旒.

## 몸소 대보단에 제사한다　　경종1)

대보단2) 이루어지자 일찍 몸소 제사하니
때는 삼월이요 온화한 봄이었네.
의관은 제제히3) 반행4)으로 나아갔고
경관5)은 장장히6) 예폐를 드리었네.
옛적 입은 높은 은혜 새김은 폐에 있고
이제 성신 뵈니 눈물 수건 적시네.
추사는 어찌 다만 미성 담은 것 뿐이겠는가
간절한 원으로 선릉7)의 성지가 높았네.


## 292. 百祥樓　　權石洲
백 상 루　　권 석 주

江上飛樓臨碧空　　獨來臨洮思無窮
강상비루임벽공　　독래임조사무궁

天低烟樹微茫外　　人在雲霞縹渺中
천저연수미망외　　인재운하표묘중

---

1) 경종(景宗) : 조선 제 20대 임금 在位 4년 壽 37 楊州 懿陵.
2) 대보단(大報壇) : 조선왕조 숙종 때 명나라 신종의 은혜를 갚기 위해 궁중에
   단을 쌓고 제사했다.
3) 제제(濟濟) : 단정히.
4) 반행(班行) : 文武班의 行次.
5) 경관(磬筦) : 경쇠와 쌍피리.
6) 장장(將將) : 쟁그렁 쟁그렁 하는 소리의 취음표기.
7) 선릉(宣陵) : 고려 顯宗의 陵과 조선왕조 成宗 및 貞顯王后의 陵 여기는 明의
   王陵이 아닌지?

宇宙此生都夢幻　山河從古幾英雄
우주차생도몽환　산하종고기영웅

簾旗不動斜陽盡　欲就新詩愧未工
염기부동사양진　욕취신시괴미공


**백상루**[1]　　권석주[2]

강위에 날아 갈 듯한 다락 벽공에 임했는데
홀로 임조[3]에 오니 생각이 그지없네.
하늘은 연수[4] 미망[5]한 밖에 낮고
사람은 운하[6] 표묘[7]한 속에 있네.
우주의 이 생은 모두가 꿈과 환상
산하는 예로조차 영웅이 몇이 있나.
발과 기 움직이지 않고 지는 해 다했는데
새 시 쓰려하니 솜씨 없는 게 부끄럽네.

----

1) 백상루(百祥樓) : 平安道 安州에 있는 다락 이름.
2) 권필(權韠, 1569~1612) : 字는 汝章 號는 石洲 安東人.
3) 임조(臨洮) : 중국 감소성에 있는 지명.
4) 연수(烟樹) : 연기로 가리어 잘 보이지 않는 나무.
5) 미망(微茫) : 미세하고 아득함.
6) 운하(雲霞) 구름과 놀.
7) 표묘(縹渺) : 아득하고 어렴풋함.

## 293. 雙溪樓　　李月沙
　　　쌍 계 루　　　이 월 사

每向江頭憶老僧　石門相訪幾時能
매 향 강 두 억 노 승　석 문 상 방 기 시 능

桂花寂寂空山暮　芳草年年旧恨增
계 화 적 적 공 산 모　방 초 연 년 구 한 증

虛檻納凉波影動　疎林透月露華澄
허 함 납 량 파 영 동　소 림 투 월 노 화 징

明朝且把長房杖　萬峀烟霞取次登
명 조 차 파 장 방 장　만 수 연 하 취 차 등


쌍계루[1]　　　이월사[2]

늘 강머리 향해 가다 늙은 중이 생각나면
석문에 서로 찾기 몇 때였던가.
계수 꽃 적적한데 빈산이 저물고
꽃다운 풀 해마다 옛 한을 더하네.
빈 난간에서 납량하니 물결 그림자 움직이고
성긴 수풀 달 통하니 화징(華澄)[3]이 들어났네.
내일 아침 또 비장방[4]의 지팡이 잡고
만 봉우리 연하를 차례로 올라 취하리라.

---

1) 쌍계루(雙溪樓) : 長城 白羊寺의 門樓.
2) 이월사(李月沙) : 이정귀(李廷龜). 旣註.
3) 화징(華澄) : 화려청징.
4) 장방(長房) : 費長房 後漢 汝南人 장에서 약을 팔며 해지면 병속에 들어가는
　사람을 따라 도를 배우고 얻은 부적으로 귀신도 부리었다.

## 294. 鳳仙樓　　金陽澤
봉 선 루　　　김 양 택

十二峰開畫閣新　重成白玉儼仙人
십 이 봉 개 화 각 신　중 성 백 옥 엄 선 인

烟霞路過飛鳬鳥　松桂官閑誇鶴身
연 하 로 과 비 부 석　송 계 관 한 과 학 신

關外奇遊淸卜夜　琴中纖唱蕩生春
관 외 기 유 청 복 야　금 중 섬 창 탕 생 춘

滄江小棹堪乘月　細酌相酬莫厭頻
창 강 소 도 감 승 월　세 작 상 수 막 염 빈


봉선루　　　김양택1)

십이봉이 열리어 화각이 새로운데
거듭 백옥루2) 이루어져 엄연한 신선이네.
연하길 지나 부석3)이 날고
송계의 관아가 한가하니 학신을 자랑하네.
관 밖의 기특한 놀음 맑아 점친 밤인데.
거문고 속 부드러운 노래로 방탕이 생기는 봄일레.
창강의 작은 배는 달을 탐직한데
가늘게 서로 수작함이 자주인 걸 싫어마소.

---

1) 김양택(金陽澤) : 字는 士舒 號는 健庵 시호 文簡 鎭圭의 아들 光山人.
2) 백옥루(白玉樓) : 문인 묵객이 죽은 뒤에 간다는 천상의 다락.
3) 부석(鳬鳥) : 오리가 되어 날아온 신. 후한의 王喬가 오리 두 마리가 되어 朔望
   에 來朝했다. 王喬雙鳬(蒙求)

## 295. 降仙樓　　閔維重
강선루　　민유중

高樓看盡亂山靑　更向前江泛彩舲
고루간진난산청　갱향전강범채령

岸帶明沙橫抱練　林粧翠壁隱開屛
안대명사횡포련　임장취벽은개병

遙呼出嶺姸姸月　閒倚凌波泛泛亭
요호출령연연월　한의능파범범정

此日淸遊天所餉　何妨一醉到沈冥
차일청유천소향　하방일취도침명


강선루1)　　민유중2)

높은 다락에서 보기를 다하니 어지럽게 산이 푸르고
다시 앞강을 향하여 채선[彩舲]을 띄웠네.
언덕은 맑은 모래 띠어 가로 마전한 베를 안고
숲은 푸른 벽을 단장하여 연 병풍 숨기네.
멀리 불러 고개 넘어온 아름답고 아름다운 달이요
한가하게 능파에 의지한 건 동동 뜬 정자네.
이 날의 맑은 놀음은 하늘이 주었는데
어찌 한번 취해 침명3)에 이르는 걸 방해롭다 하리.

---

1) 강선루(降仙樓) : 平安道 成川에 있는 다락 이름.
2) 민유중(閔維重, 1630~1687) : 字는 持叔 號는 屯村 驪興人 딸이 仁顯王后.
3) 침명(沈冥) : 병. 질병.

## 296. 太平樓

태 평 루

漢波之上峴峰前　一閣昇平五百年
한 파 지 상 현 봉 전　일 각 승 평 오 백 년

海氣虛明千里月　洞心恢廓數家烟
해 기 허 명 천 리 월　동 심 회 확 수 가 연

早知携酒花開夜　時到題詩木落天
조 지 휴 주 화 개 야　시 도 제 시 목 락 천

短笠斜陽容易起　不知移坐小林泉
단 립 사 양 용 이 기　부 지 이 좌 소 임 천

### 태평루

한강 물 위요 고개 봉우리 앞인데
한 집이 승평 오백년이었네.
바다 기운 허명하여 천리 달이요
동심은 회확한 두어 집 연기네.
일찍이 술을 들 걸 안 것은 꽃 피는 밤이요
때론 시 쓰기에 이르니 나뭇잎 지는 때이네.
헌 삿갓 쓰고 석양에 용이하게 일어나
옮겨 앉은 게 작은 임천임을 알지 못하네.

## 297. 浮碧樓

부벽루

| | |
|---|---|
| 江水悠悠江草青 | 登臨二十九年情 |
| 강수유유강초청 | 등림이십구년정 |
| 春坊旧曲聞歷代 | 古寺微鍾記永明 |
| 춘방구곡문역대 | 고사미종기영명 |
| 帆影遠山歸極浦 | 浪衝危石送寒聲 |
| 범영원산귀극포 | 낭충위석송한성 |
| 繡峰羅島靡奢地 | 聞道繁華竟自生 |
| 수봉나도미사지 | 문도번화경자생 |

부벽루1)

강물은 유유하고 강풀은 푸른데
등림하니 이십 구년 정일레.
동궁의 옛 노래로 역대를 듣고
옛 절의 가는 종소리로 영명사2)를 알았네.
돛대 배 그림자 먼 산의 극포3)로 돌아가고
물결이 위태로운 돌에 부딪혀 찬 소리를 보내네.
금수산4) 능라도5)는 사치스런 땅인데
번화 이르는 걸 듣고 마침내 절로 났네.

---

1) 부벽루(浮碧樓) : 평양에 있는 다락 이름.
2) 영명사(永明寺) : 금수산에 있는 절 이름.
3) 극포(極浦) :
4) 수산(繡山) : 금수산.
5) 나도(羅島) : 능라도.

## 298. 逐鬼辟邪符　　肅宗大王
축 귀 벽 사 부　　숙종 대왕

| | |
|---|---|
| 唵唵三千諸魍魎 | 通藏叢博聽予書 |
| 옴 옴 삼 천 제 망 량 | 통 장 총 박 청 여 서 |
| 姦臣受罪魂爲爾 | 亂賊當刑鬼作渠 |
| 간 신 수 죄 혼 위 이 | 난 적 당 형 귀 작 거 |
| 邪氣渠能干正氣 | 陰居不必犯陽居 |
| 사 기 거 능 간 정 기 | 음 거 불 필 범 양 거 |
| 如違律令將無走 | 非但挑笞使虎除 |
| 여 위 율 령 장 무 주 | 비 단 도 태 사 호 제 |

### 축귀벽사한 부적　　숙종 대왕

옴옴[1] 삼천의 여러 도깨비[2]들아
총박(叢博)[3]에 몸을 숨기고 내 말 들어라.
간신이 죄를 받아 혼이 너 되고
난적이 형을 받고 귀신이 너 되었구나.
사기 너는 정기를 막을 수 있고
음에 살며 꼭 양이 사는 데는 범치 안했네.
율령을 어긴다면 달아날 곳 없고
다만 매 맞을 뿐 아니고 범을 시켜 없애리.

---

1) 옴옴(唵唵) : 眞言 呪文.
2) 망량(魍魎) : 山水木石의 요괴(妖怪). 도깨비.
　　이매(魑魅) : 도깨비.
　　치매(魑魅) : 도깨비.
3) 총박(叢博) → 총박(叢薄) : 聚木曰叢 深草曰薄(楚辭補註)
　　나무와 풀이 많이 난 곳.

283

## 299. 譴瘧鬼符　　柳於于
견학귀부　　유어우

土伯盤囷九約身　　羲羲雙角掛穹旻
토백반균구약신　　의의쌍각괘궁민

龍脂亂沸千尋鑊　　虎戟交挺萬甲神
용지난비천심확　　호극교정만갑신

哆嘴欲殘塵渤海　　張拳打破粉崑崙
치취욕잔진발해　　장권타파분곤륜

可憐水帝屍兒男　　星鷖風致地外淪
가련수제잔아남　　성무풍치지외륜


학질귀신을 꾸짖는 부적　　유어우[1]

토백[2]은 반균[3]에서 아홉 번 몸을 굽히고[4]
날카로운[5] 두 뿔을 하늘에 걸었네.

---

1) 유몽인(柳夢寅) : 旣註. 於于의 이 詩는 楚辭 招魂의 영향을 많이 받은 作品이
다. 이 시는 於于前集 西湖錄에 나오는 작품이다.
原詩를 소개하면 다음과 같다.
譴瘧鬼 湖西錄 壬寅
土伯盤囷九約身　羲羲雙角拄穹旻
龍脂亂沸千尋鑊　虎戟交搋萬甲神
哆喙欲殘塵渤海　張拳打破粉崑崙
可憐水帝屍兒男　星鷖風馳地外淪 (於宇集)
2) 토백(土伯) : 土地神.
3) 반균(盤囷) : 서리고 감기는 모습.
4) 구약신(九約身) : 아홉 번 몸을 구부림.
5) 의의(羲羲) : 뿔이 날카로운 모습.

용 기름을 천길 가마솥에 어지럽게 끓이고
호극으론 서로 만갑신을 쳤네.
입6)을 벌려 발해7) 티끌 들어 삼키고
주먹 휘둘러 때려 부수니 곤륜8)이 가루되네.
가련하다 북방 수제 간악한 아이 놈은
별 달리고 바람 달리 듯 땅 밖으로 빠지네.


## 300. 葛處士詩
갈 처 사 시

隱居智異最深處　不入公門四十年
은 거 지 이 최 심 처　불 입 공 문 사 십 년

誤讀豳風忘稼穡　好看漢史詠山川
오 독 빈 풍 망 가 색　호 간 한 사 영 산 천

須憐盛代生無地　只信窮途死有天
수 련 성 대 생 무 지　지 신 궁 도 사 유 천

如今幸逢賢太守　眞樓明月照心圓
여 금 행 봉 현 태 수　진 루 명 월 조 심 원


갈처사시

지리산 가장 깊은 곳에 은거하여

---

6) 치취(哆嘴) : 치훼(哆喙) : 큰 입과 부리.
7) 발해(渤海) : 西海(黃海) 북쪽 일부를 이름.
8) 곤륜산(崑崙山) : 중국 먼 서쪽에 있는 산 이름. 옛적 중국에선 이 산을 산의
   祖宗이라 했다.

공가의 문에 들어가지 않은 게 사십년이네
빈풍1)을 잘못 읽어 가색을 잊고
좋게 한사2)를 보며 산천을 읊었네.
모름지기 성대에 살 땅이 없는 게 가엾고
오직 궁도에도 죽을 하늘이 있는 게 미덥네.
오늘처럼 다행히 어진 태수를 만난다면
참 다락 밝은 달이 심원을 비추리.


## 301. 全羅五十三州韻　　　李永平1)
전 라 오 십 삼 주 운　　　이 영 평

天以高山作長城　一國咸平統全州
천 이 고 산 작 장 성　일 국 함 평 통 전 주

하늘이 고산으로 장성을 만드니
한 나라가 함평하여 전주를 거느리네.

靈巖形勢鎭海南　寶城奇麗重金溝
영 암 형 세 진 해 남　보 성 기 려 중 금 구

영암 형세는 해남을 누르고
보성은 기려하고 금구는 중요하네.

臨陂沿海幾井邑　古阜新阡萬頃疇
임 피 연 해 기 정 읍　고 부 신 천 만 경 주

---

1) 빈풍(豳風) : 詩經 國風의 篇名.
2) 한사(漢史) : 중국 한대의 역사. 곧 전한서 후한서.
1) 이영평(李永平) : 李載元. 旣註.

임피 연해는 몇 정읍인가
고부는 새 천2)맥3)이고 만경의 전주(田疇)4)5)이네.

君能務安求禮勤　國亦昌平興德修
군 능 무 안 구 례 근　국 역 창 평 흥 덕 수

임금은 무안을 잘하고 구례를 부지런히 하니
나라도 창평하고 흥덕을 닦았네.

扶桑紅旭遍光州　仙李枝頭玉果留
부 상 홍 욱 편 광 주　선 리 지 두 옥 과 류

부상의 붉은 햇빛은 광주를 둘러싸고
선리6)의 가지 끝에 옥과가 달렸네.

雲峯揷天益山高　沃溝連海長水流
운 봉 삽 천 익 산 고　옥 구 연 해 장 수 류

운봉을 하늘에 꽂으니 익산이 높고
옥구가 바다에 이어 장수가 흐르네.

君臣同福太平世　國勢扶安千萬秋
군 신 동 복 태 평 세　국 세 부 안 천 만 추

군신이 동복하니 태평한 세상이요
국세가 부안하니 천만년 편안하리

---

2) 천(阡) : 南北路.
3) 맥(陌) : 東西路.
4) 전(田) : 穀田.
5) 주(疇) : 麻田.
6) 선리(仙李) : 중국 唐나라는 임금의 성이 李氏인데 老子의 後裔라 하여 仙李로
   써서 기리었는데 조선왕조의 李氏도 그런 뜻으로 썼음.

民心咸悅鎮安久　王業長興順天休
민심함열진안구　왕업장흥순천휴

민심이 함열하니 진안이 오래되고
왕업이 장흥하니 순천이 아름답네.

綾州錦山繡紋錯　珍島金堤財賦優
능주금산수문착　진도김제재부우

능주와 금산은 수놓은 무늬로 꾸며지고
진도와 김제는 제부가 넉넉하네.

瑞日光陽高敞樓　南原芳草茂長春
서일광양고창루　남원방초무장춘

서일 광양은 고창한 다락이요
남원의 방초가 무장한 봄일레.

禎祥晟世茂朱草　寶貨山下靈光浮
정상성세무주초　보화산하영광부

정상7) 성세8)엔 무주의 풀이요
보화산 아래 영광이 떴네.

淳昌民俗樂安久　泰仁人心和順調
순창민속낙안구　태인인심화순조

순창한 민속에 낙안한지 오래되고
태인한 인심은 화순히 조화되었네.

---

7) 정상(禎祥) : 상서.
8) 성세(晟世) : 융숭한 세대.

興陽瑞日萬和暢　　谷城花開山疊幽
흥양서일만화창　　곡성화개산첩유

흥양의 서일에 만화가 방창하고
곡성에 꽃이 피니 산이 첩첩 그윽하네.

龍潭波瀾龍安宅　　百里潭陽雷雨收
용담파란용안택　　백리담양뇌우수

용담이 파란해도 용안한 저택이요
백리 담양은 뇌우를 거두었네.

珍山一道穿貨肆　　泛彼康津商客舟
진산일도천화사　　범피강진상객주

진산은 한 도의 천화[9]의 저자인데
저 강진에 상객 배를 띄우리.

羅州幾列郡牧守　　島夷南平時馘頭
나주기열군목수　　도이남평시괵두

나주는 몇 주군의 목수인가
도이는 남평 때 괵두[10]하리.

南兒磨劍礪山石　　任實殲兒曾不○
남아마검여산석　　임실섬아증불○

남아는 여산 돌에 칼을 갈고
임실의 죽은 아이 일찍

---

9) 천화(穿貨) → 泉貨 貨帛 : 돈을 이름.
10) 괵두(馘頭) : 목을 자름. 馘首 斬首.

湖南濟州○○○　　旌義大靜滄海郡
호남제주○○○　　정의대정창해군

호남의 제주는
정의 대정은 창해군이네.


## 302. 平壤妓雪蘭寄書　　趙進士
## 평양기설란기서　　조진사

① 別
　별

　　思
　　사

　이별
　생각

② 路遠
　노원

　信遲
　신지

　길은 멀고
　소식은 더디네.

③ 念在彼
　염재피

　身有茲
　신유자

생각은 저기 있고
몸은 여기 있네.

④ 巾紗有淚
　건 사 유 루

　扇紈無期
　선 환 무 기

　비단 수건엔 눈물이 있고
　부채 끈엔 기약이 없네.

⑤ 香閣鍾鳴夜
　향 각 종 명 야

　鍊亭月上時
　연 정 월 상 시

　향각에 종이 울린 밤이요
　연광정1)에는 달이 뜬 때이네.

⑥ 倚孤枕驚殘夢
　의 고 침 경 잔 몽

　望歸雲悵別離
　망 귀 운 창 별 리

　외로운 베개에 의지하고 쇠잔한 꿈에 놀라며
　돌아가는 구름을 바라보고 이별을 슬퍼하네.

---

1) 연정(鍊亭) → 연정(練亭). 곧 연광정(練光亭).

⑦ 日待佳期愁屈指
　　일 대 가 기 수 굴 지

　　時開情札泣支頤
　　시 개 정 찰 읍 지 이

　　날로 가기(佳期)를 기다려 손가락을 곱아 수심하고
　　때론 정찰을 펴 턱을 괴고 울었네.

⑧ 顔色憔悴開鏡下淚
　　안 색 초 췌 개 경 하 루

　　歌聲嗚咽撫胸含悲
　　가 성 오 열 무 흉 함 비

　　얼굴은 초췌한데 거울을 꺼내어 눈물을 떨어뜨리고
　　노래 소리는 흐느끼는데 가슴 어루만지며 슬픔을 머금네.

⑨ 掇銀刀斷弱腸非難事
　　철 은 도 단 약 장 비 난 사

　　躡珠履送遠眸更多疑
　　섭 주 리 송 원 모 갱 다 의

　　은도를 쥐고 약한 창자를 끊는 것은 어려운 일이 아니요
　　구슬 신을 신고 먼눈을 보냄은 다시 의심이 많아서네.

⑩ 春不來秋不來君何無信
　　춘 불 래 추 불 래 군 하 무 신

　　朝遠望夕遠望妾獨見欺
　　조 원 망 석 원 망 첩 독 견 기

　　봄에도 오지 않고 가을에도 오지 않으니 그대는 어찌 믿음이

없는가

아침에 멀리 바라보고 저녁에도 멀리 바라보니 첩은 홀로 속임을 보았네.

⑪ 浿江成平陸初鞭馬其來否
   패강 성 평 륙 초 편 마 기 래 부

   長林變大海後乘船乃渡之
   장 림 변 대 해 후 승 선 내 도 지

   패강이 육지 되어 처음 말을 채찍질하여 그가 오지 않았다면
   장림(長林)이 대해로 변한 뒤에 배를 타고 건너 왔으리라.

⑫ 別時多見時少世情無人可測
   별 시 다 견 시 소 세 정 무 인 가 측

   好緣斷惡緣由天意有雖能知
   호 연 단 악 연 유 천 의 유 수 능 지

   헤어지는 때가 많고 볼 때가 적은 건 세정에 사람 없는 것이
   가히 헤아려지고
   좋은 인연이 나쁜 인연을 끊는 건 천의로 말미암았으니 누가
   있어 이걸 알겠는가.

⑬ 一片香雲楚臺夜神女之夢在何
   일 편 향 운 초 대 야 신 여 지 몽 재 하

   數聲玉簫秦樓月弄玉之情屬誰
   수 성 옥 소 진 루 월 농 옥 지 정 속 수

   한 조각 향운은 초대(楚臺)의 밤 신녀(神女)의 꿈이 어디 있으며
   두어 소리 옥통소는 진루(秦樓)의 달 농옥(弄玉)의 정이 누구

에게 속하겠는가.

⑭ 欲忘難忘强登牡丹峰可惜紅顔老
　　욕 망 난 망 강 등 모 단 봉 가 석 홍 안 노

　　不思自思孤倚浮碧欄堪憐綠鬢衰
　　불 사 자 사 고 의 부 벽 란 감 련 녹 빈 쇠

잊고 싶어도 잊기 어려워 억지로 모랑봉에 올라가니 홍안이
늙어 가는 게 가석하고
생각하지 않다가 스스로 생각하며 외롭게 부벽루 난간에 의
지하여 검은 귀밑털이 쇠한 것을 가엾이 여기네.

⑮ 孤處香閨含情欲雪三生佳約寧有變
　　고 처 향 규 함 정 욕 설 삼 생 가 약 영 유 변

　　獨宿空房流淚如雨百年芳盟猶未移
　　독 숙 공 방 유 루 여 우 백 년 방 맹 유 미 이

외로운 곳 향규(香閨)에서 정을 품고 삼생가약을 씻으려 하
니 어찌 변함이 있겠는가.
독숙공방 눈물 흐르는 게 비오 듯해도 백년 방맹이 오히려
옮기지 않네.

⑯ 罷春眠開繡戶咏花柳少年揔是無情客
　　파 춘 면 개 수 호 영 화 류 소 년 총 시 무 정 객

　　攬香衣堆玉枕送歌舞風流莫非可憐娥
　　남 향 의 퇴 옥 침 송 가 무 풍 유 막 비 가 련 아

봄잠을 깨고 수호를 열며 화류를 읊는 소년은 모두 이게 무
정한 손이요

향의를 잡아다리고 옥침을 밀어 놓으며 가무를 보내는 풍류
는 가련한 계집이 아니라고 말아라.

⑰ 千里待人難待人難甚矣君子薄情如是也
　천 리 대 인 난 대 인 난 심 의 군 자 박 정 여 시 야

　三時出門望出門望悲哉賤妾孤懷果何其
　삼 시 출 문 망 출 문 망 비 재 천 첩 고 회 과 하 기

천리 밖의 대인난 대인난은 심하구나 군자의 박정은 이와 같은데
세 때의 출문망 출문망은 슬프구나 천첩의 외로운 회포는 과
연 그게 어떠한가.

⑱ 惟願寬洪大丈夫決意渡江舊情獨下欣共對
　유 원 관 홍 대 장 부 결 의 도 강 구 정 독 하 흔 공 대

　勿使軟弱兒女子含淚歸泉哀魂月中泣相隨
　물 사 연 약 아 여 자 함 루 귀 천 애 혼 월 중 읍 상 수

오직 원하는 건 관홍대장부가 도강을 결의하고 옛 정은 홀로
기쁨을 내려 함께 대하며
연약한 아녀자로 하여금 눈물 머금고 황천으로 돌아가 슬픈
혼이 달 속에서 울고 서로 따르게 말아라.


## 303. 趙進士答雪蘭
조 진 사 답 설 란

天長地久　　音信相阻
천 장 지 구　　음 신 상 조

若後悠悠
약후유유

山疊疊　水濶濶
산첩첩　수활활

心憶憶　情脈脈
심억억　정맥맥


## 조진사가 설란에게 대답하다

천지가 오래 되었는데
소식이 서로 막혔네.
만약 뒤가 유유하다면
산은 첩첩하고 물은 활활하며
마음은 억억하고 정은 맥맥하네.

咫尺千里　一日三秋
지척천리　일일삼추

지척이 천리요 하루가 삼추같네.

問於天而天漠漠　問於地而地茫茫
문어천이천막막　문어지이지망망

朝饔夕飯呑口而難下　昏來夜靜欲眠而未眠
조옹석반탄구이난하　혼래야정욕면이미면

하늘에게 물으니 하늘이 막막하고
땅에게 물어도 땅이 망망하네.
아침밥[1][2] 저녁밥[3]을 입에 삼켜도 내려가기 어렵고 어둠이 오고 밤이 고요하여 자려해도 잠들지 못하네.

靑山兮暗白　　白日兮無光
청산 혜 암 백　　백 일 혜 무 광

月出東方疑汝面之粉白
월 출 동 방 의 여 면 지 분 백

風來北窓想汝跡之躊躇
풍 래 북 창 상 여 적 지 주 저

청산은 밝음이 어두웠고
밝은 해는 빛이 없었네.
달이 동쪽에서 떠오르니 너의 낯이 분 발라 흰가 의심했고
바람이 북창에서 부니 너의 자취가 주저[4]하는가 생각했네.

時維九月葉正飛於離亭　　序屬三秋雲初起於別路
시 유 구 월 엽 정 비 어 이 정　　서 속 삼 추 운 초 기 어 별 로

때는 구월인데 잎은 정희 이정을 날고
시절은 삼추인데 구름이 별로에서 처음 일어났네.

我之念汝若冬日之毛冠　　汝之念我如老僧之雄梳
아 지 염 여 약 동 일 지 모 관　　여 지 념 아 여 노 승 지 웅 소

내가 너를 생각하는 것이 겨울날 털모자 같다면
네가 나를 생각하는 것은 늙은 중의 숫빗 같으리라.

---

1) 조옹(朝饔) → 조옹(朝饔).
2) 옹(饔) : 熟食 朝曰饔　夕曰飧.
3) 석반(夕飯) → 석손(夕飧).
4) 주저(踘躇) → 주저(躊躇).

汝娼妓之身　東家宿　西家食
여 창 기 지 신　동 가 숙　서 가 식

너는 창기의 몸이기에
동가에서 자고
서가에서 먹는데

奚暇念長安之退客耶
해 가 염 장 안 지 퇴 객 야

前言戲之耳
전 언 희 지 이

어느 결에 장안의 퇴객을 생각하겠는가
앞에 한 말은 희롱일 따름이다.


## 304. 贈芙蓉妓　　炳玄
증 부 용 기　　병 현

蹇衣忽上大同樓　八月江南積雨收
건 의 홀 상 대 동 루　팔 월 강 남 적 우 수

地近扶桑先得月　山連竹島不知秋
지 근 부 상 선 득 월　산 연 죽 도 부 지 추

丹山似火難焚草　碧海如藍未染鷗
단 산 사 화 난 분 초　벽 해 여 람 미 염 구

莫道人間仙境遠　此身化羽到瀛洲
막 도 인 간 선 경 원　차 신 화 우 도 영 주

기생 부용에게 준다    병연[1]

옷깃을 걷고 문득 대동문루에 오르니
팔월 강남에 장맛비 거두었네.
땅이 부상에 가까워 먼저 달을 얻고
산은 죽도를 이어 가을을 알 수 없네.
단산은 불 같아도 풀을 사르기 어렵고
벽해는 쪽 같아도 갈매기를 물들이지 못했네.
인간은 선경이 멀다고 말을 마소
이 몸이 깃이 돋아 영주에 이르리.


# 305. 朱子家訓
주 자 가 훈

黎明卽起　灑掃庭際　要內外精潔
여 명 즉 기　쇄 소 정 제　요 내 외 정 결

旣昏便息　關鎖門戶　必親自點檢
기 혼 편 식　관 쇄 문 호　필 친 자 점 검


주자가훈[1]

동이 트면 바로 일어나 마당가를 쇄소하고 안팎을 정결히 한다.

---

1) 병현(炳玄) → 김병연(金炳淵, 1807~1863) : 字는 性深 號는 蘭皐 宣川府使 金益淳
   의 孫.
1) 주자가훈(朱子家訓) : 淸 朱用純이 朱子의 言行에서 뽑아지은 治家格言이기에
   朱夫子治家格言 또는 朱子格言이라고도 한다.

이미 어두워지면 편안히 쉬는데 문호를 닫아 잠그고 꼭 몸소 제가 점검한다.

一飯一粥　常思來處不易
일 반 일 죽　상 사 내 처 불 이

半絲半粒　恒念物力惟難
반 사 반 립　항 념 물 력 유 난

밥 한 그릇 죽 한 그릇도
항상 온 곳이 쉽지 않은 걸 생각하고
반 바람 반 톨도
항상 물력의 어려움을 생각한다.

宜未雨而綢繆　毋臨渴而掘井
의 미 우 이 주 무　무 임 갈 이 굴 정

비오지 않으면 미리 주도하게 준비하는 게2) 마땅하고
목이 마르는 걸 당해서 우물 파지 말라.

自奉必須儉約　宴客切勿留連
자 봉 필 수 검 약　연 객 절 물 유 련

자봉3)은 꼭 모름지기 검약하고
손님 대접은 대체로 유련(留連)4)하지 말라.

器皿質而潔　飲食約而精
기 명 질 이 결　음 식 약 이 정

---

2) 주무(綢繆) : 미리 주도하게 준비함.
3) 자봉(自奉) : 스스로 제 몸을 보양함.
4) 유련(留連) : 머뭇거림을 이름.

기명은 질박하나 깨끗이하고
음식은 절약하나 정하게 한다.

瓦缶勝金玉　園蔬踰珍羞
와 부 승 금 옥　　원 소 유 진 수

와부5)는 금옥보다 낫고
원소6)는 진수보다 좋네.

勿營華屋　勿謀良田
물 영 화 옥　　물 모 양 전

화려한 집을 짓지 말고
좋은 전답을 빌려 하지 말라.

三姑六婆宲滛盜之媒　妾嬌婢美非閨房之福
삼 고 육 파 포 제 도 지 매　　첩 교 비 미 비 규 방 지 복

삼고7)와 육파8)는 실로 음란과 도둑을 만들고
첩이 교태부리고 종이 아름다우면 규방9)의 복이 아니다.

奴僕勿用俊美　妻妾切忌艶粧
노 복 물 용 준 미　　처 첩 체 기 염 장

노복은 준미한 사람을 쓰지 말고
처첩은 대체로 아름답게 단장하는 걸 꺼려라.

---

5) 와부(瓦缶) : 질그릇과 질장군.

6) 원소(園蔬) : 뒤 안의 나물.

7) 삼고(三姑) : 尼姑(여승) 道姑(道士) 卦姑(卜女).

8) 육파(六婆) : 牙婆(유녀감독) 媒婆(중매인) 師婆(가정교사) 虔婆(虎婆)(무뢰파)
藥婆(약사) 穩婆(산파).

9) 규방(閨房) : 안방.

祖宗雖遠　祭祀不可不誠
조 종 수 원　제 사 불 가 불 성

子孫雖賢　經書不可不讀
자 손 수 현　경 서 불 가 불 독

조종은 비록 멀어도
제사는 불가불 정성 다해야 하고
자손은 비록 어질어도
경서는 불가불 읽혀야한다.

居身務在質朴　訓子要有義方
거 신 무 재 질 박　훈 자 요 유 의 방

몸이 살아가는데 힘써야 할 건 질박10)이 있게 할 것이요
아들을 가르치는 요체는 의방11)에 있는 것이다.

莫貪非理之財　莫飮過量之酒
막 탐 비 리 지 재　막 음 과 량 지 주

비리의 재물을 탐하지 말고
지나친 양의 술은 마시지 말라.

與肩徒貿易毋占便宜　見貧孤親鄰須加溫恤
여 견 도 무 역 무 점 편 의　견 빈 고 친 린 수 가 온 휼

어깨동무와 무역하면 편의를 차지하지 말고
빈고한 가까운 이웃을 보면 모름지기 온휼을 더하라.

---

10) 질박(質朴) : 질박(質樸) : 꾸밈이 없이 순수함.
11) 의방(義方) : 사람이 해야 할 오른 방편.

刻薄成家　理無久享
각박성가　이무구향

倫常剩舛　立見消亡
윤상잉천　입견소망

각박하게 집을 일으키면
이치에 오래 누릴 수는 없고
윤상이 어긋나면
곧 소망하는 걸 본다.

兄弟叔姪須分多潤寡　長幼內外宜法肅辭嚴
형제숙질수분다윤과　장유내외의법숙사엄

형제 숙질은 모름지기 분다윤과12)하고
장유 내외는 법이 엄숙하고 말씀이 엄한 게13) 마땅하다.

聽婦言乖骨肉何是丈夫　重貨財薄父母不成人子
청부언괴골육하시장부　중화재박부모불성인자

아내 말을 듣고 형제를 어기면 어찌 이게 장부이겠는가
재화를 중히 여기고 부모께 박하게 하면 사람의 아들이 될 수
없네.

嫁女擇佳婿毋索重聘　娶婦求淑女勿計厚奩
가녀택가서무색중빙　취부구숙여물계후렴

딸을 시집보내며 아름다운 사위를 고르는데 중빙(重聘)14)을 찾

---

12) 분다윤과(分多潤寡) : 분수 지켜야할 곳은 많고 윤택한 곳은 적다는 말.
13) 법숙사엄(法肅辭嚴) : 하는 방법이나 쓰는 말이 규범이 맞고 엄숙함.
14) 중빙(重聘) : 많은 재물을 써 아내를 맞아 오는 것.

지 말고

며느리를 얻는데 숙녀를 구하지 후렴(厚奩)15) 받는 걸 계획하지
말아라.

見貧賤而生嬌態者富不終　見富貴生諂容者貧可恥
견 빈 천 이 생 교 태 자 부 부 종　견 부 귀 생 도 용 자 빈 가 치

빈천을 보고 교태를 내는 사람은 부자로 끝날 수 없고
부귀를 보고 아첨하는 사람은 가난해도 부끄럽다 하리라.

居家誡爭訟　訟則終凶
거 가 계 쟁 송　송 즉 종 흉
處世誡多言　言則必失
처 세 계 다 언　언 즉 필 실

집에서 살아가는데 송사로 다투는 것을 경계하라
송사하면 마침내 흉해진다.
세상을 살아가는 데는 말이 많은 걸 경계하라
말이 많으면 꼭 잃는다.

乖僻自恃悔悟必多　怠惰自甘家道難成
괴 벽 자 시 회 오 필 다　태 타 자 감 가 도 난 성

괴벽16)을 스스로 믿으면 회오가 꼭 많고
태타(怠惰)17)를 스스로 달게 여기면 가도가 이루기 어렵다.

毋恃勢力而凌逼孤寡　毋眈口腹而恣殺生禽
무 시 세 력 이 능 핍 고 과　무 탐 구 복 이 자 살 생 금

---

15) 후렴(後奩) : 많은 돈을 쓴 여자의 사치나 화장도구.
16) 괴벽(乖僻) : 怪妄. 언행이 괴상망측함.
17) 태타(怠惰) : 게으름.

세력을 믿지 말라 능핍고과(凌逼孤寡)[18] 해지고
구복을 탐치 말라 제멋대로 죽이고 생금[19]한다.

押暱要少久必受其累　屈志老成急則可相依
압 닐 요 소 구 필 수 기 누　굴 지 노 성 급 즉 가 상 의

압닐(押暱)[20]은 적게 해야 한다. 오래되면 꼭 그 폐해를 받으며
뜻을 굽혀 노성하라 급하면 서로 의지할 만하다.

輕聽發言安知非人之讒訴　必忍耐三思
경 청 발 언 안 지 비 인 지 참 소　필 인 내 삼 사

固事相爭安知非吾之不是　須平心暗想
고 사 상 쟁 안 지 비 오 지 불 시　수 평 심 암 상

가볍게 듣고 말하면 어찌 사람 아닌 사람의 참소를 알겠는가
꼭 참고 견디며 세 번 생각할 것이요.
일로 인해서 서로 다투면 어찌 내가 아니면 옳지 않다는 것을
알겠는가
모름지기 평심으로 곰곰이 생각할 것이다.

施惠勿念　受恩難忘
시 혜 물 념　수 은 난 망

혜택을 베푼 것은 생각 말고
은혜 받은 것은 잊기 어렵다

凡事常有餘地　得意勿宜再往
범 사 상 유 여 지　득 의 물 의 재 왕

18) 능핍고과(凌逼孤寡) : 고아나 과부를 능멸하고 핍박함.
19) 자살생금(恣殺生禽) : 살생을 제멋대로 함.
20) 압닐(押暱) : 친근히 함.

무릇 일하는 데는 항상 여지 있게 할 것이요
뜻을 얻었어도 두 번 가는 것은 마땅치 않다.

人有善慶不可生妬忌心　人有禍患不可萌喜歡念
인 유 선 경 불 가 생 투 기 심　인 유 화 환 불 가 맹 희 환 념

사람의 착한 경사 있으면 투기심 내는 게 불가하고
사람의 화환이 있으면 희환의 생각 싹 트는 게 불가하다.

爲善欲求人見不是眞善　爲惡惟恐人知必是大惡
위 선 욕 구 인 견 불 시 진 선　위 악 유 공 인 지 필 시 대 악

착한 일을 하면서 사람이 보기를 구하고자 하면 이는 참다운
선이 아니요
악한 짓을 하면서 사람이 알까 두려워하는 건 꼭 이건 대악이다.

見色而起淫心報在妻女　慝怨而用暗箭禍延子孫
견 색 이 기 음 심 보 재 처 녀　익 원 이 용 암 전 화 연 자 손

여색을 보고 음란한 마음을 일으키면 보복이 아내와 딸에게 있고
원망을 숨기고 보이지 않는 화살을 쓰면 화는 자손에게 이어진다.

家門和順雖饔飧不繼　亦有餘歡
가 문 화 순 수 옹 손 불 계　역 유 여 환

國課早完卽囊橐無餘　自得至樂
국 과 조 완 즉 낭 탁 무 여　자 득 지 락

가문이 화순하면 비록 옹손[21]을 잊지 못해도
또한 남은 기쁨이 있고.

---

21) 옹손(饔飧) : 아침 밥과 저녁 밥.

나라가 일찍 완취(完聚)22)를 힘쓰면 바로 낭탁23)에 남음이 없어도 절로 지락을 얻는다.

讀書志在聖賢守分安命
독 서 지 재 성 현 수 분 안 명

爲官心在君國聽天順時
위 관 심 재 군 국 청 천 순 시

독서를 하면 뜻이 성현에 있기에 수분안명하고
관원이 되어선 마음이 군국에 있기에 천명을 듣고 천시에 따른다.

爲人若是　庶乎近矣
위 인 약 시　서 호 근 의

사람됨이 이와 같다면 거의 가깝다 하리라.


## 306. 仁宗大王巧拙詩
인 종 대 왕 교 졸 시

一家有兩婦　巧拙百不敵
일 가 유 양 부　교 졸 백 부 적

拙者念其拙　一日織一尺
졸 자 염 기 졸　일 일 직 일 척

巧者恃其巧　一日期百尺
교 자 시 기 교　일 일 기 백 척

---

22) 완취(完聚) : 城郭을 완성하고 사람들을 모아 살게 하는 일.
23) 낭탁(囊橐) : 전대. 자루.

理鬟學宮粧　好逐花間蝶
이 빈 학 궁 장　호 축 화 간 접

逐蝶又折花　長笑拙者織
축 접 우 절 화　장 소 졸 자 직

秋風一夕至　萬戸砧聲急
추 풍 일 석 지　만 호 침 성 급

拙者先裁衣　歌舞堂前月
졸 자 선 재 의　가 무 당 전 월

巧者悔何及　天寒翠袖薄
교 자 회 하 급　천 한 취 수 박

呵手泣上機　梭寒易拋擲
가 수 읍 상 기　사 한 이 포 척

難將花與蝶　敵此風霜夕
난 장 화 여 접　적 차 풍 상 석


## 인종대왕[1] 교졸시

한 집에 두 며느리 있어
교졸이 여러 가지로 대적되지 않았네.
졸한 사람은 그 졸한 것을 걱정했으니
하루 한 자 짜는 것이네.
공교한 사람은 그 공교함을 믿었으니
하루 백 자 짤 수 있는 것이었네.

---

1) 인종(仁宗) : 조선왕조 12대 임금 中宗妃 章敬王后 所生 在位 8月 壽31 高陽
孝陵.

귀밑털을 깎고 궁장을 배우니

좋게 꽃 사이 나비를 쫓았네.

나비 쫓고 또 꽃을 꺾으며

크게 졸한 사람 짜는 것을 웃었네.

가을바람이 하루 저녁에 이르러

만호에 다듬이 소리 급했네.

졸한 사람이 먼저 옷을 짓고서

노래하고 춤추니 당 앞에 달떴네.

공교한 사람 뉘우쳐도 어찌 미치겠는가

하늘은 찬데 푸른 소매 엷었네.

손을 불며 울고 베틀에 오르니

북이 차 쉽게 떨어뜨렸네.

꽃과 나비도 갖기 어려운데

이 바람 불고 서리치는 저녁을 견주겠는가.


## 307. 湛齋示學者

담 재 시 학 자


兩兒同一師　才不才各參差

양 아 동 일 사　재 부 재 각 참 치


담재1)께서 배우는 이에게 보여주다

두 아이가 스승은 같아도

---

1) 담재(湛齋) : 河西 金麟厚의 號.

재주 있고 재주 없는 것이 각기 달랐네.

一兒慧而聰　一覽輒誦百韻詩
일 아 혜 이 총　일 람 첩 송 백 운 시

한 아이는 지혜 있고 총명하여
한 번 보면 문득 백운시를 외웠네.

一兒愚而魯　百讀不記十行辭
일 아 우 이 노　백 독 불 기 십 행 사

한 아이는 어리석고 둔하여
백 번 읽어도 열 줄 글을 기억 못했네.

慧者恃其聰　永日掩卷不曾披
혜 자 시 기 총　영 일 엄 권 부 증 피

지혜 있는 사람은 그 총명함을 믿고
온종일 책을 덮고 살펴보지 않으며

翱翔蹴踢芳草岸　流遭沐浴淸江湄
고 상 축 국 방 초 안　유 조 목 욕 청 강 미

꽃다운 풀이 난 언덕에서 하는 일 없이
돌아다니며2) 공차고3) 맑은 물을 만나면 목욕하고 놀았네.

扞格不受父母戒　因恬不知鄕里恥
한 격 불 수 부 모 계　인 념 부 지 향 리 치

---

2) 고상(翱翔) : 뻥뻥 돌아다님. 두 손을 날개처럼 벌리고 다님. 빈들거리고 다님.
彷徉.
3) 축국(蹴踢) → 축국(蹴鞠) : 공을 발로 참.
권국(踡踢) : 몸을 구부리고 펴지 않음.

꽉 막혀 부모의 경계도 받지 않고
편안히 향리의 부끄러움도 알지 못했네.

愚者悶其魯　　對案咿唔不暫移
우 자 민 기 노　　대 안 이 오 부 잠 이

어리석은 사람은 그 노둔한 것을 민망히 여기어
책상 앞에서 글을 읽고[4] 잠시도 떠나지 않았네.

尋行數墨盡其力　　九食三旬不厭飢
심 행 수 묵 진 기 력　　구 식 삼 순 불 염 기

행수와 잣수를 살펴 문장을 짓는데[5] 그 힘을 다하고
삼순구식[6]하는 기한을 싫어하지 않았네.

穿壁借光豈自恥　　及其金榜聞喜宴
천 벽 차 광 기 자 치　　급 기 금 방 문 희 연

벽을 뚫어 그 빛을 빌리는 게 어찌 스스로의 부끄럼이겠는가.
그가 금방[7]에 이름 걸리고 과거 급제한 걸 기념하는 잔치[8]를
엶에 미쳐선

魯者簪花聰者悲　　始知浮才無所用
노 자 잠 화 총 자 비　　시 지 부 재 무 소 용

노둔한 사람 잠화[9]다니 총명한 사람 슬퍼했네.

---

4) 이오(咿唔) : 글 읽는 소리.
5) 심행수묵(尋行數墨) : 행수와 잣수를 살펴 문장을 짓는데 힘쓰는 것.
6) 삼순구식(三旬九食) : 한 달에 아홉 번 먹음.
7) 금방(金榜) : 科擧合格者 名單發表揭示板.
8) 문희연(聞喜宴) : 과거 급제자의 집에서 베푸는 자축연.
9) 잠화(簪花) : 지난시대 慶會 때에 남자 머리에 꽂던 조화.

처음으로 뜬 재주는 쓸데없는 것을 알았네.

惟有至誠天翁知
유 유 지 성 천 옹 지

오직 지성이 있어야 천옹이 안다네.


## 308. 無題
무 제

死魚賣日生魚買　　老僧拜於少僧禮
사 어 매 왈 생 어 매　　노 승 배 어 소 승 예

죽은 고기를 팔면서 말하길 생선 사시오 하고
노승이 소승 인사드립니다 하고 절한다.

鳥入風中食其虫而爲鳳
조 입 풍 중 식 기 충 이 위 봉

새가 바람 속으로 들어가 그 벌레를 먹고 봉황이 되었고

馬到淮邊飮其水而爲騅
마 도 회 변 음 기 수 이 위 추

말이 회수 가에 이르러 그 물을 마시고 오추마(烏騅馬)가 되었네.

雨洒凍窓西三点而東二
우 쇄 동 창 서 삼 점 이 동 이

언창에 비 뿌리니 서쪽 석점 동쪽 두점이요.

## 309. 散詩

산 시

여기에 모아 놓은 散詩는 여러 우리 東詩 중에서 警句나 그에 가까운 시의 聯句나 잘 對句가 맞추어진 聯句를 뽑아 실어 놓은 것이다. 그 一例를 들어보면 龜峯 宋翼弼의 시에 偶吟(243)이 있는데 들어 보면 다음과 같다.

心欲安時身未安　生今慕古事其艱 ………… 起聯
鳳凰肯棲鴟鳶嚇　松柏難爲桃李顏 ………… 承聯
晝臥淸風松下石　夜吟明月雪中山 ………… 轉聯
十年蹤跡烟霞外　笑許浮名滿世間 ………… 結聯

이 詩의 承聯과 轉聯이 이 散詩 1 2 二聯句로 들어 놓았다. 이런 걸 다 밝혀 보는 것도 흥미 있는 일일 것이다.

1.　鳳凰肯接鴟鳶嚇　松柏難爲桃李顏
　　봉황긍서치연하　송백난위도리안

　　봉황이 깃들이니 치연1)2)이 으르고
　　송백은 도리의 얼굴하기 어렵네.

2.　晝臥淸風松下石　夜吟明月雪中山
　　주와청풍송하석　야음명월설중산

　　낮에는 청풍 부는 소나무 아래 돌에 누웠고
　　밤엔 밝은 달 뜬 눈 속 산에서 읊었네.

---

1) 치(鴟) : 올빼미. 수리부엉이.
2) 연(鳶) : 솔개.

3. 鰲背海空風萬里　鶴邊雲盡月千秋
　　오 배 해 공 풍 만 리　학 변 운 진 월 천 추

　　자라 등의 바다 비니 바람 만리요
　　학 주변에 구름이 다하니 천추의 달이 떴네.

4. 風月千篇驚世界　江山一杖盡朝鮮
　　풍 월 천 편 경 세 계　강 산 일 장 진 조 선

　　풍월은 천 편으로 세계를 놀래고
　　강산은 한 지팡이로 조선을 다했네.

5. 太守未歸梅共老　行人欲發草方昏
　　태 수 미 귀 매 공 로　행 인 욕 발 초 방 혼

　　태수는 돌아가지 못하고 매화와 함께 늙어가고
　　길 가는 이 출발하려고 하니 풀이 바야흐로 어둡네.

6. 鳳阿春熟瑯玕實　鯨海秋晴橘柚香
　　봉 아 춘 숙 낭 간 실　경 해 추 청 귤 유 향

　　봉아 봄에 낭간 열매 익고
　　고래 바다 가을 개니 귤 유자 향기 나네.

7. 古今日月來時客　天地塵埃盡處樓
　　고 금 일 월 내 시 객　천 지 진 애 진 처 루

　　고금의 해와 달은 때의 손으로 오고
　　천지의 티끌은 모두 다락에 쌓였네.

8. 萬古長波多歲月　一番回首下神仙
　　만 고 장 파 다 세 월　일 번 회 수 하 신 선

만고의 긴 물결 세월이 많고
한 번 머리 돌리니 신선이 내렸네.

9. 江山病雪醫逢雨　草木刑秋罪赦春
   강산병설의봉우　초목형추죄사춘

   강산이 눈에 병들어 비를 만나 낫고
   초목은 가을이 형벌하고 죄는 봄이 놓았네.

10. 花前猶有明年約　醒後誰知昨夜狂
    화전유유명년약　성후수지작야광

    꽃 앞서 오히려 명년의 언약이 있고
    술 깬 뒤에 누가 어제 밤 미쳤던 것을 알겠는가.

11. 止酒不能猶好月　絶吟難得是新梅
    지주불능유호월　절음난득시신매

    술을 그치면 오히려 좋은 달이라 할 수 없고
    읊기를 끊으면 이건 새 매화 얻기가 어렵네.

12. 筆陣有懷圍卽墨　酒船無量渡長江
    필진유회위즉묵　주선무량도장강

    필진에 회포 있으면 먹으로 에우고
    술 배는 한량없이 장강을 건너네.

13. 梅奇先吐難禁冷　月貴初生不妨虧
    매기선토난금냉　월귀초생불방휴

    매화는 먼저 피는 게 기특하나 냉기를 금하기 어렵고
    달은 초생이 귀해도 이그러지는 것도 방해롭지 않네.

14. 常因樂國爲詩政　欲罷愁城送酒軍
　　상 인 낙 국 위 시 정　욕 파 수 성 송 주 군

　　항상 낙국으로 인해 시정을 하고
　　수성을 파하고 싶어 주군을 보냈네.

15. 危石欲墜花笑立　靑山云好鳥啼來
　　위 석 욕 추 화 소 립　청 산 운 호 조 제 래

　　위태로운 돌이 떨어지려 해도 꽃은 웃고 서 있고
　　푸른 산이 좋다고 하나 새는 울고 오네.

16. 秋聲壯士行邊塞　月色佳人出曲欄
　　추 성 장 사 행 변 새　월 색 가 인 출 곡 란

　　가을 소리에 장사는 변새로 가고
　　달빛에 가인이 굽은 난간으로 나오네.

17. 秋聲天下壯士老　月色人間寃女啼
　　추 성 천 하 장 사 로　월 색 인 간 원 녀 제

　　가을 소리에 천하의 장사가 늙어가고
　　달 빛에 인간의 원통한 계집이 울었네.

18. 山欲渡江江口立　水將穿石石頭流
　　산 욕 도 강 강 구 립　수 장 천 석 석 두 류

　　산은 강을 건너고 싶어 강 어구에 서 있고
　　물은 돌을 뚫으려고 돌 머리로 흐르네.

19. 靑山無恥雲掩面　白石何汚水洗頭
　　청 산 무 치 운 엄 면　백 석 하 오 수 세 두

푸른 산은 부끄러움이 없어도 구름으로 낯을 가리고
흰 돌은 무엇이 더러워 물로 머리를 씻는가.

20. 天地澄淸無鬼哭　閭閻豊稔少兒啼
　　천 지 징 청 무 귀 곡　여 염 풍 임 소 아 제

　　천지가 징청하여 귀곡이 없고
　　여염이 풍년들어도 어린 아이는 우네.

21. 柳絲烟織鶯梭擲　花面露粧蝶粉輕
　　유 사 연 직 앵 사 척　화 면 노 장 접 분 경

　　버들가지로 내를 짜니 꾀꼬리는 북을 던지고
　　꽃 낯을 이슬로 단장하니 나비는 분이 가볍네.

22. 弓園月彎風似矢　錦江烟織舟如梭
　　궁 원 월 만 풍 사 시　금 강 연 직 주 여 사

　　궁원에서 달을 당기니 바람은 화살 같고
　　금강이 내를 짜니 배는 북 같네.

23. 九月山中春草綠　三更樓下夕陽斜
　　구 월 산 중 춘 초 록　삼 경 루 하 석 양 사

　　구월산 속에 봄풀이 푸르고
　　삼경루 아래 석양이 비꼈네.

24. 堪聽酒中稱魁傑　果難詩上畵形容
　　감 청 주 중 칭 괴 걸　과 난 시 상 화 형 용

　　술 속에 괴걸이란 말 들을 만 해도
　　과연 시 위에 형용 그리기가 어렵네.

25. 李下江南吾白也　楓飛園裡爾紅於
　　이 하 강 남 오 백 야　풍 비 원 리 이 홍 어

　　오얏이 강남으로 내려오니 나는 백이요(희고)
　　단풍이 동산 속을 나니 네가 붉었네.

26. 夜簷風靜蜘掛月　秋天水空鷺踏星
　　야 첨 풍 정 지 괘 월　추 천 수 공 노 답 성

　　밤 처마에 바람이 고요하나 거미는 달을 걸었고
　　가을 하늘에 물이 비니 해오라기는 별을 밟았네.

27. 舟舂明月簸金色　松嫁淸風産玉聲
　　주 용 명 월 파 금 색　송 가 청 풍 산 옥 성

　　배는 밝은 달을 방아 찧어 금빛을 까불고
　　솔은 청풍에게 시집가 옥소리를 낳았네.

28. 江山一路蜀天難　風月千年唐突是
　　강 산 일 로 촉 천 난　풍 월 천 년 당 돌 시

　　강산 한 길은 촉천이 어렵고
　　풍월 천년은 당돌히 이것이네.

29. 鳥語將稀知花謝　雨聲中斷覺樓高
　　조 어 장 희 지 화 사　우 성 중 단 각 누 고

　　새 소리 드물어지니 꽃 사례함을 알겠고
　　비 소리 가운데 끊기니 다락이 높은 걸 알겠네.

30. 山舂任水僧眠月　海棹懸風客坐船
　　산 용 임 수 승 면 월　해 도 현 풍 객 좌 선

산 방아를 물에 맡기니 중은 달밤에 자고
바다의 노 젓는 배 바람을 다니 손은 배에 앉았네.

31. 樽前妙曲春風度　花外靑山夕氣浮
　　준 전 묘 곡 춘 풍 도　화 외 청 산 석 기 부

　　술동이 앞의 묘한 가락엔 봄바람이 지나고
　　꽃 밖의 푸른 산엔 저녁 기운이 떴네.

32. 萬戶燈深皆佛境　千街鍾落復人家
　　만 호 등 심 개 불 경　천 가 종 락 부 인 가

　　만호의 등이 깊어 모두가 불경이요
　　천인가의 종소리에 다시 인가이네.

33. 三月有聲黃鳥出　一江無事白鷗眠
　　삼 월 유 성 황 조 출　일 강 무 사 백 구 면

　　삼월에 소리 있더니 꾀꼬리 나왔고
　　한 강에 일이 없어 백구가 잠자네.

34. 楊柳枝長風力健　梧桐葉大雨聲豪
　　양 류 지 장 풍 력 건　오 동 엽 대 우 성 호

　　양류 가지 기니 바람 힘이 굳세고
　　오동은 잎이 커 빗소리가 크네.

35. 山藤茘杖齊三尺　村苧裁衣才六升
　　산 등 여 장 제 삼 척　촌 저 재 의 재 육 승

　　산 등나무 줄사철나무 지팡이는 가지런한 석자요
　　촌 모시로 옷 마니 겨우 엿새 베네.

36. 半夜生孩亥子時難辨　良辰作配己酉日最吉
　　반 야 생 해 해 자 시 난 변　양 신 작 배 기 유 일 최 길

한 밤중에 아이를 낳으니 해시인가 자시인가 변별하기 어렵고
좋은 때 배필을 만드는 데는 기유일이 가장 길하네.

37. 登南山放糞詩
　　등 남 산 방 분 시

　　一聲雷雨掀天地　　香滿長安百萬家
　　일 성 뇌 우 흔 천 지　　향 만 장 안 백 만 가
　　　　　　　　　　　　　上見而殺之
　　　　　　　　　　　　　상 견 이 살 지

남산에 올라 똥(방귀) 뀐 시
한소리 우레와 비로 천지를 뒤흔드니
향기가 장안 백만가에 가득했네.
　　　　　　　　　　　임금이 보고 죽었다.

38. 楊柳池塘春水綠　　杏花籬落夕陽紅
　　양 류 지 당 춘 수 록　　행 화 리 락 석 양 홍

양류의 지당에는 봄물이 푸른데
살구 꽃 핀 울타리엔 석양이 붉네.

39. 與月經營觀海去　　聞花消息入山來
　　여 월 경 영 관 해 거　　문 화 소 식 입 산 래

달로 더불어 경영하니 바다를 보러가고
꽃 소식 듣고 산에 들어왔네.

40. 長遊天地餘雙屐　盡數英雄足一盃
   장유천지여쌍극　진수영웅족일배

   길게 노는 천지엔 나막신 한 켤레 남았고
   운수 다한 영웅은 한 잔으로 족하네.

41. 鳥驚前日曾見客　花笑平生不識人
   조경전일증견객　화소평생불식인

   새는 지난 날 일찍 본 손에도 놀라고
   꽃은 평생 알지 못하는 사람 보고도 웃네.

42. 才愧臥龍誰訪雪　賦同司馬客凌雲
   재괴와룡수방설　부동사마객능운

   재주는 와룡이 부끄러우니 누가 눈을 찾겠는가.
   시부는 사마상여와 같아 손이 능운하네3).

43. 靑尺尺紅花上蚇　黃梭梭綠柳間鶯
   청척척홍화상척　황사사록유간앵

   푸른 자로 붉은 걸 자질하는 꽃 위의 자벌레4)요.
   누른 북으로 푸른 걸 북질하는 버들 사이 꾀꼬리네.

44. 鷺不厭寒全體雪　鶯何多富遍身金
   노불염한전체설　앵하다부편신금

   해오라기는 추위를 싫어하지 않기에 온 몸이 눈이요
   꾀꼬리는 어찌 그리 풍부하여 몸을 금으로 둘렀는가.

---

3) 능운(凌雲) : 구름을 능멸하는 기.(史記 司馬相如傳)
4) 척(蠘) → 척(蚇).

45. 開門影轉房中月　投石聲動井下天
　　개 문 영 전 방 중 월　투 석 성 동 정 하 천

　　문을 열면 그림자는 방안의 달을 굴리고
　　돌을 던지면 소리가 우물 아래 하늘을 움직이네.

46. 四山如壁風何泄　一天似海月中流
　　사 산 여 벽 풍 하 설　일 천 사 해 월 중 류

　　사방 산이 벽 같은데 바람은 어찌 새며
　　한 하늘은 바다 같아 달이 가운데로 흐르네.

47. 江山外裂呼雲補　天地中虛送月盈
　　강 산 외 열 호 운 보　천 지 중 허 송 월 영

　　강산이 밖에서 찢어지면 구름을 불러 깁고
　　천지는 가운데가 비어 달을 보내어 채우네.

48. 地大江山嶒峨局　天高日月去來梭
　　지 대 강 산 증 척 국　천 고 일 월 거 래 사

　　땅이 크기에 강산은 능증(崚嶒)[5]한 판국이요
　　하늘이 높으니 해와 달은 가고 오는 북이네.

49. 彩石江鳴雙袖裡　蓬萊山揷一笻頭
　　채 석 강 명 쌍 수 리　봉 래 산 삽 일 공 두

　　채석강은 두 소매 속에서 울고
　　봉래산을 한 지팡이 머리에 꽂았네.

---

5) 증척(嶒峨) → 능증(崚嶒).
　※ 능증(崚嶒) : 산이 언틀먼틀한 모습.

50. 每惜落花慵掃地　爲留明月不關門
　　매 석 낙 화 용 소 지　위 류 명 월 불 관 문

　　늘 지는 꽃이 아까워 땅을 쓰는 게 게으르고
　　밝은 달을 남겨두려 문을 닫지 않았네.

51. 縹繒溪長鳴一杵　鞦韆樹老掛雙繩
　　벽 벽 계 장 명 일 저　추 천 수 로 괘 쌍 승

　　벽대6)같은 시내는 길어 한 방망이를 울리고
　　추천하는 나무 늙어 쌍줄을 걸었네.

52. 天地爲囊藏萬物　江河爲帶束千山
　　천 지 위 낭 장 만 물　강 하 위 대 속 천 산

　　천지는 주머니 되어 만물을 감추고
　　강하는 띠가 되어 천산을 묶었네.

53. 水聲久立山無鳥　草色同來客失驢
　　수 성 구 립 산 무 조　초 색 동 래 객 실 려

　　물 소리 오래 서니 산에 새 없고
　　풀빛이 함께 오니 손은 나귀를 잃었네.

54. 山三里盡溪三里　木一橋過石一橋
　　산 삼 리 진 계 삼 리　목 일 교 과 석 일 교

　　산 삼리 다하니 시내 삼리요

---

6) 벽벽(縹繒) → 벽대(縹帶) : 분합띠.
　　縹 織絲爲帶 분합띠
　　분합대(分合帶) : 웃옷을 눌러 띠는 실띠(국어사전)
　　염벽(綟縹)

323

나무다리 하나 지나니 돌다리 하나네.

55. 好讀書人天下少　但求名者世間多
　　호독서인천하소　단구명자세간다

　　책 읽는 걸 좋아하는 사람은 세상에 적고
　　다만 이름을 구하는 사람은 세상에 많네.

56. 鷄鳴狗吠之聲　達乎四境　　　李牧隱
　　계명구폐지성　달호사경　　　이목은

　　獸蹄鳥跡之道　交於中國　　　歐陽玄7)
　　수제조적지도　교어중국　　　구양현　　　(小華詩評에서)

　　닭 울고 개 짖는 소리가 사경에 들리었고
　　짐승이나 새의 발자취의 길이 중국에 섞이었네.

57. 上天下天鴻鴈飛　遠村近村鷄犬喧　　　　　·
　　상천하천홍안비　원촌근촌계견훤

　　위 하늘 아래 하늘에 홍안이 날고
　　먼 마을 가까운 마을에 닭과 개 소리 시끄러웠네.

58. 龍聽角抑亦不足於耳歟　蟬鳴腹不啻若自其口出
　　용청각억역부족어이여　선명복불시약자기구출

　　용은 뿔로 듣는데 아니 또한 귀가 부족해서던가
　　매미는 배로 울 뿐인데도 절로 그 입으로 나온 것 같네.

---

7) 구양현(歐陽玄) : 元代人. 龍生의 아들 字는 原功 號는 圭齋 平心老人 시호는 文. 八歲 때 하루 數千言을 외웠고 장성해서는 經史百家에 능했다. 翰林學士 承旨 등을 역임하며 40여년을 관직에 있어 官制文字가 많이 그의 손에서 나왔다.

59. 周宣王齊宣王文宣王一則君一則臣一則非君非臣
　　　주 선 왕 제 선 왕 문 선 왕 일 즉 군 일 즉 신 일 즉 비 군 비 신

　　　鄒孟子吳孟子寺孟子一則男一則女一則非男非女
　　　추 맹 자 오 맹 자 사 맹 자 일 즉 남 일 즉 여 일 즉 비 남 비 녀

　　　주선왕 제선왕 문선왕은 한 분은 임금이요 한 분은 신하이며
　　　한 분은 임금도 아니고 신하도 아니며
　　　추맹자 오맹자 사맹자는 한 분은 남자이고 한 분은 여자이며
　　　한 분은 남자도 아니요 여자도 아니다.

60. 持盃入海知多海　　　歐陽玄
　　　지 배 입 해 지 다 해　　　구 양 현

　　　坐井觀天曰小天　　　李牧隱
　　　좌 정 관 천 왈 소 천　　　이 목 은　　　　　　　　(小華詩評에서)

　　　잔을 들고 바다에 들어가 많은 (큰) 바다를 알았고
　　　우물에 앉아 하늘을 보고 하늘이 작다고 했네.

61. 入山鳥艾羹　　觀海魚草餠
　　　입 산 조 애 갱　　관 해 어 초 병

　　　산에 들어가면 새가 쑥국하고
　　　바다를 보면 고기가 풀떡하네[8].

---

8) 61과 같은 시는 鄕札 吏讀처럼 우리말을 借用해 쓴 詩文이다. 또 다음과 같은
　　이런 종류의 시도 있다.
　　鷄鳴花竹處　鳥飛草籬上
　　伐木山雉雉　曳杖石鷄鷄

62. 閒情月入門　晨意日出辰
　　한정월입문　신의일출진

　　한가할 한자의 뜻은 달이 문에 들어가고
　　새벽신 자의 뜻은 해가 진(방위)에서 나왔네.

63. 暎山紅暎斜陽裡　生地黃生細雨中
　　영산홍영사양리　생지황생세우중

　　영산홍9)은 사양 속에 비취고
　　생지황은 가랑비 속에서 났네.

64. 蛙何多骨名皆骨　鷰則高飛謂低飛
　　와하다골명개골　연즉고비위저비

　　개구리는 무슨 뼈가 많아 개골10)이라 이름하고
　　제비는 높이 날아도 저비라 이르네11).

---

9) 영산홍(暎山紅) : 暎山紅.
10) 강정
　　빈사과 : 유밀과의 하나
　　대취 : 대추
　　복송하 : 복숭아
　　워리 : 개 부르는 소리
　　일하 : 이라. 소 모는 소리
　　송와지 : 송아지
　　논물 : 畓水
　　개골이 : 개구리
　　언덕 : 언덕
　　저비 : 제비
　　족지비 : 족제비
11) 64와 같은 유형의 시는
　　江亭貧士過　大醉伏松下
　　月移山影改　日下松臥遲

65. 無等山高松下立　鴨綠江深沙上流
　　무등산고송하립　압록강심사상류

　　무등산이 높아도 솔 아래 서고
　　압록강이 깊어도 모래 위로 흐르네.

66. 鼠菁葉秀狙虫去　狗杏花發虎蝶來
　　서청엽수저충거　구행화발호접래

　　쥐무우12) 잎 무성하면 원숭이13) 벌레 가고
　　개 살구꽃14) 피면 호랑나비15) 오네.

67. 彈綿弓音　白雲深處夏雷動
　　탄면궁음　백운심처하뢰동

　　食葉蚕聲　綠樹陰裡春雨過
　　식엽잠성　녹수음리춘우과

　　솜 타는 활 소리
　　흰 구름 깊은 곳 여름 우레 소리 나고
　　뽕 잎 먹는 누에 소리
　　푸른 나무 그늘 속에 봄비 지나네.

68. 花落先天色　水流太古心
　　화락선천색　수류태고심

---

論物皆求利 言德足知非
12) 서청(鼠菁) : 쥐무우, 쥐꼬리무우.
　　※ 만청(蔓菁) : 武侯榮 쉰무우.
13) 저충(狙虫) : 원숭이 벌레, 잔나비 벌레.
14) 구행화(狗杏花) : 개 살구꽃.
15) 호접(虎蝶) : 호랑나비, 범나비.

꽃은 선천색16)으로 지고
물은 태고심17)으로 흐르네.

69. 村間燈靜砧雙轉　河漢天高斗七回
　　촌 간 등 정 침 쌍 전　　하 한 천 고 두 칠 회

마을 사이 등이 고요하니 다듬이 쌍으로 구르고
은하수 하늘 높으니 북두칠성18)이 돌아오네.

70. 中原戎虜易可逐　一己私欲難能除
　　중 원 용 로 이 가 축　　일 기 사 욕 난 능 제

중원의 오랑캐는 쉽게 쫓을 수 있어도
한 몸의 사욕은 제하기 어렵네.

---

16) 선천색(先天色) : 꽃 필 때의 꽃빛그대로.
17) 태고심(太古心) : 자연스럽게, 자연 그대로.
18) 두칠회(斗七回) : 北斗七星이 四時에 따라 위치가 바뀌어 짐을 이름. 이를 구
　　체적으로 설명하면 다음과 같다.
　　一歲分爲四時 應于北斗 斗柄東指 在寅卯辰 於時爲春 春蠢也 萬物發動 斗柄
　　南指 在巳午未 於時爲夏 夏大也 萬物長大 斗柄西指 在申酉戌 於時爲秋 秋收
　　也 萬物收斂 斗柄北指 在亥子丑 於時爲冬 冬終也 萬物終藏 此四時 運轉不窮
　　寒暑往來 而歲功於此乎成焉(三字經集註)
　　한 해를 나누면 사시가 되는데 북두(칠성)에 호응하여 북두성 자루가 동쪽을
　　가리키면(방위로는) 인 묘 진 방인데 시절로는 봄이 된다. 봄은 준동하는 것이
　　기에 만물이 발동한다.
　　북두성 자루가 남쪽을 가리키면 사 오 미 방인데 시절로는 여름이 된다. 여름
　　은 크는 것이기에 만물이 장대한다.
　　북두성 자루가 서쪽을 가리키면 신 유 술 방인데 시절로는 가을이 된다. 가을
　　은 거두는 것이기에 만물이 수렴한다.
　　북두성 자루가 북쪽을 가리키면 해 자 축 방인데 시절로는 겨울이 된다. 겨울
　　은 만물이 마치는 것이기에 만물이 종장한다.
　　이 사시는 운전이 다하지 않고 한서가 왕래하며 세공이 여기에서 이루어진다.

71. 雲宿短簷凝玉葉　山當排戸削金芙
　　운숙단첨응옥엽　산당배호삭금부

　　구름이 짧은 처마에 자니 옥 잎에 엉겼고
　　산은 지게문을 열어 놓으니 금을 깎은 부용이네.

72. 司馬相如藺相如　姓不相如名相如
　　사마상여인상여　성불상여명상여

　　長孫無忌魏武忌　古無忌今無忌
　　장손무기위무기　고무기금무기

　　사마상여[19]와 인상여[20]는
　　성은 서로 같지 않으나 이름을 서로 같고
　　장손무기[21]와 위무기[22]는
　　옛적도 무기요 지금도 무기다

73. 東方朔南宮适西門豹　北宮黝東西南北之人
　　동방삭남궁괄서문표　북궁유동서남북지인

　　동방삭[23]　남궁괄[24]　서문표[25]

---

19) 사마상여(司馬相如) : 漢 景帝 武帝 때의 文人 成都人이며 字는 長卿 武騎常侍
　　孝文園令을 지냈다. 卓王孫의 딸 文君과 사랑이 이름 있다.(史記 107)(漢書 57)
20) 인상여(藺相如) : 戰國 趙의 惠文王 때의 良相. 和氏璧을 가지고 秦에 갔다가
　　완전하게 하여 돌아왔고 임금을 수행해서는 난처한 처지를 모면케 했다. 良
　　將 廉頗가 肉袒負荊하여 刎頸之交를 請했다.(史記 81)
21) 장손무기(長孫無忌) : 唐의 洛陽人 晟의 아들이고 字는 輔機 書史를 널리 보
　　고 隋書의 志를 썼으며 五經正義를 更正하고 高宗을 도와 永徽의 治를 이루었
　　다.(唐書 105)(舊唐書 65)
22) 위무기(魏無忌) : 戰國人 魏 昭王의 아들이요 信陵君에 봉해진 인물. 후영의
　　도움으로 진비를 죽이고 조를 구해주었다.(史記 77)
23) 동방삭(東方朔) : 漢 武帝 때의 해학 골계로 이름 있다. 厭次人이며 字는 만천

북궁유26)는 동서남북의 사람이요27)

74. 無詩天地江山蠹　非酒英雄豪傑僧
　　무시천지강산두　　비주영웅호걸승

　　시 없는 천지에는 강산이 좀이요
　　술이 아니면 영웅도 호걸승일레.

---

　　(曼천) 무제에게 상서하여 제 자랑을 들어내어 채용되니 매고(枚皐) 郭舍人과
　　함께 해학을 일삼으며 보냈다. 저서에 東方大中集이 있다.(史記 26)(漢書 65)
24) 남궁괄(南宮适) : 魯人 孔子 제자 字 子容 또는 南容. 공자는 형의 딸로 사위
　　삼게 했다.(史記 67)
25) 서문표(西門豹) : 戰國 魏文侯 때 업령(鄴令)이 되어 똘을 파 관계하여 백성을
　　이롭게 하고 무당을 물에 던져 河伯娶婦의 폐단을 없앴다.(史記 126)
26) 북궁유(北宮黝) : 戰國時代의 勇者.(孟子 公孫丑 上)
27) ※ 이 寫本에 이 對句는 빠져 있으나 내용은 알 수 있는 것이기에 이를 기워
　　놓으면 다음과 같다.
　　靑龍白虎朱雀玄武四方神獸之名
　　청룡 백호 주작 현무는 四方 神獸의 이름이다.
　　72,73 對句 理解를 위한 자료(海東歌謠에 나오는 사설시조)
　　琵琶琴瑟은 八大王이요　　魑魅魍魎은 四小鬼라
　　東方朔 西門豹 南宮适 北宮黝는 東西南北之人이요 左靑龍 右白虎 前朱雀 後
　　玄武는 左右前後之山이요 司馬相如 藺相如는 姓不相如요 名相如요 魏無忌
　　長孫無忌는 古無忌요 今無忌로다
　　아마도 黃絹幼婦 外孫齏臼는 絕妙好辭인가 하노라.
　　蔡邕 謎詞評語
　　黃絹幼婦 外孫齏臼 여덟 글자는 후한 때의 문인 蔡邕이 孝女 曹娥碑를 보고
　　그 끝에 써 놓은 謎詞(수수께끼처럼 된 글) 評語인데 그 내용인즉 絕妙好辭
　　(매우 기묘한 좋은 말)란 破字하여 맞춘 말이다. 삼국 때 曹操와 楊修가 同行
　　하여 이걸 보고 楊修는 바로 풀어 알았는데 曹操는 자기도 풀어본다고 楊修
　　에게 말하지 말라하고 三十里를 가서야 알았다는 謎辭다. 破字에 보면 黃絹
　　은 色 糸로 짠다. 이걸 맞추면 絕자요 幼婦는 少女이기에 妙자이며 外孫은
　　딸(女)이 낳은 아들(子)로 好자이고 齏臼는 얌념 찧는 도구이기에 受 辛으로
　　辭의 古字다.

75. 夢裡浮生還說夢　書中虛老又看書
　　　몽 리 부 생 환 설 몽　　서 중 허 로 우 간 서

　　　꿈속의 부생이 도리어 꿈을 이야기 하고
　　　글 속에서 헛되이 늙었어도 또 글을 보네.

76. 花無別寵皆紅頰　鷗有何愁盡白頭
　　　화 무 별 총 개 홍 협　　구 유 하 수 진 백 두

　　　꽃은 따로 고임이 없어도 모두 붉은 뺨이요
　　　갈매기는 무슨 수심이 있어 죄다 흰 머리인가.

77. 影沈綠水衣無濕　夢踏靑山脚不勞
　　　영 침 녹 수 의 무 습　　몽 답 청 산 각 불 로

　　　그림자가 푸른 물에 잠기어도 옷은 젖지 않고
　　　꿈에 청산을 밟아도 다리는 수고롭지 않네.

78. 時平壯士無功老　鄕遠征人有夢歸
　　　시 평 장 사 무 공 로　　향 원 정 인 유 몽 귀

　　　시절이 평화스러우니 장사는 공이 없이 늙고
　　　고향이 먼 출정인은 꿈에 돌아가는 게 있네.

79. 牧丹花上靑春老　鷰子聲中白日長
　　　모 란 화 상 청 춘 로　　연 자 성 중 백 일 장

　　　모란28)꽃 위에 푸른 봄이 늙고
　　　제비 새끼 소리 속에 밝은 해가 기네.

---

28) 모란(牧丹) → 모란(牡丹).

331

80. 楊柳下來垂處綠　桃花上去末枝紅
　　양류하래수처록　　도화상거말지홍

　　양류가 내려오니 드리운 곳이 푸르고
　　복숭아꽃 위로 가 끝가지가 붉네.

81. 大暑成功凉露下　靑天無事白雲遊
　　대서성공양로하　　청천무사백운유

　　큰 더위가 공을 이루니 서늘한 이슬이 내리고
　　푸른 하늘엔 일이 없어도 흰 구름이 노네.

82. 溪樹晚成花事業　峀雲初起雨經綸
　　계수만성화사업　　수운초기우경륜

　　시냇가 나무 늦게 이루어진 건 꽃피는 일이요
　　메 뿌리 구름 처음 일어나는 건 비 오려는 경륜이네.

83. 萬樹繁陰鶯世界　一江細雨鷺平生
　　만수번음앵세계　　일강세우노평생

　　수많은 나무 무성한 그늘은 꾀꼬리의 세계요
　　한 강의 가랑비는 해오라기 평생일레.

84. 白翻柳外行人過　紅倒池中少妓來
　　백번유외행인과　　홍도지중소기래

　　흰 것이 버들 밖에 번득이니 길가는 이 지나고
　　붉은 것이 못 속에 거꾸러지니 젊은 기생이 오네.

85. 此地梅花歌盡白　故園楊柳夢猶靑
　　차지매화가진백　　고원양류몽유청

이 땅의 매화로 노래가 다 희고
고원의 양류는 꿈에 오히려 푸르네.

86. 細雨沾衣看不濕　閑花落地聽無聲
세 우 점 의 간 불 습　한 화 낙 지 청 무 성

가랑비에 옷이 젖어도 보는 것은 젖지 않고
한가한 꽃이 땅에 지니 들어도 소리 없네.

87. 雨歇鶯穿庭樹語　湖平鷺踏夕陽春
우 헐 앵 천 정 수 어　호 평 노 답 석 양 용

비 개니 꾀꼬리는 뜰 나무를 뚫고 재잘거리고
호수 평평하니 해오라기는 저녁 방아를 밟았네.

88. 朝日靑虫蜂抱去　夕陽黃犢鵲騎來
조 일 청 충 봉 포 거　석 양 황 독 작 기 래

아침 해에 푸른 벌레는 벌이 안고 가고
석양에 누른 송아지는 까치가 타고 왔네.

89. 霧濃天地都海色　瀑轉江山盡雷聲
무 농 천 지 도 해 색　폭 전 강 산 진 뇌 성

안개 무르녹은 천지는 모두 바다 빛이요
폭포 구르는 강산은 모두 우레 소리네.

90. 淸無若水深還黑　高莫如天遠更低
청 무 약 수 심 환 흑　고 막 여 천 원 갱 저

맑기 물 같은 게 없으나 깊으면 도리어 검고
높기 하늘같은 게 없으나 멀면 다시 낮아지네.

91. 山疇秫熟鷄懸啄　石沼波淺鯽臥行
산주출숙계현탁　석소파천즉와행

산 밭에 차조 익으니 닭이 매달려 쪼고
돌 늪에 물이 얕으니 붕어는 누워서 가네.

92. 短簷鳥語靑山性　小澗魚遊碧海心
단첨조어청산성　소간어유벽해심

짧은 처마에 새 지저귀니 푸른 산 성품이요
작은 시내에 고기 놀아도 푸른 바다 마음이네.

93. 茅屋三間春借燕　黃牟一掬午呼鷄
모옥삼간춘차연　황모일국오호계

띠 집 삼간은 봄에 제비에게 빌려주고
누른 보리 한 줌으로 낮에 닭을 부르네.

94. 山如健馬登時促　花似美人別後思
산여건마등시촉　화사미인별후사

산은 건강한 말 같아 오를 때에 재촉하고
꽃은 미인 같아 헤어진 뒤에 생각하네.

95. 鶯聲久立黃生襪　鶴氣同來白濕衣
앵성구립황생말　학기동래백습의

꾀꼬리 소리 오래서니 버선에서 누른 것이 생기고
학의 기운 함께 오니 옷이 희게 젖네.

96. 柳絮成綿鶯夢暖　梨花如雪蝶心寒
유서성면앵몽난　이화여설접심한

버들개지 솜을 이루니 꾀꼬리 꿈이 다습고
배꽃이 눈 같으니 나비 마음이 차네.

97. 流水當庭稚子潔　閑花入室老妻香
유 수 당 정 치 자 결　한 화 입 실 노 처 향

흐르는 물이 뜰에 당하니 어린 아이 깨끗하고
한가한 꽃이 방에 드니 늙은 아내 향기롭네.


310. 新娶時君子歸命新婦輓血書還生詩
신 취 시 군 자 귀 명 신 부 만 혈 서 환 생 시

江上船　江上船　問爾江上船　古往今來　娶而來者
강 상 선　강 상 선　문 이 강 상 선　고 왕 금 래　취 이 내 자

幾人　嫁歸者幾人
기 인　가 귀 자 기 인

새로 장가 갔을 때 군자귀명(남편이 세상 떠남을 이름)하
니 신부가 혈서로 만사하여 도로 살아났다는 시

강상의 배 강상의 배 네 강상의 배에게
옛적부터 지금까지
장가갔다 온 사람이 몇 사람이고
시집갔다 돌아온 사람이 몇 사람이던고

未聞有如此之行色也　江上船　歸莫懶
미 문 유 여 차 지 행 색 야　강 상 선　귀 막 라

이와 같은 행색은 아직 듣지 못했네.

강상의 배
돌아가길 게을리 말아라.

我聞有十九年　養育之萱堂　江上船　歸莫疾
아 문 유 십 구 년　양 육 지 훤 당　강 상 선　귀 막 질

나는 십구 년 양육한 어머니 계시다는 걸 들었네.
강상의 배
빨리 돌아가지 말라.

郎魂猶在我東床　丹旌前素輿後
낭 혼 유 재 아 동 상　단 정 전 소 여 후

낭의 혼은 오히려 우리 동상에 있네.
단정 앞이요 소여 뒤네.

江上八月秋聲凉　少婢倚船哭且語
강 상 팔 월 추 성 량　소 비 의 선 곡 차 어

강상 팔월은 가을 소리 서늘하고
젊은 여비 배에 의지하여 울고 또 말했네.

彼鳥者鴛鴦　雙去雙來　山之南水之陰
피 조 자 원 앙　쌍 거 쌍 래　산 지 남 수 지 음

저 새는 원앙 쌍쌍이
갔다 왔다 했네
산의 남쪽 강의 북쪽을

## 311. 無題
무 제

1. 竹中有王竹　人豈不折
   죽중유왕죽　인기부절

   沙中有王沙　人豈不踏
   사중유왕사　인기부답

   山中有王山　人豈不葬乎
   산중유왕산　인기부장호

   대에는 왕죽이 있는데
   사람은 어찌 꺾지 않고
   모래에는 왕사가 있는데
   사람은 어찌 밟지 않으며
   산에는 왕산이 있는데
   사람은 어찌 장사하지 않는가.

2. 泰山之古木
   태산지고목

   老於寒霜
   노어한상

   落於微風
   낙어미풍

   寒霜之罪歟
   한상지죄여

   微風之罪歟
   미풍지죄여

태산의 고목은

찬 서리에 늙어가고

미풍에 잎이 진다

찬 서리의 죄이겠는가

미풍의 죄이겠는가

3. 烟生於火而烟鬱則火微

　　연 생 어 화 이 연 울 즉 화 미

　　氷生於水而氷堅則水涸

　　빙 생 어 수 이 빙 견 즉 수 학

　　吏生於民而吏貪則民窮

　　이 생 어 민 이 이 탐 즉 민 궁

　　연기는 불에서 나왔으나 연기가 쌓이면 불이 희미해지고

　　얼음은 물에서 나왔으나 얼음이 굳으면 물이 마른다.

　　아전은 백성에서 나왔으나 아전이 탐내면 백성이 궁해진다.

4. 但聞我死我死之聲　　未聞殺我殺我之聲

　　단 문 아 사 아 사 지 성　　미 문 살 아 살 아 지 성

　　다만 나 죽는다 나 죽는다는 소리를 들었을 뿐

　　아직 나 죽여라 나 죽여라 소리는 듣지 못했다.

5. 雉多鷹亂　　魚多獺亂

　　치 다 응 란　　어 다 달 난

　　꿩이 많으면 매가 어지럽고

　　고기가 많으면 수달1)이 어지럽다.

---

1) 달(獺) － 㺚

6. 積善之家　必有餘慶　積惡之家　必有餘殃　故殃及子孫
　　적선지가　필유여경　적악지가　필유여앙　고앙급자손

　　착한 것을 쌓은 집은
　　꼭 남은 경사가 있고
　　악한 것을 쌓은 집은
　　꼭 남은 재앙이 있다.
　　그렇기 때문에 재앙은 자손에게 미치는 것이다.

7. 祝生祝生孔子　文王崩武王立
　　축생축생공자　문왕붕무왕립

　　나기를 빌고 나기를 비는 건 공자요
　　문왕이 세상 떠나자 무왕이 이었다.

　　周公　　周公　　太公　　太公
　　주공　　주공　　태공　　태공

　　주공은 주공이요 태공은 태공이다.

8. 孝子之職　奚旌爲　爲不職者而効也
　　효자지직　해정위　위불직자이효야

　　효자의 구실을
　　어찌 기 세우고 할 것인가
　　구실하지 않는 사람을 본받게 하기 위해서다.

9. 遠代忌歟　不遠代忌歟　祭力何有於我哉
　　원대기여　불원대기여　제력하유어아재

　　먼 대를 제사할까
　　멀지 않은 대를 제사할까

제사의 힘이 무엇이 내게 있겠는가.

10. 不去京去食肉不去
    불 거 경 거 식 육 불 거

    가지 않던 서울에 간 건 고기 먹으로 간 게 아니다.

11. 人人吾吾不喜　人不人吾吾不怒
    인 인 오 오 불 희　인 불 인 오 오 불 노

    人人吾吾人　人不人吾吾不人
    인 인 오 오 인　인 불 인 오 오 불 인

    欲知吾人吾不人　試看人吾不人吾人
    욕 지 오 인 오 불 인　시 간 인 오 불 인 오 인

    사람을 사람이라 하고 나를 나라하면 기쁘지 않고
    사람이 사람이 아니라 하고 나를 나라 하면 성내지 않는다.
    사람을 사람이라 하고 나를 나라 하면 사람이고
    사람이 사람이 아니라 하고 나를 나라 하면 사람이 아니다.
    나와 사람 나와 아닌 사람을 알고자 하면
    시험 삼아 사람과 나 아닌 사람과 내 사람을 보라.

# 312. 巫山(十二峯)

무산(십이봉)

```
                2   1

                峯  峯

            4   腰  起   3

            峯  有  牛  峯

        6   前  寺  山  下   5

        峯  松  靜  突  岩  峯

    8   插  栢  菴  屼  顏  連   7

    峯  蒼  萬  名  成  千  綠  峯

 10 闢  空  株  靑  碧  丈  水  高   9

    峯  東  斗  牛  縈  宿  鷗  洲  北  峯

 12 花  天  月  已  明  鎖  將  雲  岳  月  11

    峯  開  處  杜  鵑  鳴  吠  犬  山  時  落  峯

    雨  山  雲  朝  暮  晴  峽  巫  是  二  十  山
```

## 무산(십이봉)[1]

1. 峯起牛山突屼成
   봉 기 우 산 돌 올 성

   봉우리 일으킨 우산은 우뚝이 솟았고

2. 峯腰有寺靜庵名
   봉 요 유 사 정 암 명

   봉우리 허리엔 절이 있어 정암이라 부른다네.

3. 峯下岩顔千丈碧
   봉 하 암 안 천 장 벽

   봉우리 아래 바위 얼굴은 천 길로 푸르고

4. 峯前松柏萬株靑
   봉 전 송 백 만 주 청

   봉우리 앞 솔과 잣은 만 그루가 푸르네.

5. 峯連綠水洲鷗宿
   봉 연 녹 수 주 구 숙

   봉우리는 푸른 물에 이어 물가에 갈매기 자고

---

1) 무산(巫山) : 중국 四川省 巫山縣 東에 있음. 十二峯인데 九峯은 볼 수 있으나 三峯은 볼 수 없다고 함.
   巫山十二峯
   望霞 翠屛 朝雲 松齋 集仙 聚鶴 淨壇 上昇 起雲 氣鳳 登龍 聖泉(方輿勝覽)
   獨秀 筆峯 集仙 起雲 登龍 望霞 聚鶴 棲鳳 翠屛 盤龍 松巒 仙人(茶香室叢鈔)

6. 峯挿蒼空斗牛縈
   봉삽창공두우영

   봉우리는 창공에 꽂아 북두 견우 얽혔네.

7. 峯高北岳雲將鎖
   봉고북악운장쇄

   봉우리 높은 북악은 구름 장차 잠그고

8. 峯闢東天月已明
   봉벽동천월이명

   봉우리 연 동쪽 하늘엔 달이 이미 밝았네.

9. 峯月落時山犬吠
   봉월낙시산견폐

   봉우리 달 지는 때에 산 개 짖고

10. 峯花開處杜鵑鳴
    봉화개처두견명

    봉우리 꽃 피는 곳 두견새 우네.

11. 峯山十二是巫峽
    봉산십이시무협

    봉우리 산은 열 둘 이게 무협인데.

12. 峯雨山雲朝暮晴
    봉우산운조모청

    봉우리 비 산 구름은 조석으로 개네.

# 313. 八角山

팔 각 산

```
                    2   1
                    山  山
            4   花  寺  3
            山  落  始  山
        6   水  茂  來  雲  5
        山  綠  林  尋  歸  山
    8   猿  沈  沈  片  片  鳥  7
    山  抱  樹  吟  返  虫  含  山
    路  句  幽  深  至  不  非  僧
```

## 팔각산

1. 山寺始來尋

   산 사 시 래 심

   산 절에 처음 와 찾으니

2. 山花落茂林

   산 화 락 무 림

   산 꽃은 성한 숲에 떨어지네.

3. 山雲歸片片

   산 운 귀 편 편

   산 구름은 편편히 돌아가고

4. 山水綠沈沈
   산 수 녹 침 침

   산 물은 침침히 푸르네.

5. 山鳥含虫返
   산 조 함 충 반

   산새는 벌레를 머금고 돌아오고

6. 山猿抱樹吟
   산 원 포 수 음

   산 원숭이는 나무를 안고 소리하네.

7. 山僧非不至
   산 승 비 불 지

   산승이 이르지 않은 것이 아니나

8. 山路句幽深
   산 로 구 유 심

   산길은 굽고 유심하네.


## 314. 馬齒
마 치

馬齒 馬齒 一二 一二
마 치 마 치 일 이 일 이

말 이는 한 둘 한 둘

鷄羽 鷄羽 十五 十五
계우 계우 십오 십오

닭 깃털은 보름 보름

鵲八 八鵲 八鵲
작팔 팔작 팔작

까치 여덜이 팔작 팔작

犢五 五犢 五犢
독오 오독 오독

송아지 다섯이 오독 오독

桐實 桐實 桐實
동실 동실 동실

오동 열매는 동실 동실 하고

麥根 麥根 麥根
맥근 맥근 맥근

보리 뿌리는 맥근 맥근 하네.

板鼠 板鼠
판서 판서

널쥐는 판서요

鼎蠅 鼎蠅
정승 정승

솥파리는 정승이네.

世事熊熊思　此非虎虎時

세 사 웅 웅 사　차 비 호 호 시

세상 일을 곰곰이 생각하니 이 범범한 때가 아니네.

心可花花立　言何草草爲

심 가 화 화 립　언 하 초 초 위

마음은 가히 꽂꽂이 세우고 말은 어찌 풀풀히 하겠는가.

人皆弓弓去　我獨矢矢來

인 개 궁 궁 거　아 독 시 시 래

사람은 다 활활 가는데 나는 홀로 살살 오네.

此竹彼竹去　前路松松開

차 죽 피 죽 거　전 로 송 송 개

이대로 저대로 가면 앞길이 솔솔 열이리.


## 315. 偰長壽詩

설 장 수 시

聖周容得伯夷淸　餓死首陽不死兵

성 주 용 득 백 이 청　아 사 수 양 불 사 병

善竹橋邊當日事　無人扶去鄭先生

선 죽 교 변 당 일 사　무 인 부 거 정 선 생

## 설장수[1]시

성주는 백이의 맑음을 용납해 얻고
수양산에서 아사하니 죽지 않은 병사일레.
선죽교 가의 당일의 일은
정선생을 붙잡고 갈 사람 없었네.

---

1) 설장수(偰長壽) : 字 天民 號 芸齋 고려말기의 상신. 위굴사람 遊의 아들.

附 錄

附錄 1

# 漢詩 語彙의 詩文學的 考察

우리나라는 한 때 文字가 없어 이웃 中國의 漢字를 배워 쓰면서 中國人과는 달리 우리 식으로 쓰는 樣式이 있었으니 이게 鄕札 吏讀임은 다 아는 사실이다.

이 밖에도 같은 漢字를 쓰나 中國과는 달리 우리 식으로 표현하는 借字나 中國人이 쓰는 漢字에는 없는 글자를 새로 만들어 쓰는 造字도 있었다.

콩을 借字 太(192)로 쓰고 豆太라 썼으며 콩가루를 콩태말(太末)이라 했다. 또 떡을 造字 䭏으로 썼으니 같은 뜻의 말이라도 콩을 豆太라 하고 떡을 䭏이라 하고 꿀을 淸이라 하면 더 품위가 높은 말로 알았다. 그러나 콩은 菽으로 떡은 餠으로 꿀은 蜜로 써야 바른 것이다.

폭포는 瀑㳍(61, 62)로 썼는데 㳍는 地名 (周世宗 遣將破賊於東㳍州)으로 쓰는 글자이기에 폭포에 맞는 글자는 布를 써 瀑布라야 바른 것이다.

연적은 涓滴(175)이라 썼는데 바른 표기는 硯滴이나 涓涓히(졸졸) 흐르는 물방울이란 뜻으로 써진 涓滴이 더 詩的인 表現에 맞기도 한 것처럼 보이기도 한다.

요강은 溺[氵+缸](206) 尿鋼으로 썼는데 [氵+缸]은 字典에도 없는 글자요 三水邊을 뺀 缸은 音이 항이기에 鋼으로 쓰든가 그렇지 않으면 앞에서 이른 造字 [氵+缸]을 써야 하는데 이 音은 강으로 읽어야 할 것이다.

烟竹(213)은 담뱃대다. 烟竿子라고도 썼다. 담배는 烟草 또는 南草라 쓰는데 담배라는 말은 南美의 地名 淡婆菰 淡婆姑에서 따 쓴 말인데 그 곳

地名 tabaco에서 따 쓴 말이기에 일본어 タバコ 우리말의 담배는 거기서 따서 쓴 것이다. 또 엽권련(葉卷煙)을 呂宋烟이라 하는 건 이게 필리핀 루손(呂宋) 섬에서 재배했기에 그리 이름을 따서 붙인 것이라 한다. 우리나라에 담배가 들어오기는 임진왜란 이후라고 한다. 그리고 담배가 먼저 들어와 유행되던 지방이 경상도 東萊 蔚山이기에 거기서 담배노래 담방구타령(淡婆姑打令)도 나온 것이라 한다.

맷돌은 磨石(105)이라 하고 그네는 鞦韆(152) 秋千이라 썼으며 패랭이는 平凉子(56) 平凉笠 蔽陽子라 적었다. 거미집 거미줄은 蛛絲(274)라 적었으며 쥐무우는 鼠菁(61, 309) 원숭이 벌레는 狙虫 개살구는 狗杏 범나비는 虎蝶이라 적어 호랑나비로도 읽었다.(鼠菁葉秀狙虫去 狗杏花發虎蝶來)

그네(鞦韆)는 北方 民族의 놀이로 半仙戲라고도 하는데 추천이란 말은 원래 千秋라는 곧 漢宮 祝禱之辭에서 나온 말인데 이 말의 倒置語 秋千이라 했다가 같은 音 鞦韆으로 적었다고 한다.

개살구는 狗杏이라 적고 우리 속담에 "개살구 모로 터진다."는 말은 우리식의 한자 熟語 狗杏方通으로 적기에 이른 것이다.

鉢囊(99)을 바랑으로 菩提樹를 보리수로 변한대로 읽고 썼다.

순수 우리말을 한자의 새김[訓]을 빌려 적은 艾羹(309-61) 쑥국(새소리) 草餅 풀떡(고기 뛰는 모습)으로 기록하여 鄕札처럼 써 妙한 對句를 이루었으나(入山鳥艾羹 觀海魚草餅) 한자를 自國文字로 사용하는 중국인도 모르는 이런 표현은 共通文字로 기록해야 하는 詩文에는 맞지 않은 것이다. 이러한 생각은 借字나 造字에서도 같다. 借字 太는 앞에서 일렀고 造字 畓이 쓰인 詩를 보자.

牛臥難尋畓 鴻飛不見天(소가 누우면 논을 찾기 어렵고 기러기가 날아가면 하늘을 볼 수 없네)

예전 忠淸道 延豊 심심산골을 묘하게 잘 그렸으나 畓字를 쓴 것이 흠이라고 일러 오는 시다.

鶴髮과 娥眉(219)는 老人을 그린 말이요 黃鳥(33)는 꾀꼬리 黃花(75)는 菊花를 일렀으며 紅牌(34)는 文武科及第者에게 준 合格證書가 붉은 종이었기에 그리 이르고 白牌는 生進科及第者의 合格證書가 흰 종이였기에 그리 이른 것이다. 벼논의 새 보는 걸 詩題하길 稻田看鳥(212)라 했다. 곧 벼논을 稻田으로 새 보는 걸 看鳥라 한 것이니 國語表現의 直譯이다.

우리말의 '보다'에는 여러 가지 뜻이 있다. 새를 보다(쫓다) 집을 보다(지키다) 아이를 보다(돌보다) 책을 보다(읽다) 소변 대변을 보다(누다) 계집 사내를 보다(몰래 정을 통하다) 시앗을 보다(남편이 첩을 얻다) 이렇게 살펴보면 稻田도 좋은 표현이라고 할 수 없지만 看鳥란 어색하기 이를 데 없다.

한자 字典에서 部首보고 모르는 글자를 찾고 또 한자의 대부분인 六書의 會意 形聲에 의하여 그 수많은 글자가 만들어진 걸 알 수 있다. 閒자를 破字(解字)하면 門月(309의 62)이 되고 晨字를 破字하면 日辰이 된다.

또 鳳 雛를 四六文으로 破字하여 풀어 맞추었다(鳥入風中 食其虫而爲鳳 馬到淮邊 飮其水而爲雛 308 無題) 躑躅杖을 소리대로 鐵竹杖(160)(鐵竹杖韻)으로 썼으며 取音表記와 관련시킨 蛙 皆骨 鳶 低飛(64)를 對句로 보았다.(蛙何多骨名皆骨 鳶則高飛謂低飛)

끝으로 故事를 引用하여 그 意味를 敷衍 深化시키는 것인데 大部分의 詩文이 이에 관계된다. 그 몇 가지를 들어보면 魚魯(190)(挑燈對字魯爲魚) 揚州(193)(今年過客盡揚州) 橫金婦(239) 折桂郞(239)(覆棺羞作橫金婦 入地願從折桂郞) 畫錦(238)(吾祖當年畫錦鄕) 木雁(250) 桑龜(250)(富貴功名看木雁 坐中談笑愼桑龜 效嚬(257)(效嚬紅粉皆無色) 등이다.

崔致遠　　　巫峽重峰之歲絲入中原
　　　　　　銀河列宿之年錦還故國


　　　　　　江南詩
　　　　　　江南蕩風俗　　良女嬌且憐
　　　　　　性冶恥針線　　粧成調急絃
　　　　　　所學非雅音　　多被春心穿
　　　　　　自謂芳華色　　長占艶陽天
　　　　　　仰笑鄰舍女　　終朝弄機杼
　　　　　　機杼終老身　　羅衣不到汝


朴寅亮　　　船中夜吟
　　　　　　故國三韓遠　　西風客意多
　　　　　　孤舟一夜夢　　月落洞庭波


金富軾　　　松都甘露寺
　　　　　　俗客不到處　　高臨意思清
　　　　　　山形秋更好　　江色夜猶明
　　　　　　白鳥高飛盡　　孤帆獨去輕
　　　　　　自慚蝸角日　　半世覓功名

金克己　　　漁父

　　　　　　天翁尙不貰漁翁　　故遣江湖少順風
　　　　　　人世險巘君莫笑　　自家還在急流中


李仁老　　　幽居

　　　　　　春去花猶在　　天晴谷自陰
　　　　　　杜鵑啼白晝　　始覺卜居深


李奎報　　　游漁

　　　　　　圉圉紅鱗沒復浮　　人言得意好優游
　　　　　　細思片隙無閑暇　　漁父方歸鷺又謀


李齊賢　　　過漂母墳

　　　　　　婦人猶解識英雄　　一見慇懃慰困窮
　　　　　　自葉爪牙資敵國　　項王無賴目重瞳


李崇仁　　　過淮陰 感漂母

　　　　　　一飯王孫感慨多　　不知葅醢竟何如
　　　　　　孤墳千載精靈在　　笑殺高王猛士歌

李穡　　　　觀大明殿

　　　　　　大闢明堂曉色寒　　旌旗高拂玉闌干
　　　　　　雲開寶座聞天語　　春滿霞觴奉聖歡
　　　　　　六合一家堯日月　　三呼萬歲漢衣冠
　　　　　　不知身世今安在　　恐是靑冥控紫鸞


鄭夢周　　　　使南京

　　　　　　江南形勝地　　千古石頭城

　　　　　　綠水環人闕　　靑山繞玉京

　　　　　　一人中建極　　萬國此朝廷

　　　　　　余亦乘槎客　　宛如天上行


　　　　　　다음으로 小華詩評에서

鄭學士　　　　長源亭詩

　　　　　　綠楊閉戶八九屋　　明月捲簾兩三人


金老峰　　　　送人詩

　　　　　　千馬是嬌千里近　　海鼇頭壯五山輕


李白雲　　　　夏日詩

　　　　　　密葉翳花春後在　　薄雲漏日雨中明

李益齋　　　　多景樓詩
　　　　　　　風鐸夜喧潮入浦　烟簑冥立雨侵磯


李牧隱　　　　清心樓詩
　　　　　　　捍水功高馬岩石　浮天勢大龍門山


鄭圃隱　　　　皇都詩
　　　　　　　山河帶礪徐丞相　天地經綸李太師


金佔畢齋　　　神勒寺詩
　　　　　　　上房鍾樂驪龍舞　萬壑風生鐵鳳翔


李忘軒　　　　望海寺詩
　　　　　　　蝙鳴側塔千年突　龜負殘碑古今書


朴訥齋　　　　琴臺詩曰
　　　　　　　彈琴人去鶴邊月　吹笛客來松下風


朴浥翠　　　　永保亭詩曰
　　　　　　　地如拍拍將飛翼　樓似搖搖不繫蓬

鄭湖陰　　　　後臺夜坐
　　　　　　　山木俱鳴風乍起　江解忽厲月孤懸


盧蘇齋　　　　卽事詩曰
　　　　　　　秋風乍起鷰如客　晚雨暴過蟬若狂


黃芝川　　　　咏海潮詩曰
　　　　　　　兩儀高下輪如轉　太極鴻濛永昇關


崔東皐　　　　朝天詩曰
　　　　　　　終南渭水如相見　武德開元得再攀


車五山　　　　明川詩曰
　　　　　　　風外怒聲來渤海　雪中愁色見陰山


李體素　　　　永保亭詩曰
　　　　　　　月從今夜十分晚　湖納晚潮千頃寬


權石洲　　　　北關詩曰
　　　　　　　摩天嶺北山長雪　豆滿江南草木春

許端甫　　　　南平道中

　　　　　　　春晚崖桃飄蕗蕗　　雨晴沙鴨語咬咬


李東岳　　　　遊鏡城詩

　　　　　　　邊城缺月懸愁外　　故國殘花落夢中


柳於于　　　　加平山中詩

　　　　　　　班爛鳥虺蟠道側　　敖兀黃熊坐樹顚


周愼齋世鵬　　浮石寺詩

　　　　　　　浮石千年寺　　平臨鶴駕山

　　　　　　　樓居雲雨上　　鍾動斗牛間


鄭北窓　　　　山居夜坐

　　　　　　　文章驚世徒爲累　　富貴熏天亦謾勞

　　　　　　　何似山窓涔寂夜　　焚香獨坐聽松濤

# 索 引

ㄴ

363

## 人

367

ㅈ

371

음없음

# 후기

　『동율유취(東律類聚)』는 선생님께서 생전에 남기신 마지막 유작이시다. 선생님께서는 2009년 6월 1에 병환으로 영면하셨다. 저희 두 제자들이 不敏하고 無能力하여 선생님 생전에 책을 내드리지 못하고 이렇게 뒤늦게 출판을 의뢰하여 내게 됐다. 생전에 책 나오기를 그토록 苦待하셨음에도 뜻에 부응치 못하고 때 늦게 내고 보니 죄송스럽고 한스럽다.

　그러니까 선생님께서 〈동율유취〉를 보시고 번역을 해야겠다고 결심하신 동기는 지금부터 3년 전쯤으로 거슬러 올라간다. 선생님의 고향이신 고창의 지인 金昌洙家의 家傳文獻으로 전해오는 책을 보시고, "이 작품에는 역대 우리나라를 빛낸 여러 인물이 남긴 시가 실려 있고, 그 서체의 형식도 산봉우리와 같이 입체 모양으로 기술한 독특한 멋이 있어서 그 맛을 더하고 있다. 더구나 시구에는 일상으로 쓰는 한자 借用語가 등장하여 鄕歌나 吏讀에 관심을 갖는 분들에게 도움이 될지 모르겠다."라고 말씀하시며 번역을 결심하신 것이다.

　그러나 사실 이때는 선생님께서 광주로 이사하시면서 모든 책을 정리한 상태라 옥편 한권 제대로 갖지 않고 계셨다. 따라서 관련 자료는 고사하고 어휘 찾기도 수월치 못한 터라 내심 붓을 잡는데 까지 마음의 갈등이 컸으리라 짐작된다. 더구나 건강도 여의치 않으셨다. 그러나 본래 책 보시

373

는 것을 유일한 즐거움으로 삼으셨던 선생님이신지라 지난날 한 순간의 갈등을 접으시고 추우나 더우나 연구실에서 杜門不出하시며 번역 일에 온 정성을 쏟으셨다. 뒤늦게 안 사실이지만 이때는 이미 선생님께서 심대한 병을 앓고 계셨었다. 생각해 보면 정신도 昏憒하고 玉體도 가누기 힘들어 그만둘 법도 하셨을 테지만 연구실에서 長坐黙言하시며 온몸으로 고통을 감내하시고 붓대를 곧추 세우셨던 것이다. 병마와 싸우시는 와중에도 한 치의 흐트러짐이 없으셨고 잠시라도 책을 멀리하지 않으셨던 선생님을 돌이켜 생각해 보면 그저 탄복할 뿐이다.

이제 선생님이 안 계시니 어찌하랴! 古文에 대해 언제 무엇을 여쭤도 지난날의 病痛이 凍解氷釋하듯이 풀렸고, 하나를 여쭤면 열을 줄줄이 풀어놓으셔서 놀라움을 금치 못 한 일이 한두 번이 아니었는데, 이제 그런 선생님을 뵐 수 없게 됐으니 슬픔을 이루 말할 수가 없다.

선생님, 못난 저희 제자 항상 염려해주시고 채근해 주셨던 지난날을 귀중한 은혜로 간직하겠습니다. 그리고 선생님께서 말없이 보여주셨던 서릿발 같은 얼과 자세를 결코 잊지 않겠습니다.

부디 편안하옵소서.


不肖弟子 유승섭 · 권면주 泣血告知합니다.

옮긴이 소개

유재영　문학박사, 전 원광대학교 국어국문학과 교수

　　　저서 및 논문

　　　『白雲小說研究』,『傳來地名의 研究』,『破閑集(譯註)』,
　　　『女範(譯註)』,『補閑集(譯註)』,『三字經集註(譯註)』,
　　　『四字經(譯註)』,『推句(譯註)』,『蒙語(譯註)』,『蒙求(譯註)』
　　　'全北地方 傳來地名의 研究''地名表記와 그 變遷의 한 考察'
　　　'杜詩諺解의 物名'등

권면주　원광대학교 문학박사, 전 전북대학교 전임연구원, 현 원광대학교 강사

　　　저서 및 논문

　　　『四字經(譯註)』(공역),『推句(譯註)』(공역)
　　　'국어 어휘군의 계통적 상관관계에 관한 연구'등

유승섭　원광대학교 문학박사, 전 전북대학교 학술연구교수, 현 원광대학교 강사.

　　　저서 및 논문

　　　『현대국어문법의 이해』,『전북선현 문집 5·6권 해제』
　　　'국어 겹목적어 구문의 격점검 현상'등